古典詩歌研究彙刊

第三輯

龔鵬程 主編

第 9 冊

張孝祥詞研究（附年譜）

陳宏銘 著

國家圖書館出版品預行編目資料

張孝祥詞研究(附年譜)／陳宏銘 著 — 初版 — 台北縣永和市：
花木蘭文化出版社，2008〔民 97〕

目 2+248 面；17×24 公分
（古典詩歌研究彙刊 第三輯；第 9 冊）

ISBN 978-986-6831-86-7（精裝）
1.（宋）張孝祥　2. 宋詞　3. 詞論

852.4522　　　　　　　　　　　　　　　97000379

ISBN 978-986-6831-86-7

9 789866 831867

古典詩歌研究彙刊
第三輯　第九冊　　　　ISBN：978-986-6831-86-7

張孝祥詞研究（附年譜）

作　　者　陳宏銘
主　　編　龔鵬程
出　　版　花木蘭文化出版社
發 行 所　花木蘭文化出版社
發 行 人　高小娟
聯絡地址　台北縣永和市中正路五九五號七樓之三
　　　　　電話：02-2923-1455／傳眞：02-2923-1452
電子信箱　sut81518@ms59.hinet.net
初　　版　2008 年 3 月
定　　價　第三輯 20 冊（精裝）新台幣 28,000 元

張孝祥詞研究（附年譜）

陳宏銘　著

作者簡介

陳宏銘，台中縣梧棲鎮人，1958年1月生。現任高雄師範大學國文系副教授，財團法人古典詩文教基金會董事。著有：《張孝祥詞研究》、《金元全真道士詞研究》、《將軍的手杖》（短篇小說集）、其他單篇小說、散文、詩、論文……等百餘篇，曾獲耕莘文學獎小說組首獎、高雄師大中國文學獎小說、散文、現代詩等三十餘次獎項、國際性彩虹青年文藝獎散文佳作、全國大專青年詩人獎、行政院國科會乙種學術著作獎、國科會甲種學術著作獎。

提　　要

　　張孝祥字安國，別號于湖，為南宋初期的詞壇雙璧之一。他的詩、詞、文、書法都有可觀之處，而以詞聞名於世。所作《于湖詞》今存二百二十四首，風格剛柔兼俱，近似東坡；為上承蘇詞，下啟辛派的重要橋樑。本文旨在全面探究《于湖詞》，使其獲得應有的肯定與重視；並藉此對發揚詞學略盡綿薄之力。

　　全文共分八章，並附錄年譜：

　　第一章〈緒論〉：說明研究動機與目的，以及研究方法等。

　　第二章〈張孝祥的時代背景與生平事蹟〉：從政治環境、社會風氣、詞壇概況、家世、生平經歷、政治立場等各方面探究《于湖詞》的寫作背景，以了解其風格形成的原因。

　　第三章〈張孝祥詞的版本〉：對現存《于湖詞》的版本作一有系統的介紹，並藉此確認張孝祥的存詞及其數量。

　　第四章〈張孝祥詞的形式〉：從擇調、用韻、造語三方面，採分析、歸納、統計等方法，探究《于湖詞》在格律、用語上的情形，以作為賞析的根據。

　　第五章〈張孝祥詞的內涵〉：先將《于湖詞》依內容性質分為五類，然後交錯運用分析、考證、比較、欣賞、評鑑等方法，探討其表現技巧、美學原理、藝術境界、精神價值等，以求對《于湖詞》的內涵作一整體而且深入的了解。

　　第六章〈張孝祥詞的特色〉：經綜合分析、比較後，歸納出《于湖詞》的特色，最值得深究的有四點：一、豪放婉約兩擅其長，二、主觀感情色彩濃烈，三、用詞典麗精於鎔裁，四、泛用佛道神仙之說入詞。

　　第七章〈張孝祥詞的主要成就〉：說明《于湖詞》承蘇啟辛的關鍵及其被譽為「南宋初期詞壇雙璧」之一的理由，給與適當的定位，以肯定其成就。

　　第八章〈結論〉：綜合敘述本論文的研究心得。

　　〈張孝祥年譜〉：彙集近人所作年譜，重新考訂，並加以補充，為知人論世的重要資料。

目次

第一章　緒　論

　　本章分二節：第一節陳述研究的動機與目的；第二節說明研究的方法，並對各章內容作簡要的介紹，以作為進入正文的引子。

第一節　研究動機與目的

　　清‧朱彝尊《詞綜‧發凡》說：「世人言詞，必稱北宋；然詞至南宋，始極其工。」宋代是詞的黃金時代，而南宋初期，尤為承先啟後的關鍵。詞體由晚唐五代歌詩的形式，衍變至柳永、周邦彥，雖已各體兼備而趨於成熟，可是終北宋一代，詞都未能真正脫離「艷科」樊籬。柳永、張先雖能掩眾製而盡其妙，並使長調得以成熟，但本質上兒女之情、綺香之態仍未改變。晏殊、歐陽脩所作，淡雅清新，雖不似花間穠麗，但仍是一片「婦人語」。范仲淹、王安石雖偶有〈漁家傲〉（塞下秋來風景異）、〈桂枝香〉（登臨送目）等豪情健筆、蒼勁悲涼之作，但畢竟為數甚少，未能帶領風氣。東坡之詞能「突破傳統，開拓詞境」（王保珍《東坡詞研究》），在當時卻未能獲得認同，就連蘇門四學士中與東坡交誼最為密切的秦觀，填詞仍然是繼承《花間》、南唐之遺風，兼受柳永的影響，而與東坡的豪放詞風迥然不相同。由東坡所樹立的豪放剛健風格，一直到中原淪陷、宋室南渡之後，才逐漸形成一種創作趨勢，而辛棄疾「更進一步『以文為詞』，以自由放

肆的散文化的筆調為詞。」〔註1〕，詞到了稼軒「才算是將一切樊籠都抉破了。」〔註2〕在東坡卒後（1101年），至孝宗淳熙年間（1174～1189年）稼軒稱名於詞壇〔註3〕的七、八十年間，有豪放詞作的作家為數不少，而真正能上承東坡、下啓稼軒，在藝術上達到較高成就的，則首推張元幹和張孝祥。尤其是張孝祥天資、情性都與東坡近似，又與稼軒所處時代相近（孝祥長稼軒八歲），抱負相似，因此張孝祥《于湖詞》實較張元幹《蘆川詞》更具承蘇啓辛的橋樑作用。

　　緣於對詩詞曲的偏愛，在決定論文研究題目之初，即已確定以詩詞曲為研究範圍。又因有感於「唐詩、宋詞、元曲，素來相提並論，各具特色。然民國以還，學者對於詩、曲之研究，似較周詳，對於詞學，則似覺疏略」（王偉勇《南宋詞研究》），而對於宋詞，我一向欣賞豪放風格之作，及讀胡雲翼《宋詞選・前言》，稱張元幹和張孝祥為「南宋初期詞壇的雙璧」；清・查禮《銅鼓書堂詞話》說《于湖詞》：「聲律宏邁，音節振拔，氣雄而調雅，意緩而語峭」，乃特別留意於此。經過全面尋查國內專著、期刊論文後，發現數十年來關於張孝祥的研究，居然只有三篇〔註4〕，論述又甚簡略，再三與王師（忠林）商談後，遂決意以張孝祥《于湖詞》為研究對象，一則希望能藉此研究，深入探討《于湖詞》的內涵與特色，使其獲得應有的肯定與重視；

〔註1〕語見蕭世杰《唐宋詞史稿》頁207。上海：華東師大出版社，1991年4月第一版。

〔註2〕語見程千帆〈辛詞初論〉。文載《詞學研究論文集》頁364～382，華東師大中文系編，上海古籍出版社，1982年3月第一版。

〔註3〕此據王偉勇《南宋詞研究》說法。稼軒詞集首次正式刊行於宋孝宗淳熙十五年（1188），其門人范開為之作序，序中有「以近時流布於海內者，率多贗本」之語，由此知稼軒詞於孝宗淳熙年間已負盛名。

〔註4〕收集資料之初，在國內的專著、期刊中，只找到了三篇有關張孝祥的研究，分別是：徐照華《張孝祥研究》（1973年東海大學中文研究所碩士論文）、王偉勇〈張孝祥——清雄疏朗、承蘇啓辛〉（在王著《南宋詞研究》第四章〈主要詞家作品賞析〉）、林宗霖〈南宋憤世詞人張孝祥的風格〉（在《藝文誌》一四九期，頁58～59，1978年2月）。後於去年（1991）9月親赴大陸，在各大學圖書館中始收得較多資料。

再則藉此充實自己的詞學知識，培養對詞分析、鑑賞、研究的能力，以作爲發揚詞學之準備。

第二節　研究方法

　　本論文的研究方法，主要依照王師忠林的提示，並參酌前輩學者的心得。〔註5〕在確定研究主題後，即依下列步驟進行：

　　一、搜集材料：舉凡與張孝祥有關的文集、史傳、方志、選集、前人著述，以及近人關於張孝祥及其《于湖詞》的研究專著與期刊論文等，都在搜集之列。

　　二、編目與精讀：將搜得的資料加以分類編號，並作成目錄。詳細閱讀後，汰蕪存菁，有用的資料與閱讀心得皆分類作成筆記與索引。

　　三、校勘文集字句：以中央圖書館所藏宋槧本《于湖居士文集》爲底本，參考其他版本，詳加比對，並加以疏證考訂。

　　四、集評與箋注：細讀唐圭章《詞話叢編》，從中收集前人對張孝祥的評論及具啓發性的論述〔註6〕，將收集所得融化在箋注之中。每首詞皆作箋注，力求詳盡確實，箋注內容包括：寫作時間、寫作背景、擇調用韻、典故成句出處、題材內容、主要特色、前人近人評語，

〔註5〕高仲華（明）先生曾在〈中國文學的研究法〉一文中，提出十二點方法，分別是：一、治經子以明其淵源，二、研究史地以索其背景，三、按目錄以定其去取，四、由校勘以正其訛誤，五、用考證以別其眞偽，六、藉搜輯以存其亡佚，七、明小學以探其精微，八、識名物以求其比興，九、習修辭以著其藻采，十、窺作法以窮其技巧，十一、辨體製以覘其應用，十二、觀流變以測其發展。任二北先生在〈研究詞集之方法〉一文中，也曾指出研究「專集」的方法，依序有八：一、搜集材料，二、校勘字句，三、編纂與整理，四、考訂與箋釋，五、精讀與選錄，六、集評與定評，七、詳別流派，八、擬作與和作。以上二文對筆者從事研究工作，頗有啓示作用。二文俱存黃章明、王志成合編之《國學方法論叢·分類篇》，台北：學人文教出版社，1979 年 10 月再版。

〔註6〕據筆者經驗，該書文字錯誤頗多，句讀仍可商榷者亦復不少，凡有援引，皆當細繹文意並參核其他版本。

以及筆者的賞析評鑑、讀後心得……等等。

五、撰寫年譜：將搜得的史傳、方志、宋人筆記……等資料加以整理後，先從「年譜」下筆，以求深刻了解張孝祥所處的時代及其生平事蹟。

六、依序撰寫各章內容：首先完成第三章和第二章，然後依次爲：第四章、第五章、第六章、第七章、第八章，第一章最後寫成。參考書目則已於撰寫期間隨時輸入電腦檔案中。

本論文共分八章，並附錄年譜及參考書目。內容簡述如下：

第一章〈緒論〉：說明研究動機與目的，以及研究方法等。

第二章〈張孝祥的時代背景與生平事蹟〉：從政治環境、社會風氣、詞壇概況等三方面探討其時代背景，從家世、生平經歷、政治主張等三方面分析個人因素，以求了解《于湖詞》的寫作背景，藉此掌握其內涵及風格特色形成的原因。

第三章〈張孝祥詞的版本〉：對現存《于湖詞》的版本作一有系統的整理與介紹，並藉此確認張孝祥的存詞及其數量。

第四章〈張孝祥詞的形式〉：從擇調、用韻、造語三方面，採分析、歸納、統計等方法，探究《于湖詞》在格律、用語上的情形，以作爲賞析評鑑的基本素材。

第五章〈張孝祥詞的內涵〉：先將《于湖詞》依內容性質分爲五類，然後交錯運用考證、分析、比較、欣賞、評鑑等方法，探討其表現技巧、美學原理、藝術境界、精神價值等，以求對《于湖詞》的內涵作一整體而且深入的了解。

第六章〈張孝祥詞的特色〉：經過綜合分析、比較後，歸納出《于湖詞》的特色，最值得深究的有四點：一、豪放婉約兩擅其長，二、主觀感情色彩濃烈，三、用詞典麗精於鎔裁，四、泛用佛道神仙之說入詞。

第七章〈張孝祥詞的主要成就〉：說明《于湖詞》承蘇啓辛的關鍵及其被譽爲「南宋初期詞壇雙璧」之一的理由，給與適當的定位，

以肯定其成就。

　　第八章〈結論〉：綜合敘述本論文的研究心得。

　　〈張孝祥年譜〉：彙輯近人所作年譜，重新考訂，並加以補充，爲知人論世的重要資料。

　　第四章、第五章爲本論文最用力之處。整理資料與撰寫論文時，純就客觀事實之需要，靈活運用各種方法而不拘泥於成套。如：演繹與歸納相互並用，分析與比較交叉錯用，欣賞與評鑑間雜運用……等。欣賞評鑑作品時，多採用知人論世的傳統批評方式，以歷史來論作者，以作者行實來探究作品內涵，力求作品整體面貌的呈現；論述的過程中，間亦採用西方的美學、心理學、修辭學、文學批評等原理來作爲闡述作品之輔助，唯以事實需要爲度，以避免落入窠臼或支離破碎之弊。

第二章　張孝祥的時代背景與生平事蹟

　　文學作品的創作，通常和時代環境與個人經歷有密切關係。有某種環境的刺激與生活的遭遇，也就有某種思想內容的作品。與孝祥創作關係較密切的，就時代因素來說，莫過於政治環境、社會風氣、詞壇現況；就個人因素來說，則是他的家世、生平經歷、政治立場。本章即從這幾方面來探討孝祥《于湖詞》的寫作背景，以求對他的作品有更正確深入的認識和體會。

第一節　時代背景

一、政治環境

　　靖康二年（1127）徽欽二帝被擄，康王即位於建康，建立了南宋政權。由於宋代自高祖開國，鑒於唐末群雄割據的局面，於是偃武修文，採用重文輕武的政策。這一政策一方面使宋代文風趨於鼎盛，一方面也使宋代國力積弱不振。在太宗三次伐遼連遭敗績之後，懷柔與妥協更成了宋代的外交政策。其後的帝王，在北伐抗金、收復舊土的措施上，都顯得怯懦軟弱，耽於苟且偷安，其主因實導源於開國之初的重文輕武政策。

　　南宋初年的政治環境，可說是籠罩在和戰的紛爭之中。二帝蒙

塵、國土淪陷，對宋人來說，是一項奇恥大辱。因此素嚴夷夏之防的
士大夫與慷慨忠勇的愛國之士，無不紛紛攘臂振起，形成了一股澎湃
洶湧的民族思想與愛國熱潮。高宗即位之初，迫於輿情及現實情勢，
乃以李綱爲相，宗澤爲將，頗有匡復的雄圖。可惜他秉性庸懦，又曾
爲質金營，親見金人的野蠻殘暴，畏懼心理早已深植腦中；加上主和
派的鼓動慫恿，於是志在苟安，唯圖晏樂。高宗之後的孝宗，雖較高
宗英毅果決，但忠勇愛國之士，在秦檜當政的十九年之間，飽受摧殘
迫害，宋軍士氣也早已遠不如南渡初年，因此數次伐金無功。隆興元
年（1163）五月宋軍大潰於符離，終於徹底瓦解了孝宗恢復之志。於
是第二年和議正式成立，宋金從此四十餘年不交兵。

綜觀南宋初年的政局，一直都在和戰的爭論中消長。倡和議者多
屬奸人，或承君意，或逞私慾，不但沒有扶危定傾的實政，更視和議
爲攬權固位的工具；而忠臣義士多主張與金決戰，力圖恢復故土，洗
雪恥辱。因此，主和、主戰二派對立，相互攻擊，幾乎到了形同水火，
誓不並存的地步。不幸的是，執政者多屬主和派，致使南宋凡忠義之
士，如岳飛、韓世忠、吳璘、李光、趙鼎、胡銓、向子諲、張元幹、
王之道、呂本中、李彌遜、洪皓、陸游……等，幾無一人不罹政爭災
患而遭罷黜，甚至慘遭殺害。宋‧陸世良〈張氏信譜傳〉（以下簡稱
〈譜傳〉，文見《于湖居士文集》附錄）載孝祥之言，說：「自靖康以
來，唯和戰兩言，遺無窮禍。」實在是有識之言。

孝祥出生在宋南渡後五年（1132），歷經高宗、孝宗二朝。這時
的政治環境是：對外，與金反覆和戰；對內，主和派與主戰派激烈對
立，相互攻伐。孝祥處身其間亦難免於政爭，曾多次被誣陷、罷職，
但殺敵報國的決心始終不變。清‧馮煦《宋六十一家詞選‧例言》說：
「于湖在建康留守席上賦〈六州歌頭〉，感憤淋漓，主人爲之罷席。
他若〈水調歌頭〉之『雪洗虜塵靜』一首，〈木蘭花慢〉之『擁貔貅
萬騎』一首，〈浣溪沙〉之『霜日明霄』一首，率皆睠懷君國之作。」
其中〈浣溪沙〉（霜日明霄）一首寫於乾道四年（1168）秋天，任荊

南荊湖北路安撫使駐節荊州（今湖北江陵縣）之時。那時宋金「隆興和議」成立已四年，江淮屏障盡去，人心唯思苟安保持現狀，而孝祥念念不忘恢復中原失土的豪情，仍躍然紙上。清·陳廷焯《白雨齋詞話》卷六云：「二帝蒙塵，偷安南渡，苟有心人者，未有不拔劍斫地也。南渡後詞，如……張安國〈浣溪沙〉云：『萬里中原烽火北，一尊濁酒戍樓東，酒闌揮淚向悲風。』……此類皆慷慨激烈，髮指欲上……足以使懦夫有立志。」孝祥《于湖詞》中這類慷慨忠憤的愛國詞篇，實在是時代政治環境下的產物。

二、社會風氣

　　雖然宋代一開國即採取「中央集權」與「重文輕武」的政策，致使外交力量積弱不振，但文化活動與工商經濟的發展，卻有了輝煌的成就。由於太祖至仁宗，均屬才略之主，因此農業生產與工商事業得以在「享國百年，天下無事」的承平局勢下迅速發展，促成了社會經濟高度的繁榮。在繁華富裕的物質享受下，漸漸形成了奢侈宴樂的習尚。北宋時期奢侈繁華的景象，到徽宗時已足以令人驚嘆，宋·孟元老《東京夢華錄》記載了當時盛況，他在序文裡說：「僕從先人宦游南北，崇寧癸未（1103，宋徽宗朝）到京師，卜居於州西金梁橋西夾道之南。漸次長立。正當輦轂之下，太平日久，人物繁阜。垂髫之童，但習鼓舞；班白之老，不識干戈。時節相次，各有觀賞。燈宵月夕，雪際花時，乞巧登高，教池游苑。舉目則青樓畫閣，繡戶珠簾，雕車競駐於天街，寶馬爭馳於御路，金翠耀目，羅綺飄香。新聲巧笑於柳陌花衢，按管調絃於茶坊酒肆。八荒爭湊，萬國咸通。集四海之珍奇，皆歸市易，會寰區之異味，悉在庖廚。花光滿路，何限春游，簫鼓喧空，幾家夜宴。伎巧則驚人耳目，侈奢則長人精神。」從這段記載，可見當日工商發達的盛況與一般市民的宴樂生活。一般市民生活已如此多采多姿，則王公權貴、富豪士紳的奢侈靡爛就更不在話下了。

　　宋室南渡之初，雖由於二帝蒙塵，半壁江山為金人所有，忠臣義

士拔劍斲地欲報深仇、文人詞客發爲慷慨激切之聲的，爲數不少；但偏安之局既定，江南又爲富庶之區，因此經濟迅速復甦，帝王耽於逸樂、民間追求享受的風氣，反較北宋時期更爲熾烈。黃文吉曾在《宋南渡詞人》中，從宗教信仰、士人風氣、節慶習俗、經濟狀況等方面來探討社會因素對南渡詞人的影響。王偉勇《南宋詞研究》更直接指出影響南宋詞的社會風氣，主要有四端：一曰朝廷百姓奢侈宴樂，二曰權貴富豪粉飾太平，三曰文人詞客沉迷聲色，四曰佛道信仰普遍流行。這些因素對南宋詞人的創作，確實有極深切的影響。孝祥處在這樣的環境之中，儘管力主恢復中原的決心，始終不變，但他的《于湖詞》中仍有過半數的作品是這種社會風氣下的產物。尤其是重視節令、祝壽慶生、雅好蒔花賞花、飲酒嬉遊、結社聯吟、信仰佛道等這些時尚對他的影響，在他的作品裡更是昭然可見。《于湖詞》中題名爲節令的有九首，用來祝壽的有二十八首，詠花的有十五首，即席賦詞以助酒興的有十四首，至於爲聯吟分韻唱和或爲題贈友朋歌妓而作的、以及以佛道神仙之說入詞的作品，更是不勝枚舉。這些都明白顯示出當時社會風氣，對孝祥創作的深鉅影響。

三、詞壇概況

　　詞自唐、五代，以迄北宋前期，雖然由於文人的染指，形式體製漸趨完備，藝術技巧不斷提昇，但卻始終不脫「詞爲艷科」的樊籬。直到東坡以詩爲詞「一洗綺羅香澤之態，擺脫綢繆宛轉之度」（胡寅〈酒邊詞序〉）「指出向上一路，新天下耳目」（王灼《碧雞漫志》）才使詞在內容上得到了發展的基礎。可惜蘇軾詩文在徽宗崇寧二年（1103）被禁，宣和五年（1123）又下詔：「有收藏習用蘇黃之文者，並令焚毀，犯者以大不恭論」（《宋史·徽宗本記四》）使他的豪放詞風在當時未能造成影響。徽宗復於崇寧四年（1105）設置大晟府，專司樂律，詞遂向音律嚴整的方向發展。至周邦彥，所作富艷精工，蘊藉含蓄；又因曾提舉大晟府，其作品流傳至廣，影響至深。黃文吉說：

「南渡詞人在北宋末年的作品，都無法脫離周詞的影子」（《宋南渡詞人》）確是實言。

　　宋詞至周邦彥，本可以直接步入古典派樂府詞的大道，卻因靖康之難，徽欽蒙塵，長淮以北胡騎縱橫，半壁江山盡入異族手中。受此時代橫流的激盪，詞人的創作態度由輕率轉向嚴肅；作品內容由對自身的關心和注意，轉向對國家人民的關注；風格由閒適與香艷轉為慷慨激昂。因此，南渡著名的詞人多有前後兩種不同風格的作品，如朱敦儒的《樵歌集》，南渡前是妍麗與放蕩的浪漫作品。

　　　　詩萬首，酒千觴。幾曾著眼看侯王。玉樓金闕慵歸去，且
　　　　插梅花醉洛陽。（〈鷓鴣天〉）

是他狂放、愛好自由的最佳表白。南渡後則一變而為沉咽與憤慨的抒懷之作，如：

　　　　中原亂，簪纓散，幾時收。試倩悲風吹淚、過揚州。（〈相
　　　　見歡〉）

　　　　回首妖氛未掃，問人間、英雄何處。奇謀報國，可憐無用，
　　　　塵昏白羽。鐵鎖橫江，錦帆衝浪，孫郎良苦。但愁敲桂櫂，
　　　　悲吟梁父，淚流如雨。（〈水龍吟〉）

就是原來在婉約詞派中據有宗主地位的李清照，經過顛沛流離、國破家亡的慘痛生活，詞風也與前期大不相同。她此時所寫的〈永遇樂〉使南宋亡國前夕的劉辰翁「為之涕下」，「每聞此詞，輒不自堪」。而早年詞「婉麗，有溫李之風」的葉夢得，南渡後的晚年之作，卻「落其華而實之，能於簡淡中時出雄傑，合處不減靖節東坡」（《四庫提要》引關注〈石林詞序〉語），例如他的〈水調歌頭〉：

　　　　霜降碧天靜，秋事促西風。寒聲隱地，初聽中夜入梧桐。
　　　　起瞰高城回望，寥落關河千里，一醉與君同。疊鼓鬧清曉，
　　　　飛騎引雕弓。　　歲將晚，客爭笑，問衰翁。平生豪氣安
　　　　在，沈領為誰雄。何似當筵虎士，揮手弦聲響處，雙雁落
　　　　遙空。老矣相堪愧，回首望雲中。

詞中表現出他對國家的命運抱著極度的關懷，末句「回首望雲中」更將「烈士暮年，壯心不已」的情懷表露無遺。其他詞人的作品，像：

> 兵氣暗吳楚，江漢久淒涼。當年俊傑安在，酌酒酹嚴光。南顧豺狼吞噬，北望中原板蕩。矯首訊穹蒼。歸去謝賓友，客路飽風霜。　　閉柴扉，窺千載，考三皇。蘭亭勝處，依舊流水繞修篁。傍有湖光千頃，時泛扁舟一葉，嘯傲水雲鄉。寄語騎鯨客，何事返南荒。（李光〈水調歌頭〉）

> 誰信我、致主丹衷，傷時多故，未作救民方召。調鼎為霖，登壇作將，燕然即須平掃。擁精兵十萬，橫行沙漠，奉迎天表。（李綱〈蘇武令〉）

> 慘結秋陰，西風送、霏霏雨溼。淒望眼、征鴻幾字，暮投沙磧。試問鄉關何處是，水雲浩蕩迷南北。但一抹、寒青有無中，遙山色。　　天涯路，江上客。腸欲斷，頭應白。空搔首興歎，暮年離拆。須信道消憂除是酒，奈酒行有盡情無極。便挽取、長江入尊罍，澆胸臆。（趙鼎〈滿江紅〉）

> 芳菲歇。故園目斷傷心切。傷心切。無邊煙水，無窮山色。可堪更近乾龍節。眼中淚盡空啼血。空啼血。子規聲外，曉風殘月。（向子諲〈秦樓月〉）

> 江城烽火連三月，不堪對酒長亭別。休作斷腸聲，老來無淚傾。　　風高帆影疾，目送舟痕碧。錦字幾時來，薰風無雁回。（李彌遜〈菩薩蠻〉）

> 夢繞神州路。悵秋風、連營畫角，故宮離黍。底事崑崙傾砥柱。九地黃流亂注。聚萬落、千村狐兔。天意從來高難問，況人情、老易悲如許。更南浦，送君去。　　涼生岸柳催殘暑。耿斜河、疏星淡月，斷雲微度。萬里江山知何處。回首對床夜語。雁不到、書成誰與。目盡青天懷今古，肯兒曹、恩怨相爾汝。舉大白，聽金縷。（張元幹〈賀新郎〉）

> 五門照日，是真人膺籙，炎圖家國。二百年來，撫四海安

樂，六服承德。虎旅橫江，胡塵眯眼，恨有中原隔。宮城
缺處，望來消盡金碧。　　征轡暫款神州，期寬北顧，且
馳驅朝夕。皓彩流天寧忍見，雙闕籠秋月色。欲飲無憀，
還成長歎，清淚空橫臆。請纓無路，異時林下猶憶。（曹勛
〈念奴嬌〉）

富貴本無心，何事故鄉輕別。空使猿驚鶴怨，誤薜蘿風月。
　　囊錐剛要出頭來，不道甚時節。欲駕巾車歸去，有豺
狼當轍。（胡銓〈好事近〉）

怒髮衝冠，憑欄處、瀟瀟雨歇。抬望眼、仰天長嘯，壯懷
激烈。三十功名塵與土，八千里路雲和月。莫等閒、白了
少年頭，空悲切。　　靖康恥，猶未雪。臣子恨，何時滅。
駕長車踏破，賀蘭山缺。壯志饑餐胡虜肉，笑談渴飲匈奴
血。待從頭、收拾舊山河，朝天闕。（岳飛〈滿江紅〉）

這些詞，都具有激壯豪放、痛快淋漓的特色。雖然這樣大聲疾呼、哀
痛嗚咽的詞作，藝術美感稍差，但其間多是孤臣名將、遺老義士忠藎
愛國的肺腑之言。一字一句，都是血淚所凝。雖未必能夠以此名家，
但自有其感人之處。同時，它也代表了當時忠義愛國志士的普遍心
聲。詞中所散發出來的民族大義、愛國熱忱，也正是在此之前的詞作
所沒有的。而這類詞的相繼出現，必然給了孝祥許多示範和啟發，使
他在感懷時事之際，能直抒胸臆，發而為慷慨激烈、振作人心的愛國
詞篇。

第二節　生平事蹟

一、家　世

　　宛敏灝先生〈張孝祥年譜〉附錄有「張氏世系表及說明」，對孝
祥之家世考證尚稱精詳，現節錄其世系表如下：

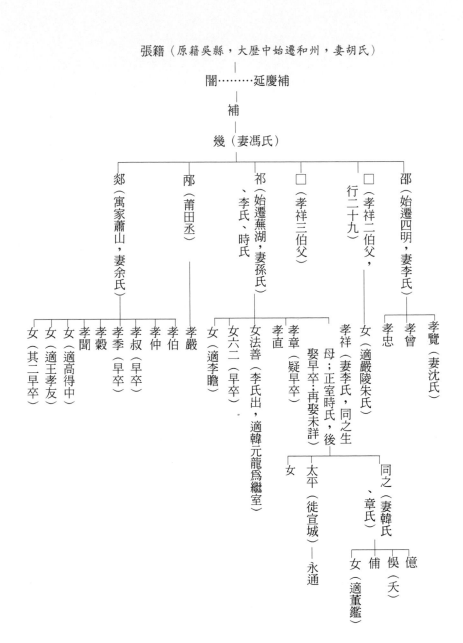

　　張孝祥，字安國，別號于湖。和州歷陽烏江（今安徽省和縣）人。生於宋高宗紹興二年（1132），卒於孝宗乾道五年（1169），享年三十八歲。爲唐大歷詩人張籍之後。祖父名幾，官贈金紫光祿大夫，鄉譽尤高。大伯父邵（1096～1156）字才彥，徽宗宣和三年（1132）登上舍第。建炎初，任衢州司刑曹事。建炎三年（1129），金人南侵，詔求可至軍前者，邵慨然請行，以直龍圖閣、假禮部尚書充金國軍前通問使，結果被幽拘，留金十五年。歸國後又因忤秦檜乃避居四明，杜門絕交，佯狂不出。檜死始起知池州，官至敷文閣待制，累贈少師。《宋史》卷一百三十二〈張邵傳〉說：「邵負氣，遇事慷慨，嘗以功名自許。出使囚徙，屢瀕於死。其在會寧，金人多從之學。喜頌佛書，雖異域不廢。……有文集十卷」。

　　父祁，字晉彥，世稱總得翁或總得居士。以兄奉使金國之恩補官，建炎中爲明州觀察推官，紹興中知楚州，改蔣州，後至直祕閣、淮南轉運判官兼淮西提刑。《和州志》說他：「負氣尚義，工詩文，趙鼎、張浚皆器遇之」。祁在淮南時，「諜知亮（金主完顏亮）謀叛盟，屢聞於朝，且峙粟閱兵爲備禦計。言者以張皇生事論罷之。」（《直隸和州志‧張祁傳》），第二年，金兵果然大舉入寇。祁因孝祥仕宦寖顯，不復干進。卜居蕪湖，名其堂爲「歸去來」。《萬姓統譜》說：「祁爲人謙恕，居官廉靜有守。喜吟詩，清麗和雅，有劉白風格，雜以選體。晚嗜禪學，號總得翁，以壽終。有文集若干卷，今佚」。

　　六叔父郯，字知彥，亦以兄奉使恩補官，歷任開化尉兼主簿、平江府西比較務、錄事參軍、全椒令、樞密院編修官、建康府通判等，積九遷至朝奉大夫致仕，後以子遇郊祀恩，積四封至朝議大夫。陸游〈朝議大夫張公墓誌銘〉說他：「爲人魁磊不凡，學問識其大者。臨事前見逆決若燭照龜卜，無秋毫疑滯。他人極思慮不能可否者，公一言處之，常有餘裕」。曾寓居蕭山，收養孤嫠，與同甘苦，視其所居之鄉如宗黨，進善人，誨責其有過者，鄉俗爲之一變（詳見《渭南文集》）。郯子孝伯，隆興元年（1163）進士，官至參知政事。時韓侂冑

當國，孝伯力勸弛僞學黨禁，一時賢俊遭貶斥者，得漸還朝。孝伯弟孝仲、孝稱、孝聞亦皆官於朝。孝伯子即之，官至承務郎，以直祕閣致仕。即之能書聞天下，金人尤寶其翰墨，今尚有眞蹟流傳。

綜觀張氏一門皆忠義愛國，且以才學德行名於世，《宋元學案補遺・衡麓學案補遺》特列張氏家學爲一目，由此可知其一家皆雅有學行，德名望重。〈譜傳〉說：「參知政事孝伯世稱賢相，孝曾以節義聞，孝才、孝章以文學著，公之諸兄弟也，賢才萃於一門，公實有以啓之」。洵非溢美之言。

孝祥出生在這樣滿門忠義的家庭裡，自然培養成遇事慷慨的豪爽性格與忠君愛國的熱烈情操。清・陳廷焯《白雨齋詞話》說：「張孝祥〈六州歌頭〉一闋，淋漓痛快，筆飽墨酣，讀之令人起舞。」在他的《于湖詞》裡所散發的這股愛國熱忱，實在是與他的家世有極密切的關係。另外，《于湖詞》中有將近一百首作品是爲交際應酬而寫，也是因爲孝祥處身仕宦家族，交遊多是官場人物的緣故。至於他的作品中以佛道語彙入詞的例子，多至不可勝數，此固由於信仰佛道爲當時習尙，而他大伯父「喜頌佛書，雖異域不廢」和他父親「晚嗜禪學」的愛好，也必然對他有所影響。總上所述，可看出孝祥家世影響他的創作實在是至深且鉅。

二、生平經歷

孝祥於宋高宗紹興二年（1132）出生於明州鄞縣（今浙江鄞縣）的方廣院。十歲時，金人侵略淮南，隨著父親渡江避亂，寓居蕪湖昇仙橋西。孝祥自幼聰穎敏悟，讀書一過目不忘。十六歲，中鄉試。二十二歲，再舉冠里選。紹興二十四年（1154）三月（二十三歲），舉進士第一；十一月，初授承事郎簽書鎭東軍節度判官。先是考官湯思退爲逢迎秦檜，已定秦塤爲榜首；經高宗複閱對策，特擢孝祥爲第一，而抑秦塤爲第三。孝祥一登第，隨即上書請表岳飛忠義，因此益爲秦檜所忌。等到秦檜得知孝祥爲張祁之子，而張祁又素與秦檜的死敵胡

寅交好，遂設計陷害張祁，於紹興二十五年（1155）十月，以張祁意圖謀反爲罪名，下張祁於大理獄，幸好秦檜病發而亡，才得平反出獄。孝祥也因此得以提前召對，被任命爲秘書省正字。第二年（1156）八月汪澈亦任秘書省正字，與孝祥同館職。汪澈老成持重，而孝祥年少氣銳，往往凌拂之，遂記恨於孝祥。十月，孝祥改守校書郎兼國史實錄院校勘。累遷起居舍人，權中書舍人。紹興二十九年（1159）汪澈任御史中丞，虛構罪名彈劾孝祥，孝祥遂被免職，這是孝祥仕宦生涯中，第一次嚴重的打擊。

紹興三十二年（1162）潤二月，除知撫州。正好遇上臨川猛卒趨劫庫兵，情勢十分危急，而當時官吏卻藏頭縮尾，不見蹤跡。孝祥單騎馳赴軍中，對叛卒說：「汝曹必欲爲亂，請先殺太守」叛卒說：「不敢，惟所給不敷耳。」孝祥隨即手喻眾卒，聽令者不死，並命人取金帛依次發給，分發數人後，叱說：「倡亂者無赦」，立將罪魁斬首，眾卒俯伏不敢仰視，一場叛亂於是敉平。事聞，高宗極爲嘉獎。〈譜傳〉載此事，評說：「涖事精確，雖老於州縣者所不逮也」。孝宗隆興年元（1163）三月，轉朝散大夫。五月，充集英殿修撰、知平江府。〈譜傳〉說他：「扶持善類，鋤抑強暴，判決如流，庭無滯獄」。當時平江府屬邑有某富商煮海囊橐謀取姦利，並且仗勢欺人，禍延郡邑，孝祥到任不久，即捕治籍其家。又上書請不催兩浙積欠的稅糧，造福當地百姓。隆興二年（1164）二月，因張浚推薦而召赴行在，入對。除中書舍人、直學士院兼都督府參贊軍事，不久又兼領建康留守。四月，張浚罷相改判福州；孝祥亦於十月被主和派宣諭使劾罷，這是他第二次遭免職。

乾道元年（1165）春，復集英殿修撰，知靜江府、廣南西路經略安撫使。於一年仕內治有聲績，並利用公餘閒暇，遍遊桂林山水與好友時相唱和。卻亦因此被以「專事宴遊」爲罪名劾罷，這是他第三次被誣陷而遭罷職。

乾道三年（1167）五月，起知潭州，權荊湖南路提點刑獄公事，

旋改荊湖南路安撫使。《史傳》說他：「為政簡易，時以威濟之，湖南遂以無事」。乾道四年（1168）夏，復待制，徙知荊南、荊湖北路安撫使。於任內築金隄消除水患，置萬盈倉儲備漕運，並鳩工修建學宮，積極興學。乾道五年（1169）春，請祠侍親。三月，進顯謨閣直學士致仕。歸蕪湖，徜徉山水，關懷地方人民疾苦，經常賑濟貧窘之人，為當地士民所景仰。春夏之間以疾卒，葬於建康鍾山。

　　綜觀孝祥一生仕歷不及十五年，卻三次遭罷職，先後出守撫州、平江、建康、靜江、潭州、荊州等六州郡，任期最長的也不過年餘，因此在他的《于湖詞》中有相當多的作品是於遷調途中寫成的。而孝祥之能遊遍東南半壁江山，模山範水，吟詠名勝，藉景抒情，感懷古蹟，與他的生平經歷，確實有極密切的關連。

三、政治立場

　　孝祥一生處於高宗、孝宗兩朝，其時宋方南渡，國勢猶盛，慷慨激昂之士與苟安媚敵之輩，勢均力敵，互有消長；主戰與主和之說，相互抗衡，各執一是，爭持不休。而孝祥一生的仕歷，便隨著戰和兩派勢力的消長而沉浮，因此其政治立場實關係到他一生的遭遇，更關係到他一生的成就與後人對他的評價。然而，《宋史》本傳對他的評論卻完全曲解了他的本意，為了正確地認識孝祥，給予他正確的評價，釐清孝祥的政治立場實有必要。

　　《宋史・張孝祥傳》載：「孝祥既素為湯思退所知，及受浚薦，思退不悅。孝祥入對，乃陳『二相當同心戮力，以副陛下恢復之志。且靖康以來惟和戰兩言，遺無窮禍，要先立自治之策以應之。』復言：『用才之路太狹，乞博采度外之士以備緩急之用。』……渡江初，大議惟和戰，張浚主復讎，湯思退祖秦檜之說力主和，孝祥出入二人之門而兩持其說，議者惜之。論曰……張孝祥早負才雋，莅政揚聲，迨其兩持和戰，君子每歎息焉」。從「議者惜之」、「君子每歎息焉」二語來看，似乎史傳的作者很為孝祥惋惜，事實上卻是沒能真正了解孝

祥對於張浚和湯思退二相的態度，只從「出入二人之門」的表面現象看，遽加以「兩持和戰」的罪名，這種歪曲對於後世評論孝祥有很大的影響。

從孝祥和湯思退的關係來看。由於孝祥「登第出湯思退之門」，因此二人初時的關係十分密切，是無庸諱言的，這可從《于湖居士文集》中現存的給湯思退的幾封信，和他為湯思退兒子寫的〈湯伯達墓誌〉（《文集》卷二十九）清楚得知。湯思退為相後「擢孝祥甚峻」欲攬孝祥為己用，可是當湯思退承秦檜之說力贊和議，與張浚爭持不下之時，孝祥一方面力勸二相當同心戮力謀國，一方面以實際行動來贊助張浚的恢復事業，致使湯思退對他不悅。隆興二年（1164）十月，湯思退暗中派孫造教金人以重兵脅和，金兵果然依計渡淮南進，而此時孝祥卻上書揭露金「不過欲要盟」的企圖，湯思退深恐陰謀暴露，便指使錢端禮、王之望劾孝祥為浚黨落職，此時孝祥與湯思退的關係實已到了勢不兩立的地步。造成這種結果的主要因素，便是由於孝祥主戰的立場始終一致，未嘗稍改，與湯思退主和的立場大相逕庭，水火不容。

孝祥主戰的立場，從他一登第就表現得非常明朗。〈譜傳〉說：「先是，岳飛卒於獄，時廷臣畏禍，莫敢有言者。公方第，即上疏言岳飛忠勇天下共聞，一朝被謗，不旬日而亡，則敵國慶幸而將士解體，非國家之福也。又云，今朝廷冤之，天下冤之，陛下所不知也。當亟復其爵，厚恤其家，表其忠義，播告中外，俾忠魂瞑目于九原，公道昭明於天下。帝特優容之。時公尚在期集所，猶未官也。秦相益忌之」。這說明他在政治生活剛開始的時候，就直接毫無忌憚的與秦檜對壘。秦檜死後，孝祥任秘書省正字，又趁召對之時，上〈乞改正遷謫士大夫罪名劄子〉，揭露秦檜「逮其暮景，狠恣尤甚，士大夫稍白振厲，不肯阿附，或有小違忤，則羅致之獄」的罪行，因請「如係近年取怒故相，並緣文致，有司觀望，鍛鍊成罪之人，特免看詳，並與改正」（《文集》卷十六）。〈譜傳〉又說他：「性剛正不阿，秦塤同登第，官

禮部侍郎，一揖之外，不交一言」。從他對秦檜祖孫的態度來看是何等光明正大。

從現存《文集》卷十六至十八〈奏議〉的內容來看，孝祥在政治主張上有一個中心思想是始終一貫的，那就是「先盡自治以爲恢復」。「恢復」是目的，「自治」是手段，也就是爲「刷無窮之恥，復不共戴天之仇」準備有利的條件。孝祥的〈奏議〉如：〈論總攬權綱以進更化箚子〉、〈論涵養人才箚子〉、〈論先備箚子〉、〈進故事二篇〉、〈論衛卒戍荊州箚子〉、〈論治體箚子〉、〈畫一利害〉、〈論謀國欲一箚子〉、〈論先盡自治以爲恢復箚子〉、〈論用才之路欲廣箚子〉、〈赴建康畫一利害〉、〈乞擇近臣令行荊襄，參酌去取，牧馬專置一司奏狀〉等，都有明確的政治主張，其內容都是有關恢復措施的建議，從無一語提及和議，主戰的立場是如此的分明，且始終一貫，堅定不移。

再從他的平生交遊來看，除〈譜傳〉稱他與張栻「志同道合」外，其他如胡銓、王十朋、劉珙、朱熹、韓元吉、陸游、張維、王直、王阮等，都是守正尚節，憂時愛國之士。孝祥有〈同胡邦衡夜直〉詩說：「先生義與雲天薄，老去心如鐵石堅。夢了瓊崖身益壯，煙銷金塢臭空傳。」這是稱頌胡銓在紹興八年（1138）因請斬秦檜等被謫之事，詩作於隆興二年（1164）春。這年八月，胡銓又上疏痛陳和議之害，至以「乞賜流放竄殛」力爭。隆興元年（1163）符離兵潰，張浚上表自劾，時王十朋爲侍御使，亦上表奏說：「臣自總角在草茆間聞強敵入中國，痛心疾首，義不戴天。臣素不識張浚，聞其天姿忠義，誓不與敵俱生，實敬慕之。……今浚既待罪，臣豈可尚居風憲之職？欲望正臣妄言之罪，待加竄殛」（宋・汪應辰《文定集》卷二十三〈龍圖閣學士王公墓誌銘〉）。王質初受張浚之知，又以湯思退薦爲太學正，但在其〈論和戰守疏〉中，排擊二人，無所假借。可見他們都是出處光明，對國負責，亮直不阿的。倘孝祥是附勢苟進，朋比偷合之流，他們還肯與他往來嗎？（本段主要參考宛敏灝先生〈張孝祥和他的《于湖詞》〉）

　　總上所述，可以清楚地看出孝祥的政治立場，主戰、力圖揮復的志願是如此的明朗，而其一生的言行與著述，無不一再貫徹此一主張，從未模稜兩可；在他的《于湖居士文集》四十卷作品中，更找不出一句主張和議的言論。宋・陸世良〈宣城張氏信譜傳〉說：「或者因公召對『要先立自治之策以應之』等語，謂公出入二相之門，兩持其說，豈知公者哉！」；宋・謝堯仁〈張于湖先生集序〉說：「自渡江以來將近百年，唯先生文章翰墨爲當代獨步，而此猶先生之餘事也。蓋先生之雄略遠志，其欲掃開河洛之氛祲，蕩洗泗之羶腥者，未嘗一日而忘胸中。使其得在經綸之地，驅馳之役，則周公瑾、謝幼度之風流，其尙可挹於千百載之上也」；清・黃鉞〈駿生（謝嵩字）觀察移祀于湖先生於赭山之滴翠軒〉詩說：「炷香再拜長太息，和戰紛紛謀孔急。公言自治還應人，誰是同心爲戮力。……謂公兩持爲公惜，直是深文非史筆」；清・宋翔鳳《樂府餘論》云：「南宋詞人，繫情舊京，凡言歸路、言家山、言故國，皆恨中原隔絕。此周公謹氏《絕妙好詞》所由選也。公謹生宋之末造，見韓侂胄函首，知恢復非易言，故所選以張于湖爲首。以于湖不附和議，而早知恢復之難。不似辛稼軒輩率意輕言，後復自悔也。《宋史・張孝祥傳》曰：『……（不引傳言，略）……』按大臣異論，人材路塞，俱非朝廷所以自治。孝祥所陳（先立自治之策），可謂知恢復之本計矣。傳乃謂『兩持其說』，何見之淺也。」；林半覺〈南宋愛國詞人張孝祥桂游石刻研校〉說：「綜上所述，孝祥之愛國思想，他的恢復主張與張浚的主戰，觀點是完全一致的。因此，『和戰兩持其說』之論，可以休矣。《宋史》所載，殊欠公允，今本實事求是之旨，應予平反。恢復他的本來面目！」這些才是眞正了解孝祥，能得事實的評斷。

　　正由於孝祥主戰、力圖揮復的志願從未改變，憂國憂時之心，未嘗稍懈，所以面對偏安苟且，和議甚熾的時局，才寫出了許多忠憤填膺，感人肺腑的詞篇。而孝祥《于湖詞》中最爲後人稱道的，也正是這一類詞。清・陳廷焯《白雨齋詞話》說：「張安國詞，熱腸鬱思，

可想見其爲人。」如果不是這種政治立場的堅持，詞中的忠憤悲慨之
情，是斷然無法矯作而得的。

第三章　張孝祥詞的版本

　　張孝祥存詞可確認者，共計二百二十四首。現存之宋槧本有二：一爲全集本中之〈樂府〉，一爲單行本詞集《于湖先生長短句》。其版本流衍，亦大致可依此分爲兩個系統，略言之如下：

　　一、全集本樂府：現存宋槧本《于湖居士文集》四十卷、《附錄》一卷，爲宋寧宗嘉泰元年（1201）王大成校輯刊刻於南昌，通稱爲南昌本《于湖居士文集》或簡稱作《全集》本。其中第三十一至三十四卷〈樂府〉爲孝祥詞作，收詞一百八十二首。今傳吳訥《百家詞》本《于湖詞》、焦竑《二張集》本《張于湖集》、《四庫全書》本《于湖集》、雙照樓《景宋本于湖居士樂府》皆源出南昌本《全集》。近人唐圭璋所編《全宋詞》本《張孝祥詞》、徐鵬校點《于湖居士文集》亦皆以《全集》本爲主，可併入此一系統。

　　二、單行本詞集：現存宋槧孝祥詞集之單行本爲《于湖先生長短句》五卷、《拾遺》一卷，刊刻於宋孝宗乾道七年（1171），一般稱爲乾道本《于湖先生長短句》或簡稱作《長短句五卷》本，收詞一百七十七首，文字與《全集》本樂府相異處甚多。陶湘續刊《景宋本于湖先生長短句》、汲古閣《宋六十名家詞》本《于湖詞》、傳鈔《四庫全書》本《于湖詞》、《四部備要》排印本《于湖詞》皆屬此一系統。

今即以此二系統分別介紹各版本。至如宋‧黃昇《中興以來絕妙詞選》有孝祥詞二十四首、周密《絕妙好詞》有孝祥詞四首、清‧沈辰垣等奉敕編《御選歷代詩餘》收錄孝祥詞六十四首、清‧朱彝尊《詞綜》有孝祥詞五首……等等皆爲詞選性質，則不在討論範圍。

第一節　全集本樂府

一、南昌本《于湖居士文集》四十卷、《附錄》一卷

此本爲宋寧宗嘉泰元年（1201），孝祥從弟孝伯知隆興府充江南西路安撫使時，「盡以家藏與諸家所刊」[註1]屬王大成校讐輯刊於南昌，故一般稱爲南昌本《于湖居士文集》或簡稱《全集》本。原槧板高營造尺六寸七分、寬五寸二分，半葉十行十六字。舊藏慈谿李氏，現藏台北：國立中央圖書館，微卷編號一○四七一。全書收詩、文、詞等四十卷、附錄一卷，卷首有謝堯仁、張孝伯二人之序及目錄。內容大略如下：

卷一：〈賦〉一篇、〈辭〉一篇、〈頌〉一篇、〈樂章〉七篇。

卷二至卷五：〈古詩〉一百三首。

卷六至卷九：〈律詩〉一百三十二首。

卷十三至十四：〈文〉一篇、〈記〉十九篇。

卷十五：〈序〉七篇、〈銘〉八篇、〈說〉五篇、〈贊〉五篇。

卷十六至十八：〈奏議〉三十篇。

卷十九：〈內制〉三篇、〈外制〉四十一篇。

卷二十：〈表〉二十篇。

卷二十一至二十三：〈啓〉五十二篇。

卷二十四：〈書〉五篇。

卷二十五至二十六：〈疏文〉十一篇、〈青詞〉十三篇、〈釋語〉三十七篇。

[註1] 見《于湖居士文集》卷首，張孝伯撰〈張于湖先生集序〉。

卷二十七：〈祝文〉二十四篇、〈致語〉三篇。

卷二十八：〈定書〉六篇、〈題跋〉十四篇。

卷二十九至三十：〈墓誌〉五篇、〈祭文〉五篇。

卷三十一至三十四：〈樂府〉一百八十二首。

卷三十五至四十：〈尺牘〉六十五篇。

其中卷三十一至三十四〈樂府〉爲孝祥之詞作，自〈六州歌頭〉起，至〈蒼梧謠〉止，共四十三調、一百八十二首，同調彙刊。書中「警、筐、貞、徵、完、愼、敦、愨、廓」等字皆闕筆，避諱至宋寧宗時止。

　　現存孝祥著作之《全集》本，以此本爲最早、亦較完備。〔註2〕陸世良在宋光宗紹熙五年（1194）所寫的〈宣城張氏信譜傳〉中，說孝祥有《于湖集》四十卷，宋・晁公武《郡齋讀書志》卷五趙希弁〈附志〉、宋・陳振孫《直齋書錄解題》卷十八、《宋史藝文志》卷七，著錄卷數均同。民國18年（1929）上海涵芬樓曾據此影印刊行，《四部叢刊》初編即影此本。坊間所見《四庫全書》四十卷本，如：世界書局景印摛藻堂《四庫全書薈要》本、台灣商務印書館景印文淵閣《四庫全書》本，皆以此爲底本，而刪其附錄一卷。

　　饒宗頤《詞籍考》卷四云：「其樂府四卷，同調並列之詞，核以于湖官跡，知其先後有序；但詞題刪節太甚，有需合觀單詞本題意始全者。」又云：「全集四十卷本，其第三十一至三十四載詞一百八

<hr>

〔註2〕最早的張孝祥全集，爲張孝忠輯刊於宋孝宗淳熙元年（1174）的大冶本《于湖集》，今已不存。王質《雪山集》卷五有〈于湖集序〉，即此本之序文，略云：「是歲（1169），公沒于當塗之蕪湖，而其歌詞數編先出。歲癸巳（1174），公之弟王臣官大冶道永興。某謂王臣曰：『公之文當亟輯，世酣于其歌詞，而其英偉粹精之全體未著，將有以狀公者。』王臣既去一年，以公之文若干篇若干冊示某。」王臣爲張孝忠之字，孝忠爲孝祥大伯父張邵之子。據此可知，孝祥著作先有詞集行世，而在大冶本《于湖集》之前，則無全集刊行。大冶本《于湖集》之內容、卷數，因王序語焉不詳，無從揣測。又：南昌本《于湖居士文集》謝堯仁序云：「天下刊先生文集者有數處」，此數處之文集，亦皆不存。

十二首，似經修改之定稿。」其言可信。此本附錄中誤將張栻〈送張荊州序〉更題爲〈張南軒贈學士安國公歸蕪湖序〉〔註3〕，是當校正之處。

二、明・吳訥《百家詞》本《于湖詞》二卷

《百家詞》爲吳訥於明正統年間所編。秦惠民《唐宋名賢百家詞集》版本考辨》（文載《詞學》第三輯，華東師大出版社，1985年）云：「《唐宋名賢百家詞集》今存三種版本：即天津圖書館收藏的明鈔本《唐宋名賢百家詞集》、北京圖書館收藏的梁啓超傳抄本《唐宋名賢百家詞集》、林大椿（堅之）校勘鉛印本《百家詞》（以下簡稱林校本）。」此書在林校本印行之前，一直沒有付梓，前述天津、北京圖書館所藏皆爲傳鈔本。吳氏在輯書時，沒有一定的體例，因此傳鈔的錯誤極多。民國初年，林大椿（堅之）在北平購得全部抄本，已經殘蛀十分嚴重。林氏重加校勘整理，並定名爲《唐宋元明百家詞》於民國25年（1936）在上海書店排印（參見該書序例）。予所見者，民國60年（1971）台北廣文書局影印版。其第三十三種爲《于湖詞》，分上下兩卷。收詞一百五十四首，與《全集》本卷三十二至三十四所收詞相同，詞之排列次序除〈浪淘沙〉至〈如夢令〉十首，《全集》卷三十三原次〈醜奴兒〉後，《百家詞》本則次於〈浣溪沙〉之後，其餘次序完全相同，可知此本實即《全集》本卷三十二至三十四，特遺漏卷三十一耳。

三、明・焦竑《二張集》本《張于湖集》八卷、《附錄》一卷

善本藏台北：國立中央圖書館，微卷編號一〇四七三。明崇禎十七年甲申（1644）張弘開合張籍、張孝祥諸作爲《二張集》，刊行於

〔註3〕〈送張荊州序〉見張栻《南軒先生文集》卷十五。乾道四年（1168）夏天，孝祥由知潭州，徙知荊南湖北路安撫使，去潭州之時，張栻（南軒）贈此文勉以講學。文中有「上流重地，暫茲往牧」等語。《于湖居士文集・附錄》陸世良〈宣城張氏信譜傳〉謂此文爲乾道五年（1169）孝祥致仕歸蕪湖時，南軒爲文餞之之文，實誤。宛敏灝於〈張孝祥和他的《于湖詞》〉一文中辨之甚詳，可供參考。

金陵。原稿爲焦竑、朱之蕃所集，並經張尙儒、張應元、楊九思、曾可藻、張元禎等人校勘。《張于湖集》八卷、《附錄》一卷，卷首除收謝堯仁、張孝伯二序外，另有吳門錢禧序文及歷陽後學楊侯胤〈張于湖先生跋〉一文。其卷三〈樂府〉爲孝祥詞作，計收三十八調、一百三十七首。同卷另分〈歌詞〉一目，收〈長淮歌詞〉一首、〈青梧謠〉三首。〈長淮歌詞〉實即〈六州歌頭〉（長淮望斷），〈青梧謠〉即〈蒼梧謠〉，皆爲孝祥詞作，另別〈歌詞〉一目，殊屬不當。

　　此本刊行時間較南昌本《于湖居士文集》晚四百四十三年，較乾道本《于湖先生長短句》遲五百七十三年。以三本相比對，所收詞作互有參差，但較近南昌《全集》本。可能焦竑、朱之蕃未見南昌本及乾道本全書，儘就所見收輯之故。是本蒐羅未備，分類欠妥，編次亦嫌紊亂，不無遺憾。

四、《四庫全書》本《于湖集》

　　民國 68 年（1979）台北：台灣商務印書館刊印王雲五主編的《大本原式精印四部叢刊正編》，其第五十一冊《于湖居士文集》即南昌本《于湖居士文集》（據上海涵芬樓借慈谿李氏藏宋刊本景印）。1989年，上海：上海書店重刊《四部叢刊初編》其中第一七五冊《于湖居士文集》亦影南昌《全集》本。另：傳鈔本《四庫全書》之《于湖集》，亦皆以南昌本爲底本，如 1973 年，台灣商務印書館刊行《景印文淵閣四庫全書》第一一四〇冊《于湖集》四十卷；1987 年，台北：中華書局刊行《景印摛藻堂四庫全書薈要》第三九三冊《于湖集》四十卷，都是據南昌本鈔寫而成。其行款、字跡與南昌本不同，而內容則無異。唯二本皆刪去《附錄》一卷，失卻研究孝祥生平事蹟之重要資料。

五、吳昌綬雙照樓《景宋本于湖居士樂府》四卷

　　清宣統至民國間，仁和吳昌綬彙輯宋元舊本，選工景寫精刻，刊行《雙照樓景宋元明本詞》十七種。民國 7 年（1918）以刊版歸武進

陶湘，湘復踵其義例，增益二十三種，合成陶湘涉園《景刊宋金元明本詞四十種》〔註4〕，其中《雙照樓景宋元明本詞初刻本十七種》之第七種爲《景宋本于湖居士樂府四卷》。陶湘於《景刊宋金元明本詞四十種・敘錄》案云：「宣統之季，宋槧《于湖居士集》始出於盛伯希祭酒家。大字精整，半葉十行，行十六字，卷三十一至三十四凡〈樂府〉四卷，袁寒雲夫人劉姍梅眞所景摹也。」是書卷末署「乙卯（1915）6月10日寫訖　梅眞」，並有袁寒雲（克文）手書後記，記文云：「伯宛（吳昌綬字）景刊宋元本詞，多從舊槧精鈔裁篇別出。其悄以詞家自昔無鉅袟，欲創爲之，以存古刻眞面目。四五年來，僅成二十餘種，海內珍儲，搜摭略具。克文近獲宋刻《于湖居士集》，爲世間絕無之本，屬內子梅眞手樠〈樂府〉四卷，貽以上版，備南宋大家之一。乙卯（1915）八月，項城袁克文記。」

　　饒宗頤《詞籍考》云：「（南昌本《于湖居士文集》）與盛伯希藏宋槧有三數字筆畫微異，民國初，《四部叢刊》未出之前，上海書坊石印從盛本出。吳氏雙照樓《景刊宋本于湖居士樂府四卷》，即盛伯希藏宋槧之三十一至三十四卷，裁篇別出，由袁寒雲夫人劉梅眞景摹，十行十六字，間有二三誤字。」銘按：劉梅眞摹寫本與南昌本《全集》有十餘字不同。其中「蔣、侵、璧」三字，南昌本誤作「荊、優、壁」，劉氏爲之改正。「東、王、鋅、巳」四字則爲劉氏筆誤，當爲「康、主、辟、已」。另「枝、頭、舟、幕」等字，則可能爲劉氏故意缺筆。〔註5〕

〔註4〕參見陶湘涉園《景刊宋金元明本詞四十種》卷一〈敘錄〉。
〔註5〕「蔣、侵、璧」分別見卷三十三：〈柳梢青〉（重陽時節）、〈踏莎行〉（藕葉池塘）、〈醜奴兒〉（珠燈璧月年時節）。「東、王、鋅、巳」分別見卷三十四：〈西江月〉（不識平原太守）、〈減字木蘭花〉（佳人絕妙）、〈點絳唇〉（萱草榴花）、〈南歌子〉（曾到蘄州不）。「枝、頭、舟、幕」分別見卷三十三：〈浣溪沙〉（妙手何人爲寫眞）、〈浣溪沙〉（已是人間不繫舟）、〈浣溪沙〉（穩泛仙舟上錦帆）、卷三十四〈訴衷情〉（晚煙斜日思悠悠）。

六、唐圭璋編《全宋詞》本《張孝祥詞》

　　唐圭璋編《全宋詞》共收宋詞人一千三百三十餘家，詞作一萬九千九百餘首，殘篇五百三十餘首，為歷來收集宋人詞作最完備的一部書。書分五冊，《張孝祥詞》在第三冊。唐氏初編《全宋詞·張孝祥詞》時，以陶刻《于湖先生長短句》為主，再從各本補錄。〔註6〕重編時改以《全集》本一百八十二首為主，另從《于湖先生長短句》補三十七首、從《全芳備祖·前集》、《永樂大典》各補二首，總計二百二十三首。另以他詞誤入者八首及平話偽托者四首別為存目詞，並附錄存目詞五首於卷末。卷首有張孝祥小傳。

　　重編之《全宋詞》本《張孝祥詞》已改正鄭騫、饒宗頤等人所摘若干缺失。〔註7〕惟卷前無分目，檢索倍感不便；又校改處，例不出校語，難免失之武斷，故仍有需參讀他本者。予所見出版該書者，有台北：中央輿地出版社（1970）；台北：文光出版社（1983），皆為重編版。

七、徐鵬校點《于湖居士文集》

　　1980 年 6 月，上海古籍出版社鉛字排印本。今人徐鵬以南昌本《于湖居士文集》為底本，校以宋乾道本《于湖先生長短句》、《宋名家詞》本《于湖詞》、《百家詞》本《于湖詞》、雙照樓校寫本《全芳備祖詞鈔》、《永樂大典》等，凡有校改之處，皆出校記（見該書序文）。書中除卷三十一至三十四〈樂府〉四卷為南昌本孝祥詞作一百八十二首外，另有《補遺》一卷，輯得四十五首，故總計全書收孝祥詞作二百二十七首。惟據唐圭璋《宋詞互見考》得知：〈滿江紅·詠雨〉為無名氏作，〈憶秦娥·雪〉、〈憶秦娥·梅〉為朱熹作，〈柳梢青·泛西

〔註 6〕初編《全宋詞》予未經見，此據饒宗頤《詞籍考》卷四內容推知。惟饒氏云陶刻《于湖先生長短句》有詞一百七十四首，予所見陶刻則有詞一百七十七首。

〔註 7〕參見鄭騫《景午叢編》上編〈評唐編全宋詞〉，饒宗頤《詞籍考》卷四〈張孝祥〉。

湖〉爲曹冠作，若去此四首，則所收五十三調二百二十三首詞，與唐圭璋《全宋詞》所收之《張孝祥詞》詞調、篇數完全相同。〔註8〕

此書雖屬排印本，然於文字校讎十分精確。詞題刪節過甚者，皆參酌他本考訂，並出校語，兩可或無確證者，則兩存之。惟句讀採用新式標點，一依詞義，隨意標點，全無視詞調音律體製之存在，致頓逗不分，韻字難辨，叶韻、用韻宜用「。」處，而標「，」者屢見不鮮，此其大病，當亟校改。

第二節　單行本詞集

一、清・李子仙景宋乾道本《于湖先生長短句》五卷、《拾遺》一卷

台北：國立中央圖書館所藏清李子仙景宋鈔本《于湖先生長短句》五卷、《拾遺》一卷，微卷編號一四八四四。半葉十行，每行十八字。卷首爲目錄，題「狀元張孝祥安國撰」，目中各調下側注宮調及闋數。次爲〈于湖先生雅詞序〉，文末署「乾道辛卯（1171）仲冬朔日建安陳應行季陸序」。卷一收〈六州歌頭〉等六調二十四首，卷二收〈兩中花〉等七調二十一首，卷三收〈虞美人〉等七調二十八首，卷四收〈浣溪沙〉等八調四十首，卷五收〈醜奴兒〉等十五調二十七首。《拾遺》不分卷，目錄各調下亦側注宮調、闋數，收〈念奴嬌〉等二十調三十七首。其中〈醜奴兒〉（伯鸞德耀賢夫婦）一闋已見卷五，〈點絳唇〉（秩秩賓筵）與卷五〈點絳唇〉（綺燕高張），僅數字不同，實同一闋。總計五卷及《拾遺》共收四十一調（去其重複）一百七十七首詞，較《全集》本少二調五首。〔註9〕《拾遺》卷後有〈張紫巖雅詞

〔註8〕孝祥詞作可確認者，現存二百二十四首，除唐氏所輯二百二十三首外，另有孔凡禮自《詩淵》第二十五冊輯得〈南歌子〉（儉德仁諸族）一首。

〔註9〕唐圭璋《宋詞版本考》於「《于湖先生長短句》五卷、《拾遺》一卷」條下側注：「南京圖書館藏李子仙影宋鈔本」。於「《于湖居士樂府》四卷」條下側注：「雙照樓景印宋全集本，較陶刻多四十五首。」宛敏灝

序〉，文末署「乾道辛卯（1171）六月望日陳郡湯衡撰」。書最末為孫原湘、張蓉鏡、邵淵耀、楊希銓、吳憲澂等人手跋。孫原湘跋云：「……此冊的係原本，洵可寶貴，惟舛譌處頗多，須一校正之耳。」張蓉鏡跋云：「……世傳毛氏汲古閣本，首卷祗就詞選二十四闋，更擷四首益之，以備一家。迨後得全集〔註10〕，續刊而首卷則未重刻，故編次紊亂，且集中宮調已逸，讀先生詞者不免殘缺失次之憾。吳郡黃蕘圃先生以是冊贈先祖觀察公，為李子仙孝廉影宋鈔本，首尾完整，行款、字體，的係原刻面目。珍藏味經書屋，閱二十餘稔矣！……嘉慶庚辰（1820）重陽前一日，海虞張蓉鏡書。」吳憲澂跋云：「……因思藏書之家，每以得宋本為善，顧何以卷中字破體、俗體屢見疊出，豈當時小學久已不講，刊書者任坊間俗工為之，而不暇詳審歟？是亦快意中之一憾事也！庚寅（1830）二月春分日，琴川吳憲澂識。」

　　銘按：是書雖屢經前人校改，舛訛處，仍復不少，如卷一目錄〈滿江紅〉調下側注「四首」，實僅二首，卷二〈蝶戀花〉調下側注「二首」，實存一首，「商」字多誤作「商」字，〈憶秦娥〉誤作〈憶秦蛾〉，〈菩薩蠻〉誤作〈善薩蠻〉，「知己」或作「知巳」……例多不勝枚舉。可能是清人校書態度較嚴謹，為存原刻真貌，不欲隨意妄改之故。是刻與《全集》本異文甚夥，湯陳二序題作「雅詞」與書題「長短句」亦不同，但題序詳明，可為讀集本之助。

二、陶湘涉園續刊景宋本《于湖先生長短句》五卷、《拾遺》一卷

　　為陶湘涉園《景宋金元明本詞續刊本二十三種》中之第六種。陶

　　　〈張孝祥和他的《于湖詞》〉一文據此云：「南京圖書館所藏李子仙影宋抄本與此（指陶湘刻本）同，惟簽題《張于湖雅詞》。頗疑孝祥詞集曾被收入典雅詞，此本前四卷仍依其舊而將續得者增為拾遺一卷。但較南昌本全集仍少詞四十五首。」由此可知，南京圖書館現藏李子仙影宋鈔本較台北中央圖書館藏本短少一卷。至云陶刻本較《全集》本少詞四十五首，則不知唐、宛二氏所據陶刻為何版本？

〔註10〕應為乾道本《于湖先生長短句》，非全集。《四庫提要》未細勘文字同異，誤認毛氏汲古閣本《于湖詞》後兩卷從全集另編，張氏不辨，亦從《四庫提要》之誤。

湘在該書〈敘錄〉案云：「光緒間，授經大理，曾於京師得傳鈔五卷、附拾遺本。據汲古所刻，爲補遺一卷以寄伯宛（吳昌綬字）。當時猶未見《于湖集》宋槧，別獲舊鈔一本，亦有闕卷。後始從瞿氏摹傳此本，較傳鈔特爲精整，足與集本互證也。宋本半葉十行，行十八字，目錄下題狀元張孝祥安國撰，每詞各注宮調，拾遺同。」由此知，陶刻是據鐵琴銅劍樓藏本摹寫而成。陶刻與李子仙影乾道本《于湖先生長短句》，行款、內容（間有二三誤字，已改正）完全相同，惟點捺鈎勒筆法不同，顯係同一版本抄寫。〔註11〕李本譌誤、破體、俗體之字，陶刻除改〈善薩蠻〉爲〈菩薩蠻〉、「知巳」爲「知己」、「秖今」爲「祇今」等三數字外，餘仍存其舊，未加校改。

　　饒宗頤《詞籍考》云：「文句似屬初稿，以較集本，互有得失；可珍者，目錄下各注宮調，今傳詞集，不數數見。」銘按：此說的是知言。此本刊刻於乾道七年（1171）夏天，距孝祥之卒，不及二年，又較大冶本《于湖集》早三年，王質序該集曾云：「是歲（1169），公沒于當塗之蕪湖。而其歌詞數篇先出……」（參見註2），由此推測，此本似屬初稿無誤。其三十年後（1201）刊刻之南昌本《于湖居士文集》則爲修改後之定稿。

三、明・毛晉汲古閣刊《宋六十名家詞》本《于湖詞》三卷

　　善本藏台北：國立中央圖書館，微卷編號一四九三九。另故宮博物院、台灣大學、東海大學等圖書館，亦皆有藏本。毛氏刻《于湖詞》，其初祇就《花菴詞選》所載二十四首，加輯四首，以備一家。後得乾道本《于湖先生長短句》，乃刪其重複，另編爲二、三兩卷以續之，並收湯、陳二序。三卷共收詞一百八十一首，較乾道本《于湖先生長短句》多〈鷓鴣天・春情〉、〈桃源憶故人〉、〈滿江紅・詠雨〉、〈憶秦娥・雪〉、〈憶秦娥・梅〉五首，少〈生查子・詠摺疊扇〉

〔註11〕瞿氏鐵琴銅劍樓藏本，予未經見。或許瞿氏藏本即李子仙影宋本也說不定。此待日後，搜得瞿氏藏本，兩相比對，即可分曉。

一首。〔註12〕

《四庫提要》云：「此本爲毛晉所刊。第一卷末即繫以跋，稱恨全集未見。蓋祇就《詞選》所載二十四闋，更摭四首益之，以備一家。後二卷則無目錄，亦無跋語，蓋因已見全集，刪其重複，另編爲兩卷以續之。而首卷則未重刊，故體例特異耳。」陶湘《景刊宋金元明本詞四十種‧敘錄》亦踵其說。惟毛氏續刊二、三卷，實據乾道本《于湖先生長短句》，而非《全集》，饒宗頤《詞籍考》已辨之云：「提要以爲從全集另編者，尚未細勘文字同異也。」乾道本《于湖先生長短句》與《全集》本，文字相異甚多，此不可不辨。

四、傳鈔《四庫全書》本《于湖詞》三卷

據毛晉汲古閣本《于湖詞》抄寫。毛晉跋語仍置卷一之後，以存原刻眞貌，唯三卷俱無目錄。卷首有〈提要〉及湯陳二序。（〈提要〉誤稱毛氏見《全集》，據以另編兩卷云云，辯已詳前。）

五、《四部備要》排印本《于湖詞》三卷

據毛晉汲古閣本《于湖詞》排印校刊。民國53年（1964）台北：中華書局發行。

汲古閣原刻，卷二、卷三無目錄，毛晉跋語原來在卷一之後。此本則補卷二、卷三目錄，與卷一目錄並置於卷端。且移毛晉跋語於卷三之後。卷首仍收湯陳二序。〔註13〕

〔註12〕〈鷓鴣天‧春情〉他本皆未見，〈桃源憶故人〉並見於《全集》本卷三十三，此二首爲孝祥詞作，殆無疑異。據唐圭璋《宋詞互見考》：〈滿江紅‧詠雨〉爲無名氏詞，見《草堂詩餘‧後集》卷上；〈憶秦娥〉二首皆朱熹詞，見《晦庵詞》；〈生查子‧詠摺疊扇〉爲朱翌詞，見《容齋四筆》卷十三。

〔註13〕以上所言，孝祥詞作版本已收羅略俱。惟據唐圭璋《宋詞版本考》知尚有二本予未經見：一爲毛斧季校本《于湖詞》一卷（唐氏側注「毛氏以兩抄本校卷一，後二卷未校。酈衡叔藏書。北京圖書館藏書」）；一爲《南詞》本《于湖詞》二卷（唐氏側注「北京圖書館藏《南詞》本」）。他日若能尋得，當再補述。

第四章　張孝祥詞的形式

　　本章擬就「擇調」、「用韻」、「造語」三方面，對張孝祥詞做一觀察與分析。

　　就「擇調」言，詞原是「音樂語言和文學語言緊密結合的特種藝術形式」〔註1〕樂譜未失之時，製詞者須依宮調定律創調或選調，每一詞調皆相繫於一的宮調〔註2〕，作者必須「長短其句以就曲拍」〔註3〕，詞體遂逐漸定型，成為一種「調有定格，字有定數，韻有定聲」〔註4〕的文學形式。樂譜既失之後，填詞者依調施為，平仄和句法的變化，實已寓於詞調之中。吳梅《詞學通論》云：「詞之為道，本合長短句而成，一切平仄，宜各依本調成式。五季兩宋，創

〔註1〕語見龍榆生〈談談詞的藝術特徵〉，文載華東師大中文系古典文學研究室編《詞學研究論文集》，上海古籍出版社，1982年3月第一版。

〔註2〕《御製詞譜》共收詞調八百二十六種，其中七百五十九調可確考其所隸屬之宮調。有些詞調分屬數宮調，有些詞調可轉入他調。凡同一詞調而入數宮調，它的腔調必有一定的改變。（參考余毅恆《詞筌》第四章詞的音律）。梁啟勳《曼殊室隨筆》據金奩、子野、樂章、片玉、于湖、白石、夢窗七集，復旁搜側求，以詞牌按宮分隸，得四百零五闋，亦可供參考。

〔註3〕語見施議對《詞與音樂關係研究》第七章第二節。北京：中國社會科學出版社，1985年7月第一版。

〔註4〕語見明‧徐師曾《詩體明辯》卷十七〈詩餘〉。台北：廣文書局，1972年4月初版。

造各調，定具深心。蓋宮調管色之高下，雖立定程，而字音之開齊撮合，別有妙用。倘宜平而仄，或宜仄而平，非特不協於歌喉，抑且不成爲句讀。」詞調一經選定，則平仄、字數、句法、韻位皆受其約束，因此欲在形式上探討音韻格律所表現的聲情與文情之間的關係，從「擇調」著手，實有提綱挈領之妙。

就「用韻」言，每一韻部各有其不同的韻味。同一詞調，用韻不同，整首詞所表現的聲情，也隨即發生差別。同爲仄韻，而用上去聲韻，與用入聲韻者，聲容自異。同爲平韻，而用發音洪亮之韻部，如東鐘江陽戈麻等韻，與用柔靡淒清之韻部，如支微齊灰寒刪等韻者，情態亦殊。如〈滿江紅〉、〈念奴嬌〉、〈賀新郎〉、〈桂枝香〉諸調，用入聲韻，則激越豪壯，宜寫慷慨熱烈之情，若改用上去聲韻，則轉爲沉鬱悲涼，乏「聲如裂帛」之致。〔註5〕因此，探討詞家之用韻情形，實有助於對詞作之整體了解。〔註6〕

就「造語」言，自東坡以詩爲詞，「一洗綺羅香澤之態，擺脫綢繆宛轉之度」（胡寅〈酒邊詞序〉）「指出向上一路，新天下耳目」使「弄筆者始知自振」（王灼《碧雞漫志》）才使詞逐漸脫離「艷科」樊籬，讓晚唐五代以來，作爲「綺筵公子」、「繡幌佳人」佐歡助興的工具，成爲文人抒情寫志的文體。其主因，固由於「東坡學際天人」（李清照《詞論》），「高出人表」（張炎《詞源》）的學養，及其超逸曠達的人格特質有以致之；而表現在詞的文字形式上，最爲關鍵的，便是東坡能融化前人詩文、成語，如以變化運用，且間雜以經史子語，以拓廣其語彙；使詞在用語上，擺脫了穠麗、香艷、柔美、嫵媚的傳統，在題材的擴大與詞境的提昇上，有了穩固的基礎和發展的可能。而孝祥是刻意模仿東坡，且卓然有成的詞家，在「造語」上，自然亦深受

〔註5〕參考俞感音〈填詞與選調〉，原載《同聲月刊》第一卷第二號，1941年1月。後收入趙爲民、程郁綴選輯《詞學論薈》，台北：五南圖書出版公司，1989年7月初版。

〔註6〕戈載《詞林正韻‧發凡》和萬樹《詞律‧發凡》於用韻與四聲平仄之說，頗有發明，可供參考。

東坡啓發。故本章「造語」一事擬從尋索用語出處，以觀孝祥爰引經
史、融化詩文之大要。

第一節　擇　調

　　詞調與文情，其關係至爲密切，歷來詞論家莫不留意。「講究聲
律、注重眞美，是我國詩歌的傳統」〔註7〕，詩歌創作，往往必須
利用格律聲調所造成的節奏感和旋律感，即格律聲調所造成的音樂
美以烘托其意境；尤其詞，原來即是配合音樂而製的歌詞，其意境
的塑造與文情的傳達，更需借重於格律聲調來體現。呂澂〈詞源疏
證序〉云：「長短句之制，本以歌詠。宋人佳構，塡字審音，聲調婉
美，著於辭意之外。」亦說明了前人之注重格律聲調。陳滿銘先生
論蘇辛詞之異同，亦自「擇調」入手〔註8〕，實深契要領。至於論
宮律詞調與文情之關係，最爲精要具體者，莫如王易《中國詞曲史》，
其〈構律〉一章略云：「宮律詞調，聲響文情，皆屬一貫。就作者而
言：則本情以尋聲，因聲以擇調，由調以配律。就詞體言：則本律
而立調，因調而定聲，以聲而見情。今宋詞之宮調律譜，固無從悉
知；然詞調之聲情，尚可得而審別。試觀北宋晏歐諸公，規模花間，
其用調亦略相同。樂章、東坡二集，風格不同，其中用調亦迥異。
夢窗用調，多同美成；草窗、碧山、玉田輩，又多同夢窗。稼軒用
調，多同東坡；龍州、後村、遺山輩，又多同稼軒。使假柳周集中
著調以效蘇辛，必不成章，即勉爲之，亦失韻味；以蘇辛集中慣詞
而擬姜史，亦自格格不入。蓋詞有剛柔二派，調亦如之：毗剛者，
亢爽而雋快；毗柔者，芳悱而纏綿。賦情寓聲，自當求其表裡一致，
不得乖反。若雨霖鈴、尉遲杯、還京樂、六醜、瑞龍吟、大酺、繞
佛閣、暗香、疏影、國香慢等調，則沉冥凝咽，不適豪詞；六州歌

〔註7〕同註3第十四章第一節。
〔註8〕參見陳滿銘《蘇辛詞比較研究》。台北：文津出版社，1989年1月再
　　　版。

頭、水調歌頭、水龍吟、念奴嬌、賀新郎、摸魚兒、滿江紅、哨遍等調，則揮灑縱橫，不宜側豔。縱高才健筆，偶有通融，如南澗之『東風著意』，清眞之『晝日移陰』，白石之『鬧紅一舸』，龍洲之『洛浦凌波』之類，然究未若還其眞面之爲愈。」吳梅《詞學通論》於〈作法〉一章亦云：「凡題意寬大，宜抒寫胸襟者，當用長調；而長調中就以蘇辛雄放之作爲宜。若題意纖仄，模山範水者，當用小令或中調。惟境有悲歡，詞亦有哀樂。大抵高調、南呂諸詞，皆近悲怨；正宮、高宮之詞，皆宜雄大；越調冷雋，小石風流；各觀題旨之若何，以爲擇調張本。」清・王又華《古今詞論》引顧宋梅之言曰：「詞雖貴于情柔聲曼，然第宜于小令；若長調而亦喁喁細語，失之約矣！必慷慨淋漓，沉雄悲壯，乃爲合作。」由此知，詞調與文情之關係實密不可分,而文情又爲風格之所繫,故詞調之影響詞風實甚深鉅。

　　孝祥今傳詞作，凡二百二十四首，共用五十三調。〔註9〕今依唐圭璋《全宋詞》之編次，表列調名，並簡介於後：

〔註 9〕《于湖居士文集》卷二十八有〈二郎神〉、〈轉調二郎神〉各一首，開汝賢《詞牌彙釋》云：「二郎神，一名轉調二郎神」。《御製詞譜》卷三十二云：「二郎神，唐教坊曲名，樂章集注商調。徐伸詞，名轉調二郎神；吳文英詞，名十二郎」，又云：「此調有兩體，前段起句三字者，名二郎神；前段起句四字者，名轉調二郎神。其前段第三四句、後段第四五句、第六七句、及兩結句讀亦不同。《詞律》疏於考證，以轉調爲本調，誤矣。」如據此將〈轉調二郎神〉視爲〈二郎神〉的同調又一體，則總計應爲五十二調。惟《文集》出於宋人之手，既已分調，或另有用心，今仍據以分〈二郎神〉與〈轉調二郎神〉爲二調。

表一：張孝祥詞擇調一覽表

詞　　　調	宮　調	體別	疊數	字數	首數	備　　　　註
1 六洲歌頭	大石調	一體	雙疊	143	1	上片十九句八平韻，下片十九句八平韻。
2 水調歌頭	大石調	三體	雙疊	95	16	一體上片九句四平韻，下片十句四平韻，十四首；一體上片九句四平韻二仄韻，下片十句四平韻，一首；一體97字，上片九句四平韻，下片十一句四平韻，一首。
3 多麗	中呂調	一體	雙疊	139	1	上片十三句六平韻，下片十二句五平韻。
4 木蘭花慢	高平調	二體	雙疊	101	3	一體上片九句四平韻，下片九句五平韻，二首；一體上片十句四平韻，下片十一句六平韻，一首，與《御製詞譜》所列十二體皆異。
5 水龍吟	越調	一體	雙疊	104	2	上片十一句四仄韻，下片十一句五仄韻。
6 念奴嬌	大石調	一體	雙疊	100	7	上下片各十句四仄韻。
7 醉蓬萊		一體	雙疊	97	1	上片十一句四仄韻，下片十二句四仄韻。
8 雨中花慢	雙調	一體	雙疊	98	2	上片下片各十句四平韻。
9 二郎神	林鐘商	一體	雙疊	105	1	上片八句五仄韻，下片十句五仄韻。
10 轉調二郎神		一體	雙疊	105	1	上片十句四仄韻，下片十一句五仄韻。
11 滿江紅	仙呂調	一體	雙疊	93	3	上片八句四仄韻，下片十句五仄韻。
12 青玉案	正平調	二體	雙疊	67	2	一體上下片各六句五仄韻，一首；一體上下片各六句四仄韻，一首。
13 蝶戀花	商調	一體	雙疊	60	5	上下片各五句四仄韻。
14 鷓鴣天	大石調	一體	雙疊	55	18	上片四句三平韻，下片五句三平韻。
15 虞美人	正宮	一體	雙疊	56	7	上下片各四句二仄韻二平韻。
16 鵲橋仙	仙呂調	一體	雙疊	56	8	上下片各五句二仄韻。

17 南鄉子	雙調	一體	雙疊	56	1	上下片各五句四平韻。
18 畫堂春		一體	雙疊	47	1	上片四句四平韻，下片四句三平韻。
19 柳梢春	中呂調	三體	雙疊	49	5	一體上片六句三平韻，下片五句三平韻，一首；一體上片六句三仄韻，下片五句二仄韻，三首；一體 48 字，上片五句二平韻一仄韻，下片五句三平韻，一首《詞律拾遺》注云：「平仄通叶體」，《詞律》及《御製詞譜》未錄此體。
20 踏莎行	中呂調	一體	雙疊	58	8	上下片各五句三仄韻。
21 醜奴兒	大石調	一體	雙疊	44	6	上下片各四句三平韻。
22 浣溪沙	黃鐘宮	一體	雙疊	42	30	上片三句三平韻，下片三句二平韻。
23 浪淘沙		一體	雙疊	54	2	上下片各五句四平韻。
24 定風波	商調	一體	雙疊	60	1	上片五句三平韻二仄韻，下片五句二平韻二仄韻。
25 望江南	大石調	一體	雙疊	54	2	上下片各五句三平韻。
26 醉落魄	仙呂調	一體	雙疊	57	1	上下片各五句四仄韻。
27 桃源憶故人		一體	雙疊	48	1	上下片各四句四仄韻。
28 臨江仙	仙呂調	一體	雙疊	60	3	上下片各五句三平韻。三首俱 60 字，格律與賀鑄「巧剪合歡」詞皆相同。《詞律拾遺》補孝祥「罨畫樓前」詞 59 字一體，係下片首句漏一「簪」字；聞汝賢《詞牌彙釋》據《詞律拾遺》引述，並誤。
29 如夢令		一體	單調	33	1	七句五仄韻一疊韻。
30 菩薩蠻	正平調	一體	雙疊	44	22	上下片各四句二仄韻二平韻。
31 西江月	中呂官	一體	雙疊	50	13	上下片各四句二平韻，結句各叶一仄韻
32 減字木蘭花	仙呂調	一體	雙疊	44	10	上下片各四句二仄韻二平韻。
33 清平樂	正宮	一體	雙疊	46	5	上片四句四仄韻，下片四句三平韻。
34 點絳唇	仙呂調	一體	雙疊	41	4	上片四句三仄韻，下片五句四仄韻。

35 卜算子	高平調	一體	雙疊	44	3	上下片各四句二仄韻。
36 訴衷情	商調	一體	雙疊	44	2	上片四句三平韻，下片六句三平韻。
37 好事近		一體	雙疊	45	2	上下片各四句二仄韻。
38 南歌子	商調	一體	雙疊	52	4	上下片各五句三平韻。宋乾道本《于湖先生長短句》原注宮調名爲「轉調」，《詞調溯源》云：「宋張先詞入夷則商」，因此推測「轉」字可能爲「商」字之誤，據此校改。
39 霜天曉角	越調	一體	雙疊	43	1	上下片各四句三仄韻。
40 生查子	中呂調	一體	雙疊	40	1	上下片各四句二仄韻。
41 長相思		一體	雙疊	36	1	上下片各四句四平韻。
42 憶秦娥	黃鐘宮	一體	雙疊	46	2	上下片各五句三仄韻一疊韻。
43 蒼梧謠	高平調	一體	單調	16	3	四句三平韻。
44 眼兒媚	中呂調	一體	雙疊	48	1	上片五句三平韻，下片五句二平韻。
45 瑞鷓鴣	般涉調	一體	雙疊	56	1	上片四句三平韻，下片四句二平韻。
46 驀山溪	大石調	二體	雙疊	82	2	二體皆上片九句三仄韻，下片九句四仄韻；惟押韻處不同，一體下片首句押韻、第八句不押，一體下片首句不押韻、第八句押韻。
47 拾翠羽	大石調	一體	雙疊	68	1	上下片各七句四仄韻。
48 漁家傲	般涉調	一體	雙疊	62	1	上下片各五句五仄韻。
49 夜遊宮	般涉調	一體	雙疊	57	1	上下片各六句四仄韻。
50 燕歸梁	高平調	一體	雙疊	49	1	上片五句四平韻，下片五句三平韻。據《詞律拾遺》補體，《詞律》及《御製詞譜》未見此體。
51 錦園春		一體	雙疊	45	1	上下片各五句三仄韻。
52 天仙子		一體	雙疊	68	1	上下片各六句五仄韻。
53 風入松		一體	雙疊	74	1	上下片各六句四平韻。

共計：詞調 53 種，詞 224 首。

宮調名據宋乾道本《于湖先生長短句》目錄原注；該書未收錄者，則空白之。

　　上表所列共五十三調，二百二十四首詞，其中〈錦園春〉、〈拾翠羽〉二調爲孝祥所創〔註10〕，其餘各調則爲宋人常用之詞調。萬樹《詞律》錄〈六州歌頭〉爲又一體；杜文瀾《詞律拾遺》補〈柳梢青〉（碧雲風月無多）、〈燕歸梁〉、〈水龍吟〉（竹輿曉入青陽）等三調各一首爲又一體；《御製詞譜》錄〈水調歌頭〉（雪洗虜塵淨）、〈多麗〉、〈雨中花慢〉（一葉凌波）等三調各一首爲又一體。除上述創調二首、又一體七首、及〈木蘭花慢〉（擁貔貅萬騎）一首與《御製詞譜》所錄又一體格律皆異之外，其餘二百十四首皆合於各調體製，由此知孝祥製詞之恪守格律。

　　從各調之作品數量看，以〈浣溪沙〉三十首爲最多，其次爲：〈菩薩蠻〉二十二首、〈鷓鴣天〉十八首、〈水調歌頭〉十六首、〈西江月〉十三首、〈減字木蘭花〉十首、〈鵲橋仙〉八首、〈踏莎行〉八首、〈念奴嬌〉七首、〈虞美人〉七首、〈醜奴兒〉六首、〈蝶戀花〉五首、〈柳梢青〉五首、〈清平樂〉五首、〈點絳唇〉四首、〈南歌子〉四首，以上十六調一百六十八首，已佔孝祥詞作四分之三，其餘各調則皆不足四首。雖然討論文學成就之高低，不能單純以數量來認定，但從統計之數據中，亦正可以觀察作者平日用心之所在，而有助於對作者及作品之深入了解。

　　孝祥最爲膾炙人口的作品，如〈六州歌頭〉、〈水調歌頭〉、〈水龍吟〉、〈念奴嬌〉、〈滿江紅〉、〈虞美人〉等，其內容皆是表達豪壯激烈、慷慨悲涼的思想感情，而這些詞調，或多單言句、音節急促，或平仄多拗、韻位較密，曲詞情調都較他詞激越高亢，正適合表達這種情感，因此其聲情與文情頗能密切配合。也正由於這些作品被高度肯定，致使孝祥一向被認定爲承蘇啓辛的關鍵詞家。事實上，孝祥婉約清麗的作品遠較豪放風格者爲多；從上表即可清楚看出，孝祥所用詞調，如〈木蘭花慢〉、〈鵲橋仙〉、〈柳梢青〉、〈踏莎行〉、〈西江月〉等，皆屬

〔註10〕參見《御製詞譜》及杜文瀾《詞律拾遺》。

婉約風格的詞調，這些詞調句度勻整、平仄和諧，或宜於表現富麗繁華的景象，或宜於描繪雍容悅豫的情態，或宜於抒寫纏綿委婉、悱惻哀傷的感情；而孝祥所製，內容亦多能與詞調聲情相應。因此，就其詞風的基本情調及對後世的主要影響來論定，視孝祥為豪放派詞人，固無不妥，然絕不能因此而忽視其屬於婉約清麗風格這一類作品的藝術成就。〔註11〕孝祥詞風兼具豪放婉約風格，自其擇調，已可見端倪。

第二節　用　韻

　　清・周濟《介存齋論詞雜著》云：「東真韻寬平，支先韻細膩，魚歌韻纏綿，蕭尤韻感慨，各具聲響，莫草草亂用。」王易《中國詞曲史・構律第六》云：「韻與文情關係至切：平韻和暢，上去韻纏綿，入韻迫切，此四聲之別也；東董寬洪，江講爽朗，支紙縝密，魚語幽咽，佳蟹開展，真軫凝重，元阮清新，蕭篠飄灑，歌哿端莊，麻馬放縱，庚梗振厲，尤有盤旋，侵寢沉靜，覃感蕭瑟，屋沃突兀，覺藥活潑，質術急驟，勿月跳脫，合盍頓落，此韻部之別也。此雖未必切定，然韻近者情亦相近，其大較可審辨得之。」余毅恆《詞筌》第五章〈詞的平仄聲和韻腳〉亦云：「一般說，隔句押韻，韻位安排得比較均勻的，其聲調就較舒緩，宜於表達愉快、安閑和哀婉的思想感情。每句押韻或不斷轉韻的，其聲調就較急促、沉重，宜於表達緊張、激憤、憂愁的思想感情。……〈漁家傲〉一類詞調，句句連協，旋折而下，一句一轉，能表現一種沉鬱氣氛，而且顯示緊迫情調，表達曲折變化、纏綿悱惻的淒惘心情。〈憶秦娥〉一類以入聲押韻的詞，短音促節，能表達激越矯健、高峭堅決的思想感情。平聲韻仄聲韻遞轉，如〈酒泉子〉、〈定西番〉一類詞，婉轉低回，極能表達曲折變化的感情。」綜上所言，可知用韻與文情亦有極密切關係。

〔註11〕此一情形，正與東坡相類似。東坡豪放詞作不及十分之一，卻被認定為其主要的成就。

現將孝祥詞作依唐圭璋《全宋詞》之編次，詳列韻字，並依戈載《詞林正韻》歸部如下表：

表二：張孝祥詞用韻一覽表

詞 牌 名	起 句	韻 字	備 註
1 六州歌頭	長淮望斷	平聲凝腥橫明鳴驚 成零京兵情旌膺傾	十一部，平聲。
2 水調歌頭	隆中三顧客	書區車漁 吳儒湖裾	四部，平聲
3 水調歌頭	猩鬼嘯篁竹	弓紅蔥同 公功容空	一部，平聲。
4 水調歌頭	濯足夜灘急	涼湘浪鄉 芳商光央	二部，平聲。
5 水調歌頭	江山自雄麗	寒看漫山 冠端還鸞	七部，平聲。
6 水調歌頭	淮楚襟帶地	州樓秋游 舟留悠流	十二部，平聲。九十七字，同調他詞皆九十五字。
7 水調歌頭	青嶂度雲氣	風龍空宮 洪容功東	一部，平聲。
8 水調歌頭	五嶺皆炎熱	林心深侵 簪尋沉斟	十三部，平聲。
9 水調歌頭	今夕復何夕	秋游頭鉤 州樓悠留	十二部，平聲。
10 水調歌頭	雪洗虜塵靜	留樓鉤浮 秋游愁流	十二部，平聲。
11 水調歌頭	雲海漾空闊	寒端路舞寰山 顏間班丹	七部，平聲。又一體，上片五六句多押二仄韻。「路舞」屬第四部仄聲。
12 水調歌頭	紫橐論思舊	新麟困春 辰椿君鈞	六部，平聲。
13 水調歌頭	艤棹太湖岸	連然翩仙 圓眠船鮮	七部，平聲。
14 水調歌頭	鼇禁輟頗牧	黃攘羊潢 裝陽湘觴	二部，平聲。
15 多麗	景蕭疏	秋洲舟州猶鷗 愁游流謳收	十二部，平聲。
16 木蘭花慢	送歸雲去鴈	樓收憂流 裯籌游愁州	十二部，平聲。
17 木蘭花慢	紫簫吹散後	樓收憂流 悠籌游愁州	十二部，平聲。
18 水龍吟	竹輿曉入青陽	洗世倚地 衛水袂記裡	三部，仄聲。
19 水龍吟	平生只說浯溪	繫水起記 死地齒醉歲	三部，仄聲。
20 念奴嬌	洞庭青草	色葉澈說 雪闊客夕	入聲。「葉澈說雪闊」十八部，「色客夕」十七部。
21 念奴嬌	弓刀陌上	雪接結熱 節獵月切	十八部，入聲。

22 念奴嬌	朔風吹雨	雪接結熱　節獵月切	十八部，入聲。
23 念奴嬌	繡衣使者	雪接結熱　節獵月切	十八部，入聲。
24 念奴嬌	星沙初下	漠泊惡索　薄幕約落	十六部，入聲。
25 醉蓬萊	問人間榮事	比貴世計　里耳氣是	三部，仄聲。
26 雨中花慢	一葉淩波	蕭綃消遙　招橋茗簫	八部，平聲。
27 二郎神	坐中客	客色陌壁跡 國昔碧夕日	十七部，入聲。
28 轉調二郎神	悶來無那	寐水際淚　睇醉意悴里	三部，仄聲。
29 滿江紅	秋滿衡皋	歷碧滴識　夕昔憶跡織	十七部，入聲。
30 滿江紅	千古淒涼	跡碧赤壁　息鏑策匹億	十七部，入聲。
31 滿江紅	秋滿灘源	簇木曲北　鵠鹿綠掬熱	十五部，入聲。「北」十七部。
32 青玉案	紅塵冉冉長安路	路去住渚處 主句訴露雨	四部，仄聲。
33 洞仙歌	清都絳闕	慣斷伴　轉換眼岸	七部，仄聲。此調應作〈驀山溪〉。
34 蝶戀花	漠漠飛來雙屬玉	玉綠蔌穀　促曲六宿	十五部，入聲。
35 蝶戀花	恰到杏花紅一樹	樹數絮去　佳處歔許	四部，仄聲。
36 蝶戀花	畫戟斿閑刀入鞘	鞘小醹妙　誚渺嶠照	八部，仄聲。
37 蝶戀花	君泛仙槎銀海去	去路語雨　羽母堵舉	四部，仄聲。
38 鷓鴣天	詠徹瓊章夜向闌	闌間壇　山班顏	七部，平聲。
39 鷓鴣天	子夜封章扣紫清	清聲迎　輕明齡	十一部，平聲。
40 鷓鴣天	憶昔追遊翰墨場	場章墻　湘觴堂	二部，平聲。
41 鷓鴣天	月地雲階歡意闌	闌間殘　珊山斑	七部，平聲。
42 鷓鴣天	去日清霜菊滿叢	叢空風　東窮同	一部，平聲。
43 鷓鴣天	阿母蟠桃不記春	春明經　齡青庭	十一部，平聲。「春」第六部。
44 鷓鴣天	舞鳳飛龍五百年	年川傳　蟬聯仙	七部，平聲。
45 鷓鴣天	浴殿西頭白玉堂	堂幢章　光裝觴	二部，平聲。
46 鷓鴣天	畫得游嬉夜得眠	眠川然　言前年	七部，平聲。
47 鷓鴣天	割鐙難留乘馬東	東紅同　豐中鐘	一部，平聲。
48 鷓鴣天	楚楚吾家千里駒	駒渠珠　壺扶書	四部，平聲。
49 鷓鴣天	又向荊州住半年	年船錢　絃賢川	七部，平聲。
50 鷓鴣天	憶昔彤庭望日華	華花槎　瓜麻沙	十部，平聲。

51 鷓鴣天	瞻蹕門前識箇人	人春新　勻塵宸	六部，平聲。
52 虞美人	盧敖夫婦驂鸞侶	侶主前年　雪別濱親	「侶主」四部仄聲，「前年」七部平聲，「雪別」十八部入聲，「濱親」六部平聲。
53 虞美人	雪花一尺江南北	北粟圭回　德籍前仙	「北粟」十七部入聲，「圭回」三部平聲，「德籍」十七部入聲，「前仙」七部平聲。
54 虞美人	雪消煙漲清江浦	浦數紅風　管斷飛誰	「浦數」四部仄聲，「紅風」一部平聲，「管斷」七部仄聲，「飛誰」三部平聲。
55 虞美人	溪西竹檞溪東路	路數中篷　酒否行箏	「路數」四部仄聲，「中篷」一部平聲，「酒否」十二部仄聲，「行箏」十一部平聲。
56 虞美人	柳梢梅萼春全未	未意春人　柳候來開	「未意」三部仄聲，「春人」六部平聲，「柳候」十二部仄聲，「來開」五部平聲。
57 虞美人	羅衣怯雨輕寒透	透瘦期時　好惱量當	「透瘦」十二部仄聲，「期時」三部平聲，「好惱」八部仄聲，「量當」二部平聲。
58 鵲橋仙	北窗涼透	露數　步住	四部，仄聲。
59 鵲橋仙	吹香成陣	雨縷　付去	四部，仄聲。
60 鵲橋仙	橫波滴素	斷亂　伴看	七部，仄聲。
61 鵲橋仙	湘江東畔	綺喜　醉歲	三部，仄聲。
62 鵲橋仙	南州名酒	壽手　牖口	十二部，仄聲。
63 鵲橋仙	明珠盈斗	色夕　得客	十七部，入聲。
64 鵲橋仙	黃陵廟下	隻北　織尺	十七部，入聲。
65 鵲橋仙	東明大士	二喜　瑞視	三部，仄聲。
66 南鄉子	江上送歸船	船天然川　絃氊賢連	七部，平聲。
67 畫堂春	蟠桃一熟九千年	年邊煙妍　船仙前	七部，平聲。
68 柳梢青	重陽時節	節色織　客北	十七部，入聲。「節」十八部。
69 柳梢青	今年元夕	夕息席　節說	入聲。「夕息席」十七部，「節說」十八部。
70 柳梢青	溪南溪北	北力息　得惻	十七部，入聲。

71	踏莎行	楊柳東風	雨處侶	縷渚語	四部，仄聲。
72	踏莎行	洛下根株	種重夢	鞓從送	一部，仄聲。
73	踏莎行	旋葺荒園	徑競暝	靜興艇	十一部，仄聲。
74	踏莎行	萬里扁舟	至喜對	會計貴	三部，仄聲。
75	踏莎行	藕葉池塘	院見剪	扇怨勸	七部，仄聲。
76	踏莎行	古屋叢祠	渡處樹	去路數	四部，仄聲。
77	踏莎行	時雨初晴	至喜對	會計貴	三部，仄聲。
78	踏莎行	桂嶺南邊	畔旦換	漢喚算	七部，仄聲。
79	醜奴兒	年年有箇人生日	家家華	霞霞沙	十部，平聲。
80	醜奴兒	伯鸞德耀賢夫婦	家家華	霞霞沙	十部，平聲。
81	醜奴兒	十年聞說查山好	遊秋愁	猶樓頭	十二部，平聲。
82	醜奴兒	十分濟楚邦之媛	遊收愁	旒舟頭	十二部，平聲。
83	醜奴兒	珠燈璧月年時節	攜知厄	期時遲	三部，平聲。
84	醜奴兒	無雙誰似黃郎子	譏稀圍	蟣依歸	三部，平聲。
85	浣溪沙	只倚精忠不要兵	兵城星	婷庭	十一部，平聲。
86	浣溪沙	玉節珠幢出翰林	林深吟	斟音	十三部，平聲。
87	浣溪沙	絕代佳人淑且眞	眞神春	塵人	六部，平聲。
88	浣溪沙	妙手何人爲寫眞	眞神春	塵人	六部，平聲。
89	浣溪沙	臘後春前別一般	般寒冠	間團	七部，平聲。
90	浣溪沙	寶蠟燒春夜影紅	紅籠風	鋒匆	一部，平聲。
91	浣溪沙	六客西來共一舟	舟鷗浮	頭州	十二部，平聲。
92	浣溪沙	已是人間不繫舟	舟鷗浮	頭州	十二部，平聲。
93	浣溪沙	冉冉幽香解鈿囊	囊江郎	粧腸	二部，平聲。
94	浣溪沙	樓下西流水拍堤	堤歸遲	眉時	三部，平聲。
95	浣溪沙	方船載酒下江東	東空重	風公	一部，平聲。
96	浣溪沙	羅襪生塵洛浦東	東空重	風公	一部，平聲。
97	浣溪沙	一片西飛一片東	東空重	風公	一部，平聲。
98	浣溪沙	鴟鵲樓高晚雪融	融通風	紅中	一部，平聲。
99	浣溪沙	妒婦灘頭十八姨	姨期欺	梅宜	三部，平聲。
100	浣溪沙	行盡瀟湘到洞庭	庭青平	明星	十一部，平聲。
101	浣溪沙	同是瀛州冊府仙	仙蓮川	圓娟	七部，平聲。
102	浣溪沙	細仗春風簇翠筵	筵煙垣	仙田	七部，平聲。
103	浣溪沙	只說閩山錦繡幃	幃枝肌	摧時	三部，平聲。

104 浣溪沙	灩灩湖光綠一圍	圍飛飛　歸暉	三部，平聲。
105 浣溪沙	晚雨瀟瀟急做秋	秋颸浮　留流	十二部，平聲。
106 浣溪沙	穩泛仙舟上錦帆	帆灣間　丹山	七部，平聲。
107 浣溪沙	北苑春風小鳳團	團涎仙　煙年	七部，平聲。
108 浣溪沙	霜日明霄水蘸空	空紅中　東風	一部，平聲。
109 浣溪沙	宮柳垂垂碧照空	空紅中　東風	一部，平聲。
110 浣溪沙	日暖簾幃春晝長	長床郎　鴛香	二部，平聲。
111 浣溪沙	射策金門記昔年	年甄傳　船連	七部，平聲。
112 浪淘沙	琪樹間瑤林	林深禁心　陰沉金音	十三部，平聲。
113 浪淘沙	溪練寫寒林	林深禁心　陰沉金音	十三部，平聲。
114 定風波	鈴索聲乾夜未央	央涼暖看霜　觸冷省香	「央涼霜觸香」二部平聲，「暖看」七部仄聲，「冷省」十一部仄聲。
115 望江南	談子醉	風翁空　同鴻通	一部，平聲。
116 望江南	朝元去	鐘空中　東龍紅	一部，平聲。
117 醉落魄	輕黃澹綠	綠束蘗毒　速曲熟蹴	十五部，入聲。
118 桃源憶故人	朔風弄月吹銀霰	霰面軟斂　慢半斷顫	七部，仄聲。「斂」十四部。
119 臨江仙	試問梅花何處好	壺無疏　裾都孤	四部，平聲。
120 臨江仙	問訊宜樓樓下竹	簀湘忘　望涼江	二部，平聲。
121 如夢令	花葉相遮相映	映潤陣韻韻鬢	六部，仄聲。「映」十一部。
122 菩薩蠻	絲金縷翠幡兒小	小裊春雲　點淺枝伊	「小裊」八部仄聲，「春雲」六部平聲，「點」十四部仄聲，「淺」七部仄聲，「枝伊」三部平聲。
123 菩薩蠻	庭葉翻翻秋向晚	晚剪寒欄　甕重歸迷	「晚剪」七部仄聲，「寒欄」七部平聲，「甕重」一部仄聲，「歸迷」三部平聲。
124 菩薩蠻	恰則春來春又去	去住人春　好老時伊	「去住」四部仄聲，「人春」六部平聲，「好老」八部仄聲，「時伊」三部平聲。
125 菩薩蠻	東風約略吹羅幕	幕薄看寒　枕錦枝幃	「幕薄」十六部入聲，「看寒」七部平聲，「枕錦」十三部仄聲，「枝幃」三部平聲。

126 菩薩蠻	琢成紅玉纖纖指	指水聲青	囀怨彈欄	「指水」三部仄聲，「聲青」十一部平聲，「囀怨」七部仄聲，「彈欄」七部平聲。
127 菩薩蠻	玉龍細點三更月	月雪幃迷	好小觸長	「月雪」十八部入聲，「幃迷」三部平聲，「好小」八部仄聲，「觸長」二部平聲。
128 菩薩蠻	江山佳處留行客	客碧樓浮	語舞翩仙	「客碧」十七部入聲，「樓浮」十二部平聲，「語舞」四部仄聲，「翩仙」七部平聲。
129 菩薩蠻	雪消墙角收燈後	後透風紅	客月歸啼	「後透」十二部仄聲，「風紅」一部平聲，「客」十七部入聲，「月」十八部入聲，「歸啼」三部平聲。
130 菩薩蠻	溶溶花月天如水	水裡人清	喜意東紅	「水裡」三部仄聲，「人」六部平聲，「清」十一部平聲，「喜意」三部仄聲，「東紅」一部平聲。
131 菩薩蠻	暗潮清漲蒲塘晚	晚眼涼香	渡去生行	「晚眼」七部仄聲，「涼香」二部平聲，「渡去」四部仄聲，「生行」十一部平聲。
132 菩薩蠻	縹緲飛來雙綵鳳	鳳夢秋流	路樹風空	「鳳夢」一部仄聲，「秋流」十二部平聲，「路樹」四部仄聲，「風空」一部平聲。
133 菩薩蠻	蘼蕪白芷愁煙渚	渚雨單寒	濕泣時歸	「渚雨」四部仄聲，「單寒」七部平聲，「濕泣」十七部入聲，「時歸」三部平聲。
134 菩薩蠻	十年長作江頭客	客席明青	珮醉不鷗	「客席」十七部入聲，「明青」十一部平聲，「珮醉」三部仄聲，「不鷗」十二部平聲。
135 菩薩蠻	乳瓶屬國歸來早	早小論君	酒壽人新	「早小」八部仄聲，「酒壽」十二部仄聲，「論君人新」六部平聲。
136 菩薩蠻	胭脂淺染雙珠樹	樹數厭園	爆晚歸時	「樹數」四部仄聲，「厭」十四部平聲，「園」七部平聲，「爆晚」七部仄聲，「歸時」三部平聲。

137 菩薩蠻	吳波細卷東風急	急濕歌何　客白璃歸	「急濕客白」十七部入聲，「歌何」九部平聲，「璃歸」三部平聲。
138 菩薩蠻	冥濛秋夕薄清露	露注壺孤　唱上西啼	「露注」四部仄聲，「壺孤」四部平聲，「唱上」二部仄聲，「西啼」三部平聲。
139 西江月	問訊湖邊春色	年船面　然天片	七部，同部平仄通押。
140 西江月	風定灘聲未已	知伊繫　旗泥睡	三部，同部平仄通押。
141 西江月	冉冉寒生碧樹	花華馬　家涯把	十部，同部平仄通押。
142 西江月	諸老何煩薦口	衷功用　中風勇	一部，同部平仄通押。
143 西江月	慈母行封大國	山間返　顏斑盞	七部，同部平仄通押。
144 西江月	不識平原太守	人成鏡　城平影	十一部，平仄通押。「人」六部。
145 西江月	樓外疏星印水	簾厭點　添纖斂	十四部，同部平仄通押。
146 西江月	滿載一船秋色	光陽浪　妨裳上	二部，同部平仄通押。
147 西江月	窗戶青紅尚濕	期枚記　催溪里	三部，同部平仄通押。
148 西江月	漢鑄九金神鼎	經冥聖　庭生定	十一部，同部平仄通押。
149 西江月	落日鎔金萬頃	鋒公重　峰同夢	一部，同部平仄通押。
150 西江月	疇昔通家事契	承人映　春明盛	十一部，平仄通押。「人春」六部。
151 減字木蘭花	佳人絕妙	妙笑嬌霄　事醉家花	「妙笑」八部仄聲，「嬌霄」八部平聲，「事醉」三部仄聲，「家花」十部平聲。
152 減字木蘭花	一尊留夜	夜射壺酥　冉臉看寒	「夜射」十部仄聲，「壺酥」四部平聲，「冉臉」十四部仄聲，「看寒」七部平聲。
153 減字木蘭花	愛而不見	見面婷成　去住章腸	「見面」七部仄聲，「婷成」十一部平聲，「去住」四部仄聲，「章腸」二部平聲。
154 減字木蘭花	阿誰曾見	見面婷成　去住章腸	同上。
155 減字木蘭花	江頭送客	客索彈衫　遇去歸堤	「客索」十七部入聲，「彈衫」七部平聲，「遇去」四部仄聲，「歸堤」三部平聲。

156 減字木蘭花	春如有意	意至新春　綠足宵朝	「意至」三部仄聲，「新春」六部平聲，「綠足」十五部入聲，「宵朝」八部平聲。
157 減字木蘭花	慈闈生日	日十門孫　事似親人	「日十」十七部入聲，「門孫」六部平聲，「事似」三部仄聲，「親人」六部平聲。
158 減字木蘭花	吹蕭汎月	月說璃非　戒債塵人	「月說」十八部入聲，「璃非」三部平聲，「戒債」五部仄聲，「塵人」六部平聲。
159 減字木蘭花	人間奇絕	絕雪人新　展冉看酸	「絕雪」十八部入聲，「人新」六部平聲，「展」七部仄聲，「冉」十四部仄聲，「看酸」七部平聲。
160 減字木蘭花	枷花搦柳	柳久紅風　蝶怯披誰	「柳久」十二部仄聲，「紅風」一部平聲，「蝶」十八部入聲，「怯」十九部入聲，「披誰」三部平聲。
161 清平樂	光塵撲撲	撲綠曲蹙　憑屏聲	「撲綠曲蹙」十五部入聲，「憑屏聲」十一部平聲。
162 清平樂	油幢畫戟	戟色一敵　驪搖簫	「戟色一敵」十七部入聲，「驪搖簫」八部平聲。
163 清平樂	吹香嚼蕊	蕊裡水李　干寒乾	「蕊裡水李」三部仄聲，「干寒乾」七部平聲。
164 清平樂	英姿慷慨	慨外在會　森齡清	「慨外在會」五部仄聲，「森」十三部平聲，「齡清」十一部平聲。
165 清平樂	向來省戶	戶呂舉楚　佯香廊	「戶呂舉楚」四部仄聲，「佯香廊」二部平聲。
166 點絳唇	四到蘄州	九祐酒　友首有柳	十二部，仄聲。
167 點絳唇	綺燕高張	滿卷遠　轉戀莞緩	七部，仄聲。
168 點絳唇	萱草榴花	暑黍醑　縷聚舞午	四部，仄聲。
169 卜算子	雪月最相宜	絕發　月雪	十八部，入聲。

170 訴衷情	晚煙斜日思悠悠	悠樓遊　鉤愁秋	十二部，平聲。
171 訴衷情	亂紅深紫過群芳	芳光陽　鄉香場	二部，平聲。
172 好事近	一朵木犀花	摘色　白客	十七部，入聲。
173 好事近	萬瓦雪花浮	結葉　絕闋	十八部，入聲。
174 南歌子	曾到蘄州不	君綸辰　新頻人	六部，平聲。
175 南歌子	人物羲皇上	間官山　還寒寬	七部，平聲。
176 霜天曉角	柳絲無力	力碧急　抑極滴	十七部，入聲。
177 生查子	遠山眉黛橫	眼淺　剪卷	七部，仄聲。
178 長相思	小樓重	重欘紅中　茸鬆風濃	一部，平聲。
179 憶秦娥	元宵節	節結結月　揭歇歇闋	十八部，入聲。
180 蒼梧謠	歸，十萬人家	歸啼時	三部，平聲。
181 蒼梧謠	歸，獵獵薰風	歸旗盃	三部，平聲。
182 蒼梧謠	歸，數得宣麻	歸時衣	三部，平聲。
183 水調歌頭	天上掌綸手	才埃徊培　來梅罍台	五部，平聲。
184 水調歌頭	客裡送行客	情欣心生　英間塵亭	平聲。「情生英亭」十一部，「欣塵」六部，「心」十三部，「間」七部。
185 木蘭花慢	擁貔貅萬騎	寒山閑還　看殘顏慳間關	七部，平聲。此首自宋乾道本《于湖先生長短句》卷一增錄，詞牌名原無「慢」字，據原書目錄及詞譜格律校補。
186 雨中花慢	一舸凌風	游秋籌舟　留由浮州	十二部，平聲。此首自宋乾道本《于湖先生長短句》卷一增錄，原書目錄及內文詞牌名皆作〈雨中花〉，唯審其內容格律當為〈雨中花慢〉據此增補「慢」字。
187 鷓鴣天	可意黃花人不知	知稀霏　絲薇衣	三部，平聲。
188 眼兒媚	曉來江上荻花秋	秋愁舟　休頭	十二部，平聲。
189 虞美人	清宮初入韶華管	管滿娟顏　客得塘妨	「管滿」七部仄聲，「娟顏」七部平聲，「客得」十七部入聲，「塘妨」二部平聲。
190 菩薩蠻	史君家枕吳波碧	碧戟州遊　遠媛肩仙	「碧戟」十七部入聲，「州遊」十二部平聲，「遠媛」七部仄聲，「肩仙」七部平聲。

191 臨江仙	罨畫樓前初立馬	親眞雲　脣人春	六部，平聲。
192 浣溪沙	我是臨川舊史君	君人新　親勻	六部，平聲。
193 浣溪沙	康樂亭前種此君	君人新　親勻	六部，平聲。
194 西江月	十里輕紅自笑	呼廬住　魚孤去	四部，同部平仄通押。
195 憶秦娥	天一角	角昨昨薄　託索索落	十六部，入聲。
196 浣溪沙	溢浦從君已十年	年船緣　筵仙	七部，平聲。
197 柳梢青	碧雲風月無多	多鎖呵　歌麼何	九部，平聲。「鎖」仄聲。
198 卜算子	萬里去擔簦	旅侶　語與	四部，仄聲。
199 柳梢青	草底蛩吟	吟陰襟　簪侵今	十三部，平聲。
200 瑞鷓鴣	香珮潛分紫繡囊	囊鴦腸　郎香	二部，平聲。
201 清玉案	相春堂上聞鶯語	語處舞路　武虜馭宇	四部，仄聲。
202 念奴嬌	海雲四斂	色歷側笛　北客白碧	十七部，入聲。
203 念奴嬌	風帆更起	數主處去　古布暮許	四部，仄聲。
204 驀山溪	雄風豪雨	近爐印　潤信盡俊	六部，仄聲。
205 拾翠羽	春入園林	速木馥綠　逐俗熟燭	十五部，入聲。
206 蝶戀花	爛爛明霞紅日暮	暮吐語去　駐處訴語	四部，仄聲。
207 漁家傲	紅白蓮房生一處	處喻府賦妒 度鷺素誤顧	四部，仄聲。
208 夜遊宮	聽話危亭句景	景永嶺領　影靜醒冷	十一部，仄聲。
209 鷓鴣天	桃換肌膚菊換粧	粧陽黃　光香郎	二部，平聲。
210 鷓鴣天	人物風流冊府仙	仙邊船　絃然牋	七部，平聲。
211 菩薩蠻	落霞殘照橫西閣	閣落多波　酒手長腸	「閣落」十六部入聲，「多波」九部平聲，「酒手」十二部仄聲，「長腸」二部平聲。
212 菩薩蠻	渚蓮紅亂風翻雨	雨渚禽深　鑑澹情明	「雨渚」四部仄聲，「禽深」十三部平聲，「鑑澹」十四部仄聲，「情明」十一部平聲。
213 菩薩蠻	晚花殘雨風簾捲	捲晚窗雙　意醒詩誰	「捲晚」七部仄聲，「窗雙」二部平聲，「意」三部仄聲，「醒」十一部仄聲，「詩誰」三部平聲。
214 菩薩蠻	白頭人笑花間客	客白川年　好老風紅	「客白」十七部入聲，「川年」七部平聲，「好老」八部仄聲，「風紅」一部平聲。

215 南歌子	路盡湘江水	間關山　斑還殘	七部，平聲。
216 燕歸梁	風柳搖絲花纏枝	枝輝飛歸　依扉衣	三部，平聲。
217 卜算子	風生杜若洲	浦女　語雨	四部，仄聲。
218 點絳唇	秩秩賓筵	滿卷遠　轉戀管緩	七部，仄聲。
219 水調歌頭	湖海倦游客	舟樓收鉤　州頭憂洲	十二部，平聲。
220 鷓鴣天	日日青樓醉夢中	中濃風　聰東重	一部，平聲。
221 錦園春	醉痕潮玉	玉簇谷　沐淑獨	十五部，入聲。
222 天仙子	三月灞橋煙共雨	雨處住住縷 據去處與取	四部，仄聲。
223 風入松	玉妃孤豔照冰霜	霜妝黃娘　囊芳香裳	二部，平聲。
224 南歌子	儉德仁諸族	清眞精　傾齡瀛	十一部，平聲。「眞」六部。

由上表統計可得孝祥用韻分部之概況爲：

第一部　凡二十一首；其中平聲韻二十首，仄聲韻一首。

第二部　凡十九首；全部爲平聲韻。

第三部　凡三十四首；其中平聲韻二十六首，仄聲韻八首。

第四部　凡二十一首；其中平聲韻五首，仄聲韻十六首。

第五部　凡三首；其中平聲韻二首，仄聲韻一首。

第六部　凡十四首；其中平聲韻十二首，仄聲韻二首。

第七部　凡三十七首；其中平聲韻二十九首，仄聲韻八首。

第八部　凡三首；其中平聲韻二首，仄聲韻一首。

第九部　只一首；爲平聲韻。

第十部　凡五首；全部爲平聲韻。

第十一部　凡十五首；其中平聲韻十二首，仄聲韻三首。

第十二部　凡十七首；其中平聲韻十六首，仄聲韻一首。

第十三部　凡五首；全部爲平聲韻。

第十四部　只一首；爲平聲韻。

第十五部　凡六首；全部爲入聲韻。

第十六部　凡二首；全部爲入聲韻。

第十七部　凡十二首；全部爲入聲韻。

第十八部　凡八首；全部爲入聲韻。

第十九部　未見用此韻部之篇什。

按：右列韻部篇數，係比對戈載《詞林正韻》，歸納而得。其中〈虞美人〉七首、〈菩薩蠻〉廿二首、〈減字木蘭花〉十首，爲平仄換韻格，皆上下片各二平韻二仄韻，今暫以結句之韻字定其歸屬；〈清平樂〉五首亦爲平仄換韻格、〈定風波〉一首爲平仄錯押格、〈西江月〉十三首爲同部平仄通押格，此三調則以韻字的多寡，分其部界、定其平仄。這只是爲了便利統計，來觀察分部的大要，並不表示孝祥用韻如此整齊。

從上所列，可看出孝祥用韻以四聲言，最喜平聲（一百五十五首），其次爲上去聲（四十一首），再其次爲入聲（二十八首）。以韻部言，則最喜第七部（三十七首）、第三部（三十四首）、第一部（二十一首）、第四部（二十一首）、第二部（十九首），其次爲第十二部（十七首）、第十一部（十五首）、第六部（十四首）、第十七部（十二首），再其次爲第十八部（八首）、第十五部（六首）、第十部（五首）、第十三部（五首）、第五部（三首）、第八部（三首）、第十六部（二首）、第九部（一首）、第十四部（一首）。依王易說法，第七、三、一、四、二部之聲情分別爲：清新、縝密、寬洪、幽咽、爽朗，如與孝祥詞意相比對，可發現大致吻合。雖然採後人之說，規模前賢作品，未必恰當；但若據此推測孝祥用韻，善於分辨聲情，使與詞意文情緊密配合，則應該是可信的。

吳梅《詞學通論》第三章〈論韻〉云：「古昔作者，嚴於律度，尋聲按譜，不逾分寸。」從右表可知：編號第一一首較同調他詞多押二仄韻；押平聲韻者，第四三、一二一、一三〇、一四四、二二四等五首爲第六部與第十一部通押，第一三六首爲第七部與第十四部通押，第一六四首爲第十一部與第十三部通押，第一八四首爲第六部、第十一部、第十三部通押；押仄聲韻者，第一一八、一二二、一五九

首爲第七部與第十四部通押，第二一三首爲第三部與第十一部通押；押入聲韻者，第三一首爲第十五部與第十七部通押，第二十、六八、六九、一二九首爲第十七部與第十八部通押，第一六○首爲第十八部與第十九部通押。除了上述十九首之外，其餘二百零五首皆能恪守格律，不逾規矩。詞在初期與音樂密切配合之際，用韻但求諧耳，「唐宋詞家，以韻書晚雕，未有準的可援，故塡詞用韻，率從時音，以自協唱；或分合詩韻，以寬其通轉；或出入鄉音，以廣其韻叶；畛域各立，寬嚴難齊，固未可盡合後世歸訥之韻部也。」（陳滿銘先生《稼軒詞研究》）觀孝祥之行韻，已能契合若是，可見其恪守格律之嚴謹。清‧查禮《銅鼓書堂詞話》論《于湖詞》說：「聲律宏邁，音節振拔，氣雄而調雅，意緩而語峭。」便是由於孝祥善於分辨聲情，嚴於聲韻格律，所獲致的成就。

第三節　造　語

　　點化成語成句入詞，是蘇辛詞造語上的一大特色。陳滿銘先生於〈古語古句在蘇辛詞裡的運用〉〔註12〕一文中曾有詳細精闢的討論。該文前言說：

　　　　自晚唐、五代迄宋初，詞家塡詞，大抵說來，都一味的爭鬬穠纖，以嫵媚柔約爲歸；入以清新雅正之詩句的既少，「用經用史，牽雅頌入鄭衛」（劉辰翁《須溪集》）的更百不一見；因此用語極其有限，僅止於綺麗一隅而已。及至東坡，異軍特起，「以詩爲詞」（陳師道《后山詩話》），時時從李白、杜甫、韓愈、孟郊、劉禹錫、白居易、杜牧及李商隱等名家的詩集裡覓取秀語警句，加以變化使用，並且間或雜以經、史、子語，以拓廣其語彙，這纔衝破了傳統的藩籬，正式爲詞體另闢雅正之路、樹清新之幟，而建立起他詩化的

〔註12〕原文載《國文學報》第六期，頁 215～232，台北：台灣師大國文學系編印，1977 年 6 月 30 日出版。

　　詞風。到了南宋，辛稼軒出，則憑著他那「龍騰虎擲」（劉
　　熙載《藝概》）之才，不但繼承了東坡的遺緒，又從而大刀
　　闊斧的把它發揮光大，舉凡詩經、周易、尚書、禮記、左氏
　　傳、公羊傳、論語、孟子、莊子、史記、漢書、後漢書、三
　　國志、世說、晉書、南史、新舊唐書、韓柳文及李、杜、蘇、
　　黃詩，莫不拉雜運用，冶爲一爐，臻於無語不可入之境，因
　　而形成了他散文化的詞風。兩家用語之特色如此，與原始里
　　巷歌曲比起來，面目已截然不同，眞可說是「別開天地，橫
　　絕古今」（吳衡照《蓮子居詞話》）了。
孝祥爲承蘇啓辛之重要詞家，其在造語上的特色，自亦有與蘇辛詞
相似之處，今依經、史、子、集分類，列舉孝祥用語出於前人之句
者於後。

一、用經語者

　　孝祥所用經語，大致上出於書經、詩經、周禮、禮記、孟子、左
傳。分別舉例如下：
出於《書經》者：
　　　　「干羽方懷遠，靜烽燧，且休兵」。（〈六州歌頭〉）
按：《尚書・大禹謨》：「帝乃誕敷德，舞干羽于兩階，七旬，有苗格」。
　　　　「早晚商岩有夢」（〈西江月〉）
按：《尚書・說命上》：「高宗夢得說，使百工營求諸野，得之傅岩。
　　　說築傅岩之野，惟肖，爰立作相」。
出於《詩經》者：
　　　　「落日牛羊下」（〈六州歌頭〉）
按：《詩經・王風・君子于役》：「日之夕矣，羊牛下來」。
　　　　「晞髮北風涼」（〈水調歌頭〉）
按：《詩經・邶風・北風》：「北風其涼」。
　　　　「此樂未渠央」（〈水調歌頭〉）
按：《詩經・小雅・庭燎》：「夜如何其，夜未央」。

「扣舷獨笑，不知今夕何夕」（〈念奴嬌〉）

按：《詩經・綢繆》：「今夕何夕，見此良人」。

「伯鸞德耀賢夫婦，見說宜家」（〈醜奴兒〉）

按：《詩經・周南・桃夭》：「之子于歸，宜其室家」。

「又交藩翰入陶甄」（〈浣溪沙〉）

按：《詩・大雅・板》：「价人維藩，大師維垣，大邦維屏，大宗維翰」。

出於《周禮》者：

「淮楚襟帶地，雲夢澤南州。」（〈水調歌頭〉）

按：《周禮・夏官・職方》：「正南曰荊州……其澤藪曰雲夢」。

出於《禮記》者：

「洙泗上，弦歌地」（〈六州歌頭〉）

按：《禮記・檀弓》：「我與汝事夫子洙泗之間」。

出於《孟子》者：

「濯足夜灘急」（〈水調歌頭〉）

按：《孟子・離婁上》：「滄浪之水濁兮，可以濯我足」。

出於《左傳》者：

「我亦從君賈勇」（〈西江月〉）

按：《左傳・成公二年》：「齊高固入晉師，桀石以投人，禽之，而乘
其車，繫桑本焉，以徇齊壘。曰：『欲勇者，賈余餘勇』」。

二、用史語者

孝祥所用史語，大致上出於史記、漢書、後漢書、三國志、晉書、
南史、荊楚歲時記、舊唐書。

分別舉例如下：

出於《史記》者：

「蟬蛻塵埃外」（〈水調歌頭〉）

按：《史記・屈原賈生列傳》：「濯淖污泥之中，蟬蛻于濁穢，以浮游
塵埃之外」。

「喚起九歌忠憤，拂拭三閭文字，還與日爭光。」（〈水調歌頭〉）

按：《史記·屈原賈生列傳》：「屈平之作〈離騷〉，蓋自怨生也。……推此志也，雖與日月爭光可也」。〈九歌〉爲《楚辭》篇名，屈原所作。屈原曾任三閭大夫。

　　「轉就丹砂，鑄成金鼎」（〈水龍吟〉）

按：《史記·孝武本紀》：「致物而丹沙可化爲黃金」。

　　「漢鑄九金神鼎」（〈西江月〉）

按：《史記·武帝本記》：「禹收九牧之金，鑄九鼎象九州」。

出於《漢書》者：

　　「家傳鴻寶秘略，小試不言功」（〈水調歌頭〉）

按：《漢書·劉向傳》：「上復興神仙方術之事，而淮南有《枕中鴻寶苑秘書》，書言神仙使鬼物爲金之術」。

　　「渡江天馬龍爲匹」（〈滿江紅〉）

按：《漢書·禮樂志》：「天馬來龍之媒」。

出於《後漢書》者：

　　「四校星流彗掃」（〈水調歌頭〉）

按：《後漢書·竇憲傳》：「四校橫組，星流彗掃」。

　　「魂斷雙鳧南州」（〈木蘭花慢〉）

按：《後漢書·王喬傳》：「王喬者，河東人也。顯宗世爲葉令。喬有神術，每月朔望常自縣詣台朝，帝怪其來數，而不見車騎，密令太史伺望之。言其臨至，輒有雙鳧從東南飛來。於是候鳧至，舉羅張之，但得一隻舄焉，乃詔上方訦視，則四年中所賜尚書官屬履也」。

出於《三國志》者：

　　「人間應失匕箸，此地獨從容」（〈水調歌頭〉）

按：《三國志·蜀志·先主傳》：「先主未發，是時曹公從容謂先主曰：『今天下英雄，惟使君與操耳。本初（袁紹）之徒，不足數也。』先主方食，失匕箸。」。

　　「湖海平生豪氣」（〈水調歌頭〉）

按：《三國志・魏志・陳登傳》：「許汜與劉備並在荊州牧劉表坐，表與備共論天下人，汜曰：『陳元龍湖海之士，豪氣不除』」。

出於《晉書》者：

　　「莫遣兒輩覺」（〈水調歌頭〉）

按：《晉書・王羲之傳》：「恆恐兒輩覺，損其歡樂之趣」。

　　「剩喜然犀處，駭浪與天浮」（〈水調歌頭〉）

按：《晉書・溫嶠傳》：「至牛渚磯，水深不可測，世云其下多怪物，嶠遂毀犀角而照之。須臾，見水族覆火，奇形異狀，或乘馬車著赤衣者」。

　　「憶當年，周與謝，富春秋。小喬初嫁，香囊未解，勳業故優游。」（〈水調歌頭〉）

按：《晉書・謝玄傳》：「玄少好佩紫羅香囊」。

　　「擊楫誓中流」（〈水調歌頭〉）

按：《晉書・祖逖傳》：「逖以社稷傾覆，常懷振復之志。……乃將本流徙部曲百餘家渡江，中流擊楫而誓曰：『祖逖不能清中原而復濟者，有如大江。』辭色壯烈，眾皆慨嘆」。

　　「不用知餘事，尊罍正芳鮮」（〈水調歌頭〉）

按：《晉書・張翰傳》：「因見秋風起，乃思吳中菰菜、蓴羹鱸魚鱠」。

　　「中興碑下，應留屐齒」（〈水龍吟〉）

按：《晉書・謝安傳《：「不覺屐齒之折，其矯情鎮物如此」。

　　「巴滇綠駿追風遠」（〈滿江紅〉）

按：《晉書・明帝紀》：「王敦將舉兵內向，帝密知之，乃乘巴滇駿馬微行至于湖，陰察敦營壘而出」。

　　「不爲青氈俯拾，自是公家舊物，何必更關心」（〈水調歌頭〉）

按：《晉書・王羲之傳附王獻之》：「夜臥齋中，而有人入其室，盜物都盡。獻之徐曰：『偷兒，青氈我家舊物，可特置之。群偷驚走』」。

出於《南史》者：

　　「我欲乘風去」（〈水調歌頭〉）

按：《南史‧宗慤傳》：「願乘長風破萬里浪」。蘇軾〈水調歌頭〉：「我欲乘風歸去」。

出於《荊楚歲時記》者：

　　「乞巧處，家家追樂事，爭要做年七夕」（〈二郎神〉）

按：南朝梁‧宗懍《荊楚歲時記》：「七夕婦女結彩縷，穿七孔針。或以金銀鍮石為針，陳瓜果庭中以乞巧，有喜子網於瓜上，則以為得」。

出於《舊唐書》者：

　　「一吊周郎羽扇，尚想曹公橫槊，興廢兩悠悠」（〈水調歌頭〉）

按：《舊唐書‧杜甫傳》：「曹氏父子鞍馬間為文，往往橫槊賦詩」。

三、用諸子語者

　　孝祥所用諸子語，以出於先秦諸子及小說家語者，為數最多。其中又以出於莊子、列子、論衡、世說新語、說苑、開元天寶遺事為主。分別舉例如下：

出於《莊子》者：

　　「蝶夢水雲鄉」（〈水調歌頭〉）

按：《莊子‧齊物論》：「昔者莊周夢為胡蝶，栩栩然胡蝶也」。

　　「洙泗上，弦歌地」（〈六州歌頭〉）

按：《莊子‧漁父》：「孔子游於淄帷之林，休作乎杏壇之上；弟子讀書，孔子弦歌鼓琴。」又《史記‧孔子世家》：「三百五篇，孔子皆弦歌之，以求合韶、武、雅、頌之音」。

　　「盡吸西江，細斟北斗，萬象為賓客」（〈念奴嬌〉）

按：《莊子‧外物篇》：「激西江之水而迎子」。又《景德傳燈錄》：「龐居士參馬祖云：『不與萬法為侶，是什麼人？』祖曰：『待汝吸盡西江水，即向汝道』」。

出於《列子》者：

　　「宦游事，蕉中鹿」（〈滿江紅〉）

按：《列子・周穆王》：「鄭人薪於野者，遇駭鹿，禦而擊之，斃之。恐人見之也，遽而藏諸隍中，覆之以蕉，不勝其喜。俄而遺其所藏之處，遂以為夢焉」。

出於《論衡》者：

「一氣回春」（〈鷓鴣天〉）

按：王充《論衡・齊世》：「一天一地，並生萬物，萬物之生，俱得一氣」。

出於《世說新語》者：

「關塞如今風景」（〈水調歌頭〉）

按：《世說新語・言語》：「過江諸人，每至美日，輒相邀新亭，藉卉飲宴。周侯（顗）中坐而嘆曰：『風景不殊，正自有山河之異』」。

「注笏朝來多爽氣，秉燭夜永足清游」（〈多麗〉）

按：《世說新語・簡傲》：「王子猷作桓車騎參軍。桓謂王曰：『卿在府久，比當相料理。』初不答，直高視，以手版拄頰云：『西山朝來，致有爽氣』」。

「山陰乘興不須回」〈踏莎行〉；「清興滿山陰」（〈浪淘沙〉）

按：《世說新語・任誕》：「王子猷居山陰，夜大雪，眠覺，開室命酌酒，四望皎然。因起仿偟，詠左思〈招隱〉詩，忽憶戴安道（逵）。時戴在剡（浙江省嵊縣西南），即便乘小船就之。經宿方至，造門不前而返。人問其故，王曰：『吾本乘興而行，興盡而返，何必見戴！』」。

「西風莫障庾公塵」（〈浣溪沙〉）

按：《世說新語・輕詆》：「庾公（亮）叔重，足傾王公（導）。庾在冶城，大風揚塵，王以扇拂塵曰：『元規（庾亮字）塵污人』」。

出於《說苑》者：

「慕義羞椎結」（〈念奴嬌〉）

按：《說苑・善說》：「西戎左衽而椎結」。

出於《開元天寶遺事》者：

「何人低唱醉泥金」（〈浪淘沙〉）

按：五代‧王仁裕《開元天寶遺事‧喜信》：「新進士及第，以泥金書
　　帖子附於家書中，至鄉曲親戚，例以聲樂相慶，謂之喜信」。

四、用詩文語者

　　孝祥化用前人詩文者甚多，如：楚辭、漢樂府古辭、曹植、陸凱、
陸雲、左思、孫綽、陶潛、江淹、王維、李白、杜甫、韓愈、李紳、
杜牧、溫庭筠、陸龜蒙、夏竦、張先、蘇軾等。其中又以出自楚辭、
杜甫、蘇軾者最為常見。分別舉例如下：

出於《楚辭》者：

「晞髮北風涼」（〈水調歌頭〉）

按：《楚辭‧九歌‧少司命》：「晞汝髮兮陽之河」。

　　「製荷衣，紉蘭佩，把瓊芳」（〈水調歌頭〉）

按：《楚辭‧離騷》：「製芰荷以為衣兮，集芙蓉以為裳」。

《楚辭‧離騷》：「紉秋蘭以為佩」。

《楚辭‧九歌‧東皇太一》：「瑤席兮玉瑱，盍將把兮瓊芳」。

　　「表獨立，飛霞珮，切雲冠」（〈水調歌頭〉）

按：《楚辭‧九歌‧山鬼》：「表獨立兮山之上」。蘇軾〈前赤壁賦〉：「飄
　　飄乎如遺世獨立，羽化而登仙」。

《楚辭‧九歌‧涉江》：「冠切雲之崔嵬」。

　　「回首叫虞舜，杜若滿芳洲」（〈水調歌頭〉）

按：《楚辭‧九歌‧湘君》：「采芳洲兮杜若，將以遺兮下女」。

　　「細斟北斗，萬象為賓客」（〈念奴嬌〉）

按：《楚辭‧九歌‧東君》：「援北斗兮酌桂漿」。

　　「認得蘭皋瓊珮」（〈雨中花慢〉）

按：《楚辭‧離騷》：「步余馬於蘭皋兮」。

　　「不識陽台夢裡雲」〈踏莎行〉；「暮雨不堪巫峽夢」（〈浣溪沙〉）

按：《楚辭‧宋玉〈高唐賦〉》：「妾在巫山之陽，高丘之阻，且為朝

雲，暮爲行雨，朝朝暮暮，陽台之下」。

出於漢樂府古辭者：

　　　「拄朝來多爽氣，秉燭夜永足清游」（〈多麗〉）

按：古詩十九首〈西門行〉：「人生不滿百，常懷千歲憂，晝短苦夜長，
　　何不秉燭游」。

　　　「阿婆三五笑春風」（〈浣溪沙〉）

按：〈古詩十九首〉之十八：「三五明月滿，四五蟾兔缺」。

出於曹植（192～232 年）者：

　　　「戶拾明珠翠羽」（〈水調歌頭〉）

按：曹植〈洛神賦〉：「或采明珠，或拾翠羽」。

出於陸凱（198～269 年）者：

　　　「江南驛使未到，梅蕊破春心」〈水調歌頭〉；「梅花音信隔
　　　關山」（〈鷓鴣天〉）

按：南朝宋陸凱〈贈范曄〉：「折梅逢驛使，寄與隴頭人，江南無所有，
　　聊贈一枝春」。

出於陸雲（262～303 年）者：

　　　「濯足夜灘急，晞髮北風涼」（〈水調歌頭〉）

按：陸雲《九愍‧行吟》：「朝彈冠以晞髮，夕振裳而濯足」。

出於左思（???　～306 年）者：

　　　「談笑青油幕，日奏捷書同」（〈水調歌頭〉）

按：左思〈詠史〉詩：「吾慕魯仲連，談笑卻秦軍」。

出於孫綽（314～371 年）者：

　　　「與君藉草攜壺」（〈臨江仙〉）

按：孫綽〈游天台山賦〉：「藉萋萋之纖草，蔭落落之長松」。

出於陶潛（365～427 年）者：

　　　「試聽華表歸來語」（〈踏莎行〉）

按：陶潛《後搜神記》卷一：「丁令威本遼東之人，學道於靈虛山，
　　後化鶴歸遼，集城門華表柱」。

出於江淹（444～505 年）者：

　　　「忠憤氣填膺」（〈六州歌頭〉）

按：南朝梁江淹〈恨賦〉：「置酒欲飲，悲來填膺」。

　　　「青鸞送，碧雲句，道霞扃，霧鎖不堪憂」（〈木蘭花慢〉）

按：江淹〈休上人怨別詩〉：「日暮碧雲合，佳人殊未來」。

　　　「常記送我行時，綠波亭上，泣透青羅薄」（〈念奴嬌〉）

按：江淹《別賦》：「春草碧色，春水綠波。送君南浦，傷如之何？」。
　　　陳淵〈題綠波亭〉：「南浦江波綠，陽關柳色青，夕陽千古恨，分
　　　付短長亭」。

出於王維（701～761 年）者：

　　　「唱徹陽關留不住」（〈青玉案〉）

按：王維〈送元二使西安〉：「勸君更進一杯酒，西出陽關無故人」。

　　　「與君相遇更天涯，拼了茱萸醉把」（〈西江月〉）

按：王維〈九月九日憶山東兄弟〉詩：「獨在異鄉為異客，每逢佳節
　　　倍思親；遙知兄弟登高處，遍插茱萸少一人」。

　　　「休使佳人斂黛，斷腸低唱陽關」（〈木蘭花慢〉）

按：王維〈送元二使西安〉：「勸君更進一杯酒，西出陽關無故人」。

出於李白（701～762 年）者：

　　　「揮手從此去，鷖鳳更驂鸞」（〈水調歌頭〉）

按：李白〈送友人〉：「揮手自茲去，蕭蕭斑馬鳴」。

　　　「雪花如席」（〈踏莎行〉）

按：李白〈北風行〉：「燕山雪花大如席，片片吹落軒轅台」。

出於杜甫（712～770 年）者：

　　　「五嶺皆炎熱，宜人獨桂林」（〈水調歌頭〉）

按：杜甫〈寄楊五桂州譚〉：「五嶺皆炎熱，宜人獨桂林」。

　　　「雪片一冬深，自是清涼國，莫道瘴煙俊」（〈水調歌頭〉）

按：杜甫〈寄楊五桂州譚〉：「梅花萬里外，雪片一冬深」。

　　　「湖海平生豪氣，關塞如今風景，剪燭看吳鉤」（〈水調歌頭〉）

按：杜甫〈後出塞〉：「少年別有贈，含笑看吳鉤」。

「洗我征塵三斗，快揖商飆千里，鷗鷺亦翩翩」（《水調歌頭》）

按：杜甫〈飲中八仙歌〉：「汝陽三斗始朝天，道逢麴車口流涎」。又
〈旅夜書懷〉：「名豈文章著，官應老病休，飄飄何所似，天地一
沙鷗。」

「翠袖香寒，朱絃韻悄，無情江水只東流」（《多麗》）

按：杜甫〈佳人〉：「天寒翠袖薄，日暮倚修竹」。

「短髮蕭騷襟袖冷」（《念奴嬌》）

按：杜甫〈籃田崔氏莊〉：「羞將短髮還吹帽，笑倩傍人為正冠」。又
〈春望〉：「白髮搔更短，渾欲不勝簪」。

「憶昔彤庭望日華」（《鷓鴣天》）

按：杜甫〈奉答岑參補闕見贈〉：「君隨丞相後，我往日華東」。

出於韓愈（768～824 年）者：

「表獨立，飛霞珮，切雲冠」（《水調歌頭》）

按：韓愈〈調張籍〉：「乞君飛霞珮，與我高頡頏」。

「揮手從此去，翳鳳更驂鸞」（《水調歌頭》）；「莫問驂鸞事」
（《水調歌頭》）

按：韓愈〈送桂州顏大夫〉：「遠勝登仙去，飛鸞不暇驂」。

「江山好，青羅帶，碧玉簪」（《水調歌頭》）

按：韓愈〈送桂州顏大夫〉：「江作青羅帶，山如碧玉簪」。

「家種黃柑丹荔，戶拾明珠翠羽」（《水調歌頭》）

按：韓愈〈送桂州顏大夫〉：「戶多輸翠羽，家自種黃甘」。

「策策西風雙鬢底」（《滿江紅》）

按：韓愈〈秋懷〉詩：「秋風一披拂，策策鳴不已」。

出於李紳（780～846 年）者：

「琪樹間瑤林」（《浪淘沙》）

按：唐李紳《樓詩·琪樹序》：「琪樹垂條如弱柳，結子如碧珠，三年
可一熟，每歲生者相續，一年綠，二年碧，三年者紅。綴于條上，

　　璀錯相間」。

出於杜牧（803～852 年）者：
　　　　「青樓薄幸空遺跡」（〈滿江紅〉）

按：杜牧〈遣懷〉詩：「十年一覺揚州夢，贏得青樓薄倖名」。
　　　　「欲酹鴟夷西子」（〈水調歌頭〉）

按：杜牧〈杜秋娘詩〉：「西子下姑蘇，一舸逐鴟夷」。

出於溫庭筠（812～870 年）者：
　　　　「吳波不動」（〈滿江紅〉）

按：溫庭筠〈湖陰詞〉：「吳波不動楚山晚」。

出於陸龜蒙（???　～881 年）者：
　　　　「自是清涼國，莫遣瘴煙侵」（〈水調歌頭〉）

按：《海錄碎事》引陸龜蒙詩句：「溪山自是清涼國，松竹合封蕭灑侯」。

出於夏竦（984～1050 年）者：
　　　　「玉鑒瓊田三萬頃」（〈念奴嬌〉）

按：夏竦〈雪後贈雪苑師〉：「玉界瓊田萬頃平」。

出於張先（990～1078 年）者：
　　　　「不如江月，照伊清夜同去」（〈念奴嬌〉）

按：張先〈江南柳〉：「願此身能似月華明，千里伴君行」。

出於蘇軾（1036～1101 年）者：
　　　　「蝶夢水雲鄉」（〈水調歌頭〉）

按：蘇軾〈和章七出守湖州〉：「方丈仙人出渺茫，高情猶愛水雲鄉」。
　　　　「莫遣兒輩覺，此樂未渠央」（〈水調歌頭〉）

按：蘇軾〈與毛令方尉遊西菩提寺〉：「人生此樂須天賦，莫遣兒曹取
　　次知。」
　　　　「湧起白雲關」（〈水調歌頭〉）

按：蘇軾〈開元漱玉亭〉：「落落白銀闕，沉沉水精宮」。
　　　　「一吊周郎羽扇，尚想曹公橫槊，興廢兩悠悠」（〈水調歌頭〉）

按：蘇軾〈念奴嬌·赤壁懷古〉：「遙想公瑾當年，小喬初嫁了，雄

姿英發，羽扇綸巾，談笑間、強虜灰飛煙滅」。蘇軾〈前赤壁賦〉：
「橫槊賦詩，固一世之雄也，而今安在哉」。

「今夕復何夕，此地過中秋」（〈水調歌頭〉）

按：蘇軾〈念奴嬌・中秋〉：「起舞徘徊風露下，今夕不知何夕」。

「憶當年，周與謝，富春秋。小喬初嫁，香囊未解，勳業故
優游。」（〈水調歌頭〉）

按：蘇軾〈念奴嬌・赤壁懷古〉：「遙想公瑾當年，小喬初嫁了」。

「孤光自照，肝肺皆冰雪」（〈念奴嬌〉）

按：蘇軾〈西江月〉：「中秋誰與共孤光」。

「扣舷獨笑，不知今夕何夕」（〈念奴嬌〉）

按：蘇軾〈後赤壁賦〉：「於是飲酒樂甚，扣舷而歌之」。又〈念奴嬌・
中秋〉：「起舞徘徊風露下，今夕不知何夕」。

「相對綸巾岸」（〈洞仙歌〉）

按：蘇軾〈念奴嬌・赤壁懷古〉：「遙想公瑾當年，小喬初嫁了，雄姿
英發羽扇綸巾，談笑間、強虜灰飛煙滅」。

「好月相望千里」（〈西江月〉）

按：蘇軾〈水調歌頭〉：「但願人長久，千里共嬋娟」。

「一舸凌風，斗酒酹江」（〈雨中花慢〉）

按：蘇軾〈念奴嬌・赤壁懷古〉：「一尊還酹江月」。

「誰與黃花為主」（〈念奴嬌〉）

按：蘇軾〈九日次韻王鞏〉詩：「明日黃花蝶也愁」。

從上面所舉的例子，可以清楚看出孝祥廣泛援引經史子集之語入
詞的情形。湯衡〈張紫微雅詞序〉說：「衡嘗獲從公（孝祥）游，見
公平昔為詞，未嘗著稿，筆酣興健，頃刻即成，初若不經意，反復究
觀，未有一字無來處。」實非虛言。陳滿銘先生於〈古語古句在蘇辛
詞裡的運用〉一文中，曾詳細統計了東坡和稼軒二人之詞見於經史子
集之語的次數，本文因限於個人學力，未敢冒然斷定孝祥援引前人之
語者僅如上述（事實上，疏漏者必多），但從上引已可看出孝祥引用

古語古句的範圍雖不及稼軒，而實較東坡更為廣泛。宋・劉辰翁序稼軒詞集時曾說：「詞至東坡，傾蕩磊落，如詩如文，如天地奇觀，豈與群兒雌聲學語較工拙。然猶未至用經用史，牽雅頌入鄭衛也。自辛稼軒前，用一語如此者，必且掩口。及稼軒橫豎爛漫，乃如禪宗棒喝，頭頭皆是，又如悲笳萬鼓，平生不平事并盡厄酒，但覺賓主酣暢，娛不暇顧，詞至此亦足矣。」（《須溪集》卷六）此固非溢美之詞，但「自辛稼軒前，用一語如此者，必且掩口」一語，實在是忽略了孝祥《于湖詞》在造語上的特色。廣泛運用古語古句入詞，在稼軒之前，孝祥實已承繼東坡而有所擴展。

第五章　張孝祥詞的內涵

　　本章所謂內涵，意指主題思想經由形式技巧所呈現出來的詞的整體風貌。爲便於分析，特將孝祥存詞依內容性質歸納爲五大類，分別是：一、忠憤塡膺的愛國詞篇，二、豪邁曠達的抒懷之作，三、委婉纏綿的幽怨情歌，四、清雋秀麗的寫景詠物之作，五、廣泛實用的酬贈唱和之作。其分畫原則以內容的主要意旨爲依歸，同時參考原作詞牌下的題目來定其分屬。強爲分類，本難清楚定界，因此有些詞作全憑個人對該詞的了解來歸類，他人如另有體會，自然不必強求契合。至於討論的方法，既說旨趣，也談風格，修辭技巧、表現手法、美學原理、藝術境界等亦皆隨機點明。

第一節　忠憤塡膺的愛國詞篇

　　孝祥的第一類詞，主要是激於愛國熱忱，發抒忠憤之情的作品。孝祥生當宋金對峙、時戰時和的時代。天縱英資，才質過人，二十三歲即舉進士第一，自此投身仕途，原冀對國家的危難有所貢獻。無奈由於他力主「先盡自治以爲恢復」「多擇將臣，激厲士卒」「以刷無窮之恥，復不共戴天之仇」〔註1〕，主戰的立場十分鮮明，因此迭遭主

─────────────────

〔註 1〕語見《于湖居士文集》卷十八〈論先盡自治以爲恢復箚子〉。

和派的排擠和陷害，使他的政治生涯一直處於顛躓坎坷的境地，始終未能一施長才、盡展抱負。於是忠憤激切之情，抑鬱不平之氣，往往不能自已而發之於詞。「他的《于湖詞》中有不少發抒壯懷，悲憤激昂的作品，下開辛稼軒。」〔註2〕其中，最爲膾炙人口的「壓卷」詞，當推〈六州歌頭〉。其詞云：

> 長淮望斷，關塞莽然平。征塵暗，霜風勁，悄邊聲。黯銷凝。追想當年事，殆天數，非人力，洙泗上，弦歌地，亦羶腥。隔水氈鄉，落日牛羊下，區脫縱橫。看名王宵獵，騎火一川明。笳鼓悲鳴。遣人驚。　念腰間箭，匣中劍，空埃蠹，竟何成。時易失，心徒壯，歲將零。渺神京。干羽方懷遠，靜烽燧，且休兵。冠蓋使，紛馳騖，若爲情？聞道中原遺老，常南望翠葆霓旌。使行人到此，忠憤氣填膺。有淚如傾。

此詞作於隆興二年（1164）孝祥任建康留守之時。〔註3〕宋孝宗即位之初，頗有意恢復，采張浚之議，起用一批主戰將領出兵伐金，曾一度收復宿州。但自隆興元年（1163）五月符離兵潰後，孝宗恢復之志也隨之崩潰，一時和議之論再起。八月，遣盧仲賢赴金議和，十一月，王之望充金通問使，許割唐、鄧、海、泗四州，二年正月，又遣胡昉使金。主戰派張浚等雖抗疏反對，然宰相湯思退力主和議，孝宗猶豫不決，但較趨向和議，故主戰派的處境越來越不利。孝祥是張浚恢復事業的積極贊助者，在這種北伐受阻、和議甚熾的背景下，恢復的努力遭到新的挫折的時刻，慷慨忠憤之情，發而爲詞，寫下了這首感人

〔註2〕語見繆鉞〈論張孝祥詞〉。該文收入繆鉞、葉嘉瑩合撰之《靈谿詞說》頁371～378，上海：上海古籍出版社，1987年11月第一版。

〔註3〕此詞寫作年代各家說法紛紜。有謂作於紹興三十一年（1161）者，有謂作於隆興元年（1163）者，宛敏灝先生曾多次撰文力排眾說，認爲作於紹興三十二年（1162）初春最爲恰當。唯其引用史料有誤，所據理由亦難令人信服。今據李一飛〈張孝祥年譜辨誤〉一文及筆者個人心得，認定此詞作於隆興二年（1164）二、三月之間。（詳參附錄〈張孝祥年譜〉隆興二年事）

的詞篇。詞的上半闋傷中原淪陷，胡騎縱橫；一開始就指出長淮萬里，
自完顏亮南侵，關塞已經蕩然無存。征塵暗淡，霜風凄緊，更增戰後
的凄涼。因而追憶往事，慨嘆中原淪陷，連洙泗弦歌之地也為金人所
侵佔。接著以獵火照江，笳鼓可聞的驚心動魄場面，指出強敵只隔一
水，淮河北岸遍布敵人的氈帳和哨所，「笳鼓悲鳴」、「騎火一川明」
與「悄邊聲」構成了強烈的對比，敵人的活動如此頻繁與猖獗，我方
卻是邊備廢馳，無心論戰，這是多麼令人觸目驚心啊！詞的下半闋寫
愛國的壯志難酬，朝廷當政者忙於議和，中原人民空盼光復，詞情更
加悲壯激烈。換頭一段，發抒自己的懷抱，感嘆空有殺敵的武器，只
落得塵封蟲蛀而無用武之地，有報國欲死的決心，卻無戰場可實現壯
志，時不我待，徒具雄心，卻只能等閒虛度年華。懦弱的主政者箝制
軍隊，按兵不動，議和的使者絡繹於途，忙於委屈乞和；如此粉飾太
平，苟安誤國，試問何以為情？孝祥在以諷刺的口吻提出質問之後，
更舉出淪陷區的人民是如何的嚮往故國，殷切盼望王師北伐；然而久
不見王師的現實，使他們熱切的心願化為痛苦的失望，「聞道」二句
和陸游的〈秋夜將曉出籬門迎涼有感〉：「遺民淚盡胡塵裡，南望王師
又一年」有著同樣深沉的同情與悲嘆。歇拍二句，以情收結，忠義憤
發，悲壯淋漓。即使是過往的行人，見到中原遺老也會同感悲痛，更
何況有志之士，北望中原，面對如此景象，一方面想到空有壯志而蹉
跎歲月，一方面又深深同情中原遺老的急切盼望，對敵人的囂張恣肆
與乞和使臣的怯懦無恥，雖感痛心疾首，卻也無可奈何；一時心中悲
憤之情，不覺洶湧而出，然而當此之際，除了失聲痛哭之外，又能如
何呢？綜觀全詞，振筆直抒胸臆，一氣呵成，不僅充份表達了個人滿
腔的悲憤，也寫出了南宋愛國志士心靈深處所蘊藏的忠憤之氣與中原
遺民傾訴不盡的血淚，更強而有力的鼓舞激發起人們的愛國熱情。據
《花草粹編》卷十二於此詞之後載宋無名氏《朝野遺記》云：「安國
在建康留守席上賦此，歌闋，魏公（張浚）為罷席而入。」可見其感
人之深。清·陳廷焯《白雨齋詞話》云：「張孝祥〈六州歌頭〉一闋，

淋漓痛快，筆飽墨酣，讀之令人起舞」。清・劉熙載《藝概・詞概》云：「張孝祥安國於建康留守席上，賦〈六州歌頭〉，致感重臣罷席，然則詞之興觀群怨，豈下於詩哉？」清・張德瀛稱此詞：「所謂拔地倚天，句句欲活者。」（《詞微》卷五）薛礪若說：「他（孝祥）有時『興酣筆健』發為慷慨壯烈之音，且有更甚於蘇、辛者，如他的〈六州歌頭〉即是一例……（引原詞略）……縱筆直書，如鷹隼臨空，盤旋夭矯而下，詞中極少此種境界。」（《宋詞通論》第五編第二章〈憤世的詞人〉）都是十分中肯的評語。宛敏灝先生論此詞說：「這首詞的強大生命力，在於詞人『掃開河洛之氛祲，蕩洙泗之羶腥者，未嘗一日而忘胸中』的愛國精神。正如詞中所顯示，熔鑄了民族的與文化的、現實的與歷史的、人民的與個人的因素，因而是一種極其深厚的愛國主義精神。所以一旦傾吐為詞，發抒忠義就有『如驚濤出壑』的氣魄。（南宋滕仲因跋郭應祥《笑笑詞》語，據稱于湖一傳而得吳鎰，再傳而得郭）。同時，〈六州歌頭〉篇幅長，格局闊大，多用三言四言的短句，構成激越緊張的繁音促節，聲情激壯，正是詞人抒發滿腔愛國激情的極佳藝術形式。詞中，把宋金雙方的嚴峻對立，朝廷與人民之間的尖銳矛盾，加以鮮明對比。多層次、多角度地展示了那個時代的宏觀歷史畫面，強有力地表達出人民的心聲。就像杜甫詩歷來被稱為詩史一樣，這首〈六州歌頭〉，也完全可以被稱為詞史。」〔註4〕這段評語，頗有見地。

　　孝祥另有一首〈水調歌頭・聞采石戰勝〉〔註5〕，作於宋高宗紹興三十一年（1161）冬天。是年，金主完顏亮大舉南侵，連攻淮南諸州，欲從采石磯渡江，吞併宋朝。「十一月，虞允文督建康諸軍以舟

〔註4〕語見張淑瓊主編《唐宋詞新賞》第十輯，頁166。台北：地球出版社，1990年初版。

〔註5〕詞題據宋乾道本《于湖先生長短句》。宋嘉泰本《于湖居士文集》，題作〈水調歌頭・和龐佑父〉。下引詞文則據嘉泰本《于湖居士文集》。「未解」宋乾道本作「猶在」、「勳」宋乾道本作「功」。蓋截長補短，各取其勝者。

師拒金主亮於東采石，戰勝卻之。」（《宋史‧高宗本紀》）這一戰役，關係到南宋的安危存亡，完顏亮因此役失利而遭部下縊殺，金兵於是敗退，南宋朝廷才得以偏安。自宋室南渡以來，這可說是振奮全國軍民的一次大捷。孝祥聽到這一勝利的消息之後，非常興奮地寫下了這首詞：

> 雪洗虜塵靜，風約楚雲留。何人爲寫悲壯，吹角古城樓。
> 湖海平生豪氣，關塞如今風景，剪燭看吳鉤。膽喜燃犀處，
> 駭浪與天浮。　　憶當年，周與謝，富春秋。小喬初嫁，
> 香囊未解，勳業故優游。赤壁磯頭落照，肥水橋邊衰草，
> 渺渺喚人愁。我欲乘風去，擊楫誓中流。（〈水調歌頭‧聞采
> 石戰勝〉）

這首詞除了歌頌虞允文的勳績可比於周瑜、謝玄外，也表達了自己的豪情與願望。詞的上半闋敍寫聞采石大捷後的興奮心情。開頭「雪洗虜塵靜」一句，籠罩全篇，概括了采石戰勝，快語壯辭，已反映出孝祥心中掩藏不住的喜躍。「風約楚雲留」說明自己未能爲前方戰事效力，「留」字委婉地暗示了未能參戰的遺憾。〔註6〕「何人爲寫悲壯」二句描寫歡慶勝利的情景，悲壯的戰跡與勝利的凱歌，相互渲染氣氛，使一種勝利歡樂的情緒，躍然紙上。接著「湖海平生豪氣」三句借用典故自抒壯懷，以陳元龍自比，表明自己亦有廓清天下的豪氣壯懷，並從夜間燃燭撫拭寶劍的動作中，進一層抒發自己

〔註6〕紹興三十一年（1161）十一月，采石之戰，孝祥正投閒客居宣城。初（九月），金主完顏亮帥師六十萬渡淮河南侵，守江諸將或戰或退，步調不一，孝祥雖不在職，仍致書池陽守將李顯忠，又代宣城守任信孺致建康守將王權，促其「協義同力，首尾相應」（二書俱載《文集》卷二十四），可見孝祥忠勇愛國之思，無時或忘，眞如謝堯仁〈張于湖先生集序〉所言：「先生之雄略遠志，其欲掃開河洛之氛祲，蕩沫泗之羶腥者，未嘗一日而忘胸中。」及聞采石大捷，孝祥心中固興奮不已，但胸懷壯志，卻未能親自效力戰場；且自紹興二十九年（1159）八月，被監察御史汪澈虛構罪狀劾罷中書舍人，至今已二年餘，仍未得復制，因此詞中委婉透露此一心事。他同時所作的〈辛巳冬聞德音〉詩（見下文）則直接寫出「小儒不得參戎事」的遺憾。

殺敵建功的迫切願望和強烈衝動。「膾喜燃犀處」二句承上而來，落到采石戰場，把金兵比作妖魔，以燃犀照妖的典故，說明了戰爭場面的慘烈與獲得勝利的盛況。詞的下半闋，則一筆宕開，由寫景轉入抒情。用一個「憶」字，引發出歷史的遐想。借用周瑜在赤壁擊敗曹操、謝玄在肥水打退苻堅的英勇戰跡，來比擬虞允文而加以稱頌。「春秋」在此指年齡。想當年，周瑜在赤壁大戰時年僅三十四，謝玄在肥水之戰時年僅四十一，正處在大有作為的青壯之年。這時虞允文已五十二歲，而孝祥才剛滿三十歲，說虞春秋鼎盛，也就顯得自己更是年少有為。接著「赤壁磯頭落照」三句，由憶想中回到現實，寫赤壁、肥水的愁人景象，實即暗示江淮失地、中原故土尚待規復。最後以「乘風」、「擊楫」兩語作結，振起全篇，豪邁有力；既回應上片「風約楚雲留」，更道出作者的激烈壯懷與愛國熱情，使整首詞有一種慷慨悲壯的韻致。繆鉞〈論張孝祥詞〉說：「〈〈水調歌頭・聞采石戰勝〉〉全詞筆勢頓宕，韻味深永，忽而說今，忽而說古，又都聯繫到自己，在忠憤激壯之中表現出風流倜儻的氣概，這是張孝祥詞的特長。」〔註7〕楊海明賞析此詞說：「此詞從『聞采石戰勝』的興奮喜悅寫起，歌頌了抗戰將領的勳業，抒發了自己從戎報國的激情，但又暗寫了對於中原失地的懷念和異族入侵的悲慨，可謂是喜中寓愁，壯中帶悲。全詞筆墨酣暢，音節振拔，奔放中有頓挫，豪健中有沉鬱，讀後令人深受鼓舞。」〔註8〕曹濟平分析此詞說：「這首詞作及時地反映了具有歷史意義的采石之戰，使詞篇的現實精神閃耀著時代光彩。從藝術特色來看，詞人在寫景抒情中，展開豐富的想像，引出歷史上的無數英雄豪傑，如周瑜、謝安、祖逖等歷史人物。他們都是與戰爭的勝利聯繫在一起，因而融入詞篇，用來襯托采石之戰的重大勝利，不僅顯得自然貼切，而且運筆層層遞進，

〔註7〕同註2。

〔註8〕文見張淑瓊主編《唐宋詞新賞》第十輯，頁184。台北：地球出版社，1990年初版。

舒捲自如，充份發揮用典語言以少勝多的作用。」〔註9〕這些評語，各有值得參考之處。孝祥在聽到采石戰勝的消息後，除了寫下這首詞之外，同時還寫了兩首律詩〈辛巳冬聞德音〉，收入《文集》卷六，可與此詞同時參讀，詩的內容如下：

> 帳殿稱觴送喜頻，德音借與萬方春。指揮夷夏無遺策，開
> 闔乾坤有至神。南斗夜纏龍虎氣，北風朝蕩犬羊塵。明年
> 玉燭王正月，擬上梁園奉貢珍。（其一）

> 韃靼奚家款附多，王師直到白溝河。守江諸將遙分閫，絕
> 漠殘胡競倒戈。翠蹕春行天動色，牙檣宵濟海無波。小儒
> 不得參戎事，謄賦新詩續雅歌。（其二）

詩中除了表達采石戰勝的喜悅外，也點出了自己「小儒不得參戎事」的遺憾和無奈。

乾道四年（1168）秋天，孝祥任荊南荊湖北路安撫使，駐節荊州（今湖北江陵縣）時，寫了一首〈浣溪沙‧荊州約馬奉先登城樓觀〉：

> 霜日明霄水蘸空，鳴鞘聲裡繡旗紅。澹煙衰草有無中。
> 萬里中原烽火北，一尊濁酒戌樓東。酒闌揮淚向悲風。

這首詞也是流露深沉的愛國情操的作品。起句「霜日明霄水蘸空」從遠處落筆，境界寬闊，著一「蘸」字，形象鮮明地勾勒出一幅秋日晴空萬里、明麗壯闊的自然畫景。「鳴鞘聲裡繡旗紅」有聲有色地描繪了邊塞軍營中，紅旗飄舞、戰馬奔馳的雄壯場面。接著用「澹煙衰草」的凋零冷落景物來烘托此時蒼涼悲憤的心境，寓情於景，景中有情。過片「萬里中原烽火北」二句，對偶工巧，由上片衰草蕭颯的景象聯想起淪陷的中原故土仍未收復，自己的抱負無從施展，不禁黯然神傷，姑且在此痛飲濁酒，聊以消愁。可是，酒入愁腸更添愁緒，酒已盡而愁未解，終於忍不住心中的悲切而「揮淚向悲風」。整首詞所呈現的意境，雖然已抹上一層悲涼色彩，但是詞中豪氣未減，自惜壯志

〔註9〕文見唐圭璋主編《唐宋詞鑑賞辭典》，頁 847。上海：江蘇古籍出版社，1986 年第一版。

未酬，念念不忘收復中原失土的愛國熱忱，依然分明可見。據宋・陸世良〈宣城張氏信譜傳〉載：「荊州當虜騎之衝，自建炎以來，歲無寧日。公（孝祥）內修外攘，百廢俱興，雖羽檄旁午，民得休息。築寸金堤以免水患，置萬盈倉以儲漕運，爲國爲民計也。」鄭騫《詞選》引此並注云：「據此可知其實有所作爲，非僅飲酒塡詞，空揮新亭之淚者也。」的確是如此。清・陳廷焯《白雨齋詞話》卷六云：「二帝蒙塵，偷安南渡，苟有心人者，未有不拔劍斫地也。南渡後詞，如⋯⋯張安國〈浣溪沙〉云：『萬里中原烽火北，一尊濁酒戌樓東，酒闌揮淚向悲風。』⋯⋯此類皆慷慨激烈，髮指欲上。詞境雖不高，然足以使懦夫有立志。」陳廷焯論詞以「沉鬱」爲詞之極詣，此類詞在他看來都是太淺、太顯、無餘味，所以有「詞境不高」的批評。但他同時說孝祥此詞「慷慨激烈，髮指欲上」「足以使懦夫有立志」則洞悉隱微，深切了解孝祥的悲壯情懷。繆鉞〈論張孝祥詞〉說：「張孝祥在這首小令中發抒其登荊州城樓，北望中原，臨風灑淚的豪情壯志。在〈浣溪沙〉調中，亦是大聲鏜鎝之作。」〔註 10〕胡國瑞賞析這首詞說：「整首詞色彩鮮麗，而意緒悲涼，詞氣雄健，而蘊蓄深厚，是一首體制精悍而具有強烈愛國感情的小詞，與其〈六州歌頭〉同爲南宋前期的愛國名作。」〔註 11〕都是確切之語。

　　孝祥所以能爲後世景仰，就在於他極力主張抵抗外來侵略，並寫下許多愛國詞篇。〔註 12〕這類詞或讚頌、或感嘆、或明寫、或暗傷，表現的手法與風格雖有不同，但都能深刻地反映出當日國難時代的憤世詞人與愛國志士的民族意識，其愛國的熱忱是始終不變的。宋・謝堯仁〈張于湖先生集序〉說他：「雄略遠志，其欲掃開河洛之氛祲，蕩洙泗之羶腥者，未嘗一日而忘胸中。」確實是如此。

〔註 10〕同註 2。

〔註 11〕語見張淑瓊主編《唐宋詞新賞》第十輯，頁 208。台北：地球出版社，1990 年初版。

〔註 12〕孝祥詩、文、奏議、書法皆有可觀，唯不在本文研究範圍，故略而不談。

現在再抄錄若干詞句於下：

虜馬秋肥鵰力健，應看名王宵獵。壯士長歌，故人一笑，趁得梅花月。王春奏計，便須平步清切。（〈念奴嬌‧仲欽提刑仲冬行邊，漫呈小詞，以備鼓吹之闕〉）

憶得年時貂帽煖，鐵馬千群觀獵。狐兔成車，笙歌隱地，歸踏層城月。持杯且醉，不須北望淒切。（〈念奴嬌‧欲雪呈朱漕元順〉）

千古淒涼，興亡事、但悲陳跡。凝望眼、吳波不動，楚山叢碧。巴滇綠駿追風遠，武昌雲旆連江策。笑老姦遺臭到如今，留空壁。　邊書靜，烽煙息。通輶傳，銷鋒鏑。仰太平天子，坐收長策。羆踏揚州開帝里，渡江天馬龍爲匹。看東南佳氣鬱蔥蔥，傳千億。（〈滿江紅‧于湖懷古〉）

策策西風雙鬢底，暉暉斜日朱欄曲。試側身回首望京華，迷南北。（〈滿江紅‧思歸寄柳州林守〉）

對月只應頻舉酒，臨風何必更搔頭，暝煙多處是神州。（〈浣溪沙〉）

謀一笑，一笑與君同。身老南山看射虎，眼高四海送飛鴻，赤岸晚潮通。（〈望江南‧贈談獻可〉）

好把文經武略，換取碧幢紅旆，談笑掃胡塵。勳業在此舉，莫厭短長亭。（〈水調歌頭‧送謝倅之臨安〉）

擁貔貅萬騎，聚千里、鐵衣寒。正玉帳連雲，油幢映日，飛箭天山。錦城啓方面重，對籌壺盡日雅歌閑。休遣沙場虜騎，尚餘乏馬空還。　那看，更值春殘。斟綠醑，對朱顏。正宿雨催紅，和風換翠，梅小香慳。牙旗漸西去也，望梁州故壘暮雲間。休使佳人斂黛，斷腸低唱陽關。（〈木蘭花慢〉）

一舸凌風，斗酒酹江，翩然乘興東游。欲吐平生孤憤，壯

氣橫秋。浩蕩錦囊詩卷，從容玉帳兵籌。有當時橋下，取
履仙翁，談笑同舟。　　先賢濟世，偶耳功名，事成豈爲
封留？何況我君恩深重，欲報無由。長望東南氣王，從教
西北雲浮。斷鴻萬里，不堪回首，赤縣神州。（〈雨中花慢〉）

這些詞都是忠憤之氣隨筆湧出，足以喚醒當時聾聵而激發其愛國熱
情。謝堯仁序《于湖集》說：「樂府之作，雖但得於一時燕笑咳唾之
頃，而先生之胸次筆力皆在焉。今人皆以爲勝東坡。」于湖詞在當日
所以能獲得這樣高的評價〔註13〕，正因其內容反映了愛國志士的思想
感情，「讀之令人起舞」（陳廷焯《白雨齋詞話》）；他那忠憤塡膺的愛
國熱忱，令人深深感動，由衷景仰佩服。

第二節　豪邁曠達的抒懷之作

　　孝祥的第二類詞，以能表現其豪邁的性格與曠達的襟懷者爲主。
宋・周密選《絕妙好詞》，以孝祥爲首，錄其作品四首。其中〈念奴
嬌・過洞庭〉、〈西江月・丹陽湖〉，即是此類作品的代表作。現在先
來看這首〈西江月・丹陽湖〉：

問訊湖邊春色，重來又是三年。東風吹我過湖船，楊柳絲
絲拂面。　　世路如今已慣，此心到處悠然。寒光亭下水
如天，飛起沙鷗一片。

　　此詞嘉泰本《于湖居士文集》無題，此據乾道本《于湖先生長短
句》增補；厲鶚《絕妙好詞箋》則作「題溧陽三塔寺」。這首詞大約
是紹興三十二年（1162）潤二月，孝祥自建康還宣城途經溧陽所作。
〔註14〕詞的上片寫景，景中有情。首二句點明來遊的時間和地點，「問

〔註13〕就整體客觀而言，「今人皆以爲勝東坡」實屬過譽之詞。但如置身當
　　　時境地，並從教化、實用的角度來說，則堯仁所言不虛。孝祥在這
　　　一類詞的成就與影響，確實高過於東坡。這是時代環境所造成的差
　　　異，與天份才氣無關。
〔註14〕詳參附錄〈張孝祥年譜〉紹興三十二年事。李元洛在「言近旨遠——
　　　張孝祥〈西江月・題溧陽三塔寺〉」一文中，說此詞寫於乾道三年

訊」一詞深俱情味，把本是無知無覺的春色寫得極富人情意態；「三
年」一句，含蓄地透露出詞人舊地重遊的喜悅和意在言外的諸多感
慨。「東風」二句，對湖上春遊作了具體描寫，駕一葉扁舟蕩漾在廣
闊的湖面上，迎面吹來一股和暖的春風，湖邊輕柔如絲的柳條隨風飄
舞，不時地拂弄著面頰，這境界是多麼寧靜優美，令人陶然心醉！下
片「世路」二句，是此詞警句，由景入情，直抒心中深沉的感慨。宦
海浮沉的遭遇，使他諳悉人情世態，也已習慣世路的艱辛，因此，無
論到何處，處何境地，都能安閒自適，怡然自得。「悠然」二字，原
是歷經深沉的辛酸和痛苦的挫折後，所感悟而得的心境，正惟如此，
才能真正「寵辱皆忘」，保持舒適恬靜的愉悅。歇拍二句，描寫寒光
亭下的景色，風和日麗，水天一色，一群群的沙鷗飛翔在廣闊無垠的
碧水藍天中，祥和優美的風光，令人沉醉、令人流連；王國維說：「一
切景語皆情語也」(《人間詞話》)，此處景語就是情語，如此以景收結，
怡人的景致與恬淡的心境深深契合，含蘊不盡，令人讀後覺得韻味無
窮。宋·沈義父說：「結句須要放開，含有餘不盡之意，以景結尾最
好。」(《樂府指迷》)此詞結語，飄逸高遠，意蘊其中，可謂深得其
妙。綜觀全詞，情景交融，妙語雙關，以空闊的湖景襯出自己豁達的
胸襟，把旅程的道路與「世路」緊扣在一起，抒發自己儘管在官場上
遭遇波折，但一切置之度外的曠達情懷。筆調明快，樸素自然，是一
首雋永有味的作品。此外，《于湖居士文集》卷九有〈三塔寺阻雨〉
五律二首，卷十一有〈過三塔寺〉七絕二首，內容分別是：

> 塔上一鈴語，湖頭三日風。蒼山在煙外，高浪與天通。市
> 迴薪芻少，僧殘像教空。不妨留滯好，且看夕陽紅。(〈三
> 塔寺阻雨·之一〉)

（1167）。從詞中「世路如今已慣」句認定此詞為孝祥第三次被罷職
後的作品，似更切合詞境，可惜並無史料可資證明，而李氏也未能
加以說明，所以暫且存疑於此。李氏之文收入《歌鼓湘靈》，台北：
東大圖書公司，1990年8月初版。

> 倦客三杯酒，高僧一味茶。涼風憾楊柳，晴日麗荷花。鐸語時鳴塔，漁歌晚釣槎。停艫快清憩，步穩覿明霞。（〈三塔寺阻雨・之二〉）

> 湖光瀲灩接天浮，風捲雲濤未肯休。夜岸繫舟來古塔，不妨蹤跡更遲留。（〈過三塔寺・之一〉）

> 層巒疊嶂幾重重，萬頃煙波浩渺中。釣艇未歸饒夕照，耳邊蘆葦戰寒風。（〈過三塔寺・之二〉）

這幾首詩的寫作時間和季節，雖與〈西江月〉詞不盡相同，但都表現出孝祥「不妨留滯好」的眷戀之意與曠達的襟懷，可一并參讀。

　　周密《絕妙好詞》所選的另一首作品〈念奴嬌・過洞庭〉，內容如下：

> 洞庭青草，近中秋，更無一點風色。玉鑑瓊田三萬頃，著我扁舟一葉。素月分輝，明河共影，表裡俱澄澈。悠然心會，妙處難與君說。　　應念嶺海經年，孤光自照，肝肺皆冰雪。短髮蕭騷襟袖冷，穩泛滄浪空闊。盡吸西江，細斟北斗，萬象為賓客。扣舷獨笑，不知今夕何夕。

這首著名的詞篇，是孝祥於乾道二年（1166）在廣南西路安撫使任上被罷免後泛舟北歸途中的作品。詞的上片著力描繪月夜洞庭的美景和個人的感受；下片馳騁想像，發抒其豪邁坦率的情懷，充滿了浪漫的色彩。首五句從廣袤的空間設色，在時近中秋的月夜，煙波浩淼的洞庭湖，風靜波平，萬籟俱寂，唯有詞人的一葉扁舟遨遊於「玉鑑瓊田」般的湖光水色之中，「玉」與「瓊」極狀潔白，「一葉」和「三萬頃」，一小一大，相映成趣，渺小的個人真是要溶於一湖明月與秋水之中了。「素月分輝」三句，描寫月光映照湖面的美妙景色。「表裡俱澄澈」是全詞關鍵，主旨所在，詞人周遭的一切，水天一色，整個世界是如此皎潔寧靜、晶瑩澄澈，沒有絲毫的塵囂污濁，物與我交融，境與心相契，渾然一體，自表至裡都是如此晶瑩剔透；這不僅僅是寫景，而是在寫景中注入了詞人的深意，表現了一種胸懷坦蕩、光明磊落、言

行一致、表裡如一的思想境界。「悠然心會」二句，陶醉於溶溶月華，悠然自得，實在是妙不可言，也不必與他人說；「悠然」二字，真切地反映出詞人的胸襟、神采和風格。下片「應念嶺海經年」三句，自信廣南西路任上一年的政治生涯中，光明磊落，如月光相照，冰清玉潔，毫無瑕疵。正惟如此，才能在「短髮蕭騷襟袖冷」的處境下，「穩泛滄浪空闊」，此處著一「穩」字，堅定自信之情躍然紙上。「盡吸西江」三句，可說是神來之筆。詞人豪情奮發，逸興遄飛，要吸盡浩蕩的長江水，把天上的北斗七星當作酒器，邀天地萬物作賓客，陪我縱情豪飲，這是何等豪邁的氣魄，何等開闊的胸襟！歇拍「扣舷」二句，詞人完全陶醉在大自然裡，達到了物我兩忘、超塵絕俗的境地。用「不知今夕何夕」收束全詞，與開頭「洞庭青草，近中秋，更無一點風色」遙相呼應，形成完整的結構，造成全詞言盡而意不盡的無窮餘味。總合來說，通篇寫景著重境界的空闊澄澈，寫人著重胸襟的光明磊落，互相襯托，可謂極情景交融之妙。清‧查禮《銅鼓書堂詞話》說：「此皆神來之句，非思議所能及」。宋‧魏了翁跋此詞真蹟說：「張于湖有英姿奇氣，著之湖湘間，未為不遇。洞庭所賦在集中最為杰特，方其吸江酌斗，賓客萬象時、詎知世間有紫微青瑣哉！」《鶴山集》頗能領會孝祥胸襟洒落，忘情物外的豪邁情懷。清‧王闓運《湘綺樓詞選》謂此詞「飄飄有凌雲之氣，覺東坡〈水調〉有塵心。」其實孝祥也未免尚有塵心，否則又何必念及「嶺海經年」呢？但此詞確實比東坡的〈水調歌頭〉中秋詞寫得更加空靈而奇氣四溢，情景交融的藝術表現手法亦較為高妙。〔註15〕清‧黃蓼園《蓼園詞話》更具體指出此詞的寫作技巧說：「寫景不能繪情，必少佳致。此題詠洞庭，若只就洞庭落想，縱寫得壯觀，亦覺寡味。此詞開首從洞庭說至玉鑑瓊田三萬頃，題已說完，即引入扁舟一葉。以下從舟中人心跡與湖光映帶寫，隱現離合，不可端倪，鏡花水月，是一是二。自爾神采高騫，興會洋溢。」

〔註15〕此僅就本詞與東坡〈水調歌頭〉中秋詞相比較而言，非謂孝祥整體成就高於東坡。

唐圭璋《唐宋詞簡釋》說：「此首月夜泛洞庭作。寫水光月光，上下澄澈，境極空闊。而胸襟之灑落，氣概之軒昂，亦可於境中見之。……通篇景中見情，筆勢雄奇。」這些都是頗能洞悉幽微的評語，值得參考。〔註16〕

　　據《宋史》本傳所載，孝祥在廣南西路任內「治有聲績」〔註17〕，頗負民望。對於在地方上從政，他自己也是頗為自信的。他在一首題為〈登七星山呈仲欽〉的絕句中寫道：「魁杓歷歷控雲嵐，地闊天虛萬象涵。不與天公管喉舌，猶堪嶽立鎮湘南。」詩中詠物以言志，自許自信的意味十分明顯。可是正當他治有聲績更欲有所作為的時候，卻因受讒言落職，當時，那種「信而見疑，忠而被謗」的滿腔憤懣之情是可以想見的。然而，孝祥不但沒有因此而沮喪，反而能夠悠然心會於洞庭月夜的美景，形釋於湖光水色之間，寫出了如此瀟灑超塵的詞篇，這實在是由於他生性豪邁，加上他的「自在如神之筆」（陳應行《于湖雅詞序》語）才使得他高潔的人格，和超曠的胸懷，自然而然地融入了他的作品之中，緊密結合，相互輝映。楊海明評此詞說：「歷史上的張孝祥，是一位有才華、有抱負、有器識的愛國之士。而在這首作於特定環境（洞庭月夜）的〈念奴嬌〉中，作者的高潔人格、高尚氣節以及高遠襟懷，都『融化』在一片皎潔瑩白的月光湖影中，變得『透明』、『澄澈』。……作者奇特的想像、奇高的興會以及奇富的文才，又『融解』在一個寥闊高遠的藝術意境中，顯得『超塵』、『出俗』。」〔註18〕這是十分精當的評語。宛敏灝先生論孝祥詞曾說：「《于

〔註16〕清・宋翔鳳讀此詞則又別有體會：他以為孝祥所陳先立自治之策，可謂知恢復之本計。「悠然心會，妙處難與君說」為惜朝廷難與暢陳此理（語見《樂府指迷》）。當然，這樣理解是否近于牽強附會，還值得考慮。

〔註17〕《宋史》卷三百八十九〈張孝祥傳〉：「復集英殿修撰，知靜江府、廣南西路經略安撫使。治有聲績，復以言者罷。」

〔註18〕語見楊海明撰〈被「宇宙意識」昇華過的人格美、藝術美——張孝祥〈念奴嬌・過洞庭〉賞析〉，文載《文史知識》1986年第一期。該文亦見於張淑瓊主編《唐宋詞新賞》第十輯，頁193～197。

湖詞》現存二百二十餘首，其風格，實介乎蘇、辛之間。集中主要作品，有些直抒胸臆，表達豪邁清曠之懷者，如〈念奴嬌・過洞庭〉、〈西江月・丹陽湖〉等，皆近似東坡。」〔註19〕薛礪若《宋詞通論》論孝祥詞，亦錄〈念奴嬌・過洞庭〉、〈西江月・丹陽湖〉二闋，並說：「清疏的音節，與瀟灑的情懷，神似東坡中秋及重九諸作。」仔細品味，可知二氏所言不虛。

　　乾道二年（1166）四月，孝祥在廣南西路安撫使任上被免職，於六月渡湘江北歸途中有〈水調歌頭・泛湘江〉一闋，也是情思綿邈，能深切展示他曠達高潔胸懷的作品（詳參第六章第三節）在明年（1167）五月起知潭州之前的這段投閒期間，孝祥四處遊歷，尋幽訪勝，寫了不少作品，其中〈水調歌頭・金山觀月〉也是廣為傳誦的佳作，其內容為：

> 江山自雄麗，風露與高寒。寄聲月姊，借我玉鑑此中看。
> 幽壑魚龍悲嘯，倒影星辰搖動，海氣夜漫漫。湧起白銀闕，
> 危駐紫金山。　　表獨立，飛霞珮，切雲冠。漱冰濯雪，
> 眇視萬里一毫端。回首三山何處，聞道群仙笑我，要我欲
> 俱還。揮手從此去，翳鳳更驂鸞。

　　此詞寫於乾道三年（1167）三月中旬。鎮江金山寺是聞名的古剎，唐宋以來吟詠者甚多。北宋梅堯臣的《金山寺》詩：「山形無地接，寺界與波分」絕妙地勾劃出宋時金山矗立長江中的雄姿。蘇軾在《遊金山寺》詩中更以矯健的筆力，描繪江心空曠幽美的晚景。〔註20〕而

〔註19〕語見宛敏灝撰〈關於張孝祥一二事〉。文載《藝譚》1980 年第二期。
〔註20〕詩存鄭騫、嚴一萍編校，宋施元之、顧景蕃合註《增補足本施顧註蘇詩》卷四（藝文印書館印行）。全詩內容如下：「我家江水初發源，宦游直送江入海。聞道潮頭一丈高，天寒尚有沙痕在。中泠南畔石盤陀，古來出沒隨濤波。試登絕頂望鄉國，江南江北青山多。羈愁畏晚尋歸楫，山僧苦留看落日。微風萬頃靴文細，斷霞半空魚尾赤。是時江月初生魄，二更月落天深黑。江心似有炬火明，飛燄照山棲鳥驚。悵然歸臥心莫識，非鬼非人竟何物。江山如此不歸山，江神見怪驚我頑。我謝江神豈得已，有田不歸如江水。」

孝祥這首詞則注入更多的藝術幻覺。詞的上片描寫秋夜壯闊的長江，星空倒映，隨波搖動，呈現出一種奇幻的自然景象。起筆二句直寫長江與金山雄偉壯闊的氣勢，並點明夜間登臨的風露與春寒的感覺。接著「寄聲月姊」二句，用筆不凡。詞人置身於雄麗江山之中，馳騁著奇幻的想像，對明月傾吐心聲，欲借用她那明亮的玉鏡來瞭望這美妙的景色。「幽壑」三句，承上抒寫月光映照下所見的奇特景色，星月倒影水中，隨波浮現出形態各異的圖像，透過彌漫江面無邊無際的夜霧，彷彿聽到潛藏在深水中的魚龍呼嘯哀號的聲音。「湧起」二句，進一層寫月隨波湧的奇特物景，就像一座精美的水上宮殿。這種高駐金山的奇景，給人一種似乎寫真又似乎虛幻的藝術感受。下片著重抒寫沉浸美景而飄然出塵的思緒。「表獨立」三句，化用《楚辭·九歌·山鬼》：「表獨立兮山之上」、韓愈〈調張籍〉詩：「乞君飛霞珮，與我高頡頏」、《楚辭·九歌·涉江》：「冠切雲之崔嵬」等成句，從外表描寫詞人屹然獨立在金山之巔的神態，瀟灑出塵，仿若仙人。「漱冰濯雪」二句，進一層抒寫自然外景沁入內心的感受。沉浸在猶如冰雪般潔白的月光裡，感到整個世界是那麼廣闊潔淨，又是那麼夐高幽遠，似乎在萬里之外的細微景物也能看得很清楚。「回首三山」三句，由上面不同凡俗的氣象，引出古代傳說中的三神山，把內心濃郁的感情移進虛擬的物象中，轉化成為心靈的情致，創造出一種充滿浪漫色彩的情境，彷彿神仙在向我微笑招手，欲邀我同遊那縹緲虛幻的仙境。歇拍二句化用李白〈送友人〉：「揮手自茲去，蕭蕭斑馬鳴」、江淹〈別賦〉：「駕鶴上漢，驂鸞騰天」、韓愈〈送桂州顏大夫〉詩：「遠勝登仙去，飛鸞不暇驂」的成句，描寫以鳳羽為華蓋，用鸞鳥來駕車的情景，更富有遊仙的意趣。

　　善於描寫雄麗的景色，寄意高遠，是孝祥詞的特點之一。宋·陳應行《于湖先生雅詞序》說孝祥：「托物寄情，弄翰戲墨，融取樂府之遺意，鑄為毫端之妙詞，……所作長短句凡數百篇，讀之冷然灑然，真非煙火食人辭語。予雖不及識荊，然其瀟散出塵之姿，自在如神之

筆，邁往凌雲之氣，猶可以想見也。所謂「非煙火食人辭語」，指的大約就是這一類詞。曹濟平評此詞說：「這首詞的藝術構思，匠心獨運。詞人面對如此雄麗的江山、潔白的月色，心物感應由外在的直覺，漸漸地發展到內在的融合，相互滲透，從而創造出一種更為浪漫的飄然欲仙的藝術世界，顯示出作者的奇特英氣和曠達的心胸。」這是相當確切的批評。

　　這類詞在《于湖集》中俯拾皆是，現再列舉若干詞句於下：

　　猩鬼嘯篁竹，玉帳夜分弓。少年荊楚劍客，突騎錦襜紅。千里風飛雷厲，四校星流彗掃，蕭斧剉春蔥。談笑青油幕，日奏捷書同。　　詩書帥，黃閣老，黑頭公。家傳鴻寶秘略，小試不言功。聞道璽書頻下，看即沙堤歸去，帷幄且從容。君王自神武，一舉朔庭空。（〈水調歌頭・凱歌奉寄湖南安撫舍人劉公〉）

　　濯足夜灘急，晞髮北風涼。吳山楚澤行遍，只欠到瀟湘。買得扁舟歸去，此事天公付我，六月下滄浪。蟬蛻塵埃外，蝶夢水雲鄉。　　製荷衣，紉蘭佩，把瓊芳。湘妃起舞一笑，撫瑟奏清商。喚起九歌忠憤，拂拭三閭文字，還與日爭光。莫遣兒輩覺，此樂未渠央。（〈水調歌頭・泛湘江〉）

　　淮楚襟帶地，雲夢澤南州，滄江翠壁佳處，突兀起紅樓。憑仗使君胸次，與問老仙何在，長嘯俯清秋。試遣吹簫看，騎鶴恐來游。　　欲乘風，凌萬頃，汎扁舟。山高月小，霜露既降，凜凜不能留。一弔周郎羽扇，尚想曹公橫槊，興廢兩悠悠。此意無盡藏，分付水東流。（〈水調歌頭・汪德邵無盡藏〉）

　　青嶂渡雲氣，幽壑舞回風。山神助我奇觀，喚起碧霄龍。電掣金蛇千丈，雷震靈鼉萬疊，洶洶欲崩空。盡瀉鄱湘水，傾入寶蓮宮。　　坐中客，凌積翠，看奔洪。人間應失七箸，此地獨從容。洗了從來塵垢，潤及無邊焦槁，造物不言功。天宇忽開霽，日在五雲東。（〈水調歌頭・隱靜山觀雨〉）

江山好，青羅帶，碧玉簪。平沙細浪，欲盡陡起忽千尋。家種黃甘丹荔，戶拾明珠翠羽，簫鼓夜沉沉。莫問蠻蠻事，有酒且頻斟。（〈水調歌頭・桂林集句〉）

馭風去，忽吹到，嶺邊州。去年明月依舊，還照我登樓。樓下水明沙靜，樓外參橫斗轉，搔首思悠悠。老子興不淺，聊復此淹留。（〈水調歌頭・桂林中秋〉）

艤棹太湖岸，天與水相連。垂虹亭上，五年不到故依然。洗我征塵三斗，快揖商颷千里，鷗鷺亦翩翩。身在水晶闕，真作馭風仙。　望中秋，無五日，月還圓。倚欄清嘯孤發，驚起蟄龍眠。欲酹鴟夷西子，未辦當年功業，空繫五湖船。不用知餘事，尊鱠正芳鮮。（〈水調歌頭・垂虹亭〉）

竹輿曉入青陽，細風涼月天如洗。峰回路轉，雲舒霞卷，了非人世。轉就丹砂，鑄成金鼎，碧光相倚。料天關虎守，箕疇龍負，開神祕、留茲地。　縹緲珠幢羽衛，望蓬萊、初無弱水。仙人拍手，山頭笑我，塵埃滿袂。春鎖瑤房，霧迷芝圃，昔遊都記。悵世緣未了，匆匆又去，空凝佇、煙霄裡。（〈水龍吟・望九華山作〉）

平生只說浯溪，斜陽喚我歸船繫。月華未吐，波光不動，新涼如水。長嘯一聲，山鳴谷應，栖禽驚起。問元顏去後，水流花謝，當年事、憑誰記？　須信兩翁不死，駕飛車、時遊茲地。漫郎宅裡，中興碑下，應留屐齒。酹我清尊，洗公孤憤，來同一醉。待相將把袂，清都歸路，騎鶴去、三千歲。（〈水龍吟・過浯溪〉）

思歸夢，天邊鵲。游宦事，蕉中鹿。（〈滿江紅・思歸寄柳州林守〉）

鈴索聲乾夜未央，曲闌花影步淒涼。莫道嶺南冬更暖，君看，梅花如雪月如霜。　見說牆西歌吹好，玉人扶坐勸飛觴。老子婆娑成獨冷，誰省？自挑寒炧自添香。（〈定風

波〉）

夜航人不渡，白鷺雙飛去。待得月華生，攜笻獨自行。（〈菩薩蠻・夜坐清心閣〉）

倒冠仍落珮，我醉君須醉。試問識君不？青山與白鷗。（〈菩薩蠻・艤舟采石〉）

路盡湘江水，人行瘴霧間。昏昏西北度嚴關，天外一簪初見嶺南山。　　北鴈連書斷，秋霜點鬢斑。此行休問幾時還，唯擬桂林佳處過春殘。（〈南歌子・過嚴關〉）

雄三楚，吞七澤，隘九州。人間何處，何處更似此樓頭。欲弔沉累無所，但有漁兒樵子，哀此寫離憂。回首叫虞舜，杜若滿芳洲。（〈水調歌頭・過岳陽樓作〉）

以上這些詞，都寫得豪情奔放，奇氣四溢。如果沒有豪邁曠達的胸襟懷抱，是很難矯揉造作而得的。

　　第一、二類詞，是《于湖集》中的主要部份，也是最能代表《于湖詞》豪放風格的作品。歷來詞評家對這兩類詞都給予極高的評價（前已分別引用，不再贅述）。宋・湯衡《張紫微雅詞序》評論孝祥詞時，並未如上述加以區分。他說：「如『歌頭』、『凱歌』、『登無盡藏』、『岳陽樓』諸曲，所謂駿發踔厲，寓以詩人句法者也。」所謂「駿發踔厲」說明了這兩類詞都有雄健奔放的共同特點。陳廷焯說：「張安國詞，熱腸鬱思，可想見其為人。」（《白雨齋詞話》）指的便是這兩類詞。而孝祥之所以能被譽為南宋初年詞壇雙璧之一也在此。

第三節　委婉纏綿的幽怨情歌

　　孝祥的第三類詞，是委婉纏綿的幽怨情歌。在他的《于湖集》裡，約有十餘首是以他和李氏的愛情故事為本事而寫成的。這類詞由於本事未明，歷來詞評家都頗感費解，直到 1971 年，張同之夫婦墓在江浦縣黃悅嶺被發現，出土的文物中有張同之夫婦的墓誌各一方，根據

墓誌內容所記，才證實了孝祥和同之的父子關係。其後，經宛敏灝先生鍥而不捨地蒐證推論，終於使孝祥和李氏的這段愛情悲劇得以水落石出，而歷代詞評家難於索解的若干詞篇，也因此而得到了詳實合理的解釋。現即根據宛氏的研究結果，對孝祥的這類詞略作敘述及分析如下：

　　首先須從孝祥和李氏的愛情故事說起。孝祥原出生於明州鄞縣（今浙江鄞縣），紹興十一年（1141）十歲時，跟隨父親渡江居於蕪湖，自此從鄉先生蔡清宇爲學，清宇居建康，孝祥因此時常往返於蕪湖、宣城、建康之間。由於金兵南下，江北人紛紛渡江避難，這時有一位桐城李氏少女隨家人到江南一帶，在一個偶然的機會裡與孝祥相遇，彼此一見傾心，相慕相愛進而在建康同居，並於紹興十七年（1147）生下長子同之。由於孝祥此時是以求學名義居於建康，且功名尚未成就，因此這段戀情一直不敢向家人提起，他和李氏也就一直未正式結婚。紹興二十四年（1154）廷試，高宗親擢孝祥爲進士第一，「唱第後，曹泳揖孝祥於殿廷，以請婚爲言，孝祥不答」（《宋史·本傳》）。孝祥默默不答的緣故，是因情侶李氏非正式婚姻，未曾填入履歷，所以不能推托已婚。何況孝祥生性善良，對李氏一往情深，而事實上李氏也早已是糟糠之妻，何忍相棄，只好以不答來應對，卻因此而成了惹禍的原因之一。廷試之前，考官原預定秦檜之孫秦塤爲第一，後爲孝祥所奪，孝祥又得罪檜黨曹泳；及秦檜知孝祥爲張祁之子，而張祁又素與胡寅交好，於是大怒，令曹泳暗中設計誣陷張祁有意謀反。結果張祁於紹興二十五年（1155）十月被詔下大理獄，幾乎論罪處斬。幸好，秦檜於此時發病而死，魏良臣密奏皇上說明秦檜及其黨羽誣陷忠臣之事，張祁才得釋放；孝祥亦於同年十二月被召爲祕書省正字。初，孝祥於進士及第後，隨即向父親稟明與李氏同居之事，原打算正式迎取李氏，未料突然遭此變故。此時，張祁雖獲釋，餘悸猶存，如公開孝祥與李氏同居之事，易遭指摘；且秦檜雖死，其餘黨勢力猶大，深怕又藉故陷害。因此，處理孝祥的婚姻問題不得不特別小

心謹慎。既不敢公開前已隱瞞的事，又必須先將李氏妥善安置才能明媒正娶。李氏爲了顧及孝祥的前途和張家的安全，於是毅然決定以入山學道爲名，忍痛帶著已經十歲的兒子同之返回故鄉桐城縣的浮山，讓孝祥順利取仲舅之女時氏爲正室。因此有了〈念奴嬌〉詞裡所寫的一段生離更酷於死別的慘痛情景。現在就來分析這首詞：

> 風帆更起，望一天秋色，離愁無數。明日重陽尊酒裡，誰與黃花爲主？別岸風煙，孤舟燈火，今夕知何處？不如江月，照伊清夜同去。　　船過采石江邊，望夫山下，酹水應懷古。德耀歸來，雖富貴、忍棄平生荊布？默想音容，遙憐兒女，獨立衡皋暮。桐鄉君子，念予憔悴如許。

這是一首送別女子的詩。宛敏灝先生說：「跟據已知資料加以分析，肯定詞裡送行者就是孝祥自己，而被送者是李氏和同之。出發地點在建康（今南京市），目的地是安徽的桐城。別離原因是遣返。大約作於紹興二十六年的九月。生離無異死別，所以有這樣一首纏綿悱惻的詞。」〔註21〕經詳細查證，得知這一推論是正確而符合實況的。詞中纏綿悱惻的離愁別緒，深刻反映出孝祥的眞摯愛情生活遭受壓抑的痛苦心情。起筆「風帆更起」三句，點出了季節，也暗示送別地點。一個「望」字，生動地刻劃出送行者仰望滿天寥闊秋色的神態和無限依戀的愁苦心境。「明日」二句，由景入情，「黃花」比喻李氏，既符合時令，又借以抒發「風裡落花誰是主」（李璟〈浣溪沙〉）的感慨。想起明日就是重陽佳節，而彼此卻無法團聚，情何以堪，因而心中更添愁緒。「別岸風煙」三句，由眼前送別轉到設想別後途中情景。目送孤舟飄逝，已感到淒然欲絕，又不知隨著江風暮靄遠去的行舟，今夜將要停靠何處？眞是令人牽腸掛肚，難以釋懷！「不如」二句，進一層寫內在的思緒。張先在〈江南柳〉詞中寫過：「願身能似月華明，千里伴君行」然而畢竟事與願違，只能自恨不如江月，無法伴隨同行。

〔註21〕語見宛敏灝〈張孝祥研究中的幾個問題〉。文載《文藝論叢》第十三輯，1981年4月，上海：文藝出版社。

下片換頭「船過采石」三句，承上轉下，設想李氏路過采石磯望夫山下，一定會勾起懷古的情懷，聯想起夫妻恩愛情深，卻迫於現實不得不分手的不幸遭遇而悲從中來。「德耀歸來」二句，反用南朝齊江祐和後漢梁鴻之妻孟光的典故〔註22〕來表達詞人內心深處難以明言的苦楚。孝祥與李氏私下結合的時候，還是一個沒有功名的少年書生，後來廷試中進士第一，雖已富貴，怎忍心拋棄這位曾經同甘共苦的賢妻呢！這是他心中痛苦的呼喚，也是對李氏被遣歸的悔恨和自責。「默想音容」三句，詞人預想獨立在暮色蒼茫的江邊高地上，腦海裡浮現起她的音容聲貌，又遙念著稚幼的兒子，思緒起浮不平，惆悵不已。歇拍「桐鄉君子」二句，祈求李氏的鄉人，能想到我在這裡身心憔悴而體諒被迫拆散的苦衷。整首詞一氣舒捲，傾述與恩愛情侶分離的愁恨，具有扣人心弦的藝術魅力。詞中感情真摯，柔腸百轉，所寫離恨，哀怨動人，令人讀來迴腸蕩氣，深受感染。

　　遣返李氏是被迫而作出的處理，對外諱莫如深，在孝祥內心上是莫大的創傷。江邊訣別歸來，情懷痛苦，絕非一首〈念奴嬌〉所能盡言。於是在不久的時間內，接著寫了兩首〈木蘭花慢〉，第一首說：

> 送歸雲去鴈，澹寒采滿溪樓。正佩解湘腰，釵孤楚鬢，鸞鑑分收。凝情望行處路，但疏煙遠樹織離憂。只有樓前溪水，伴人清淚長流。　　霜華夜永逼衾裯，喚誰護衣篝？念粉館重來，芳塵未掃，爭見嬉游。情知悶來殢酒，奈迴腸不醉只添愁。脈脈無言竟日，斷魂雙鶩南州。

　　這首詞是送別李氏後不久，繼〈念奴嬌〉而作。上片寫既別情

〔註22〕《南史・范雲傳》載，江祐先求與范雲女為婚，以剪刀為聘。後江祐顯貴，范雲曰：「今將軍化為鳳凰，荊布之室，理隔華盛。」因出剪刀還之，祐亦另婚他族。德耀為東漢平陵女子孟光之字。孟光貌醜而黑，始嫁梁鴻時，盛服艷妝，鴻不悅，光乃椎髻布衣，操作而前，鴻喜曰：「此真梁鴻妻也」。後與鴻避逃到霸陵山中避禍，耕耘織作，以供衣食，舉案齊眉，恭敬盡禮。遂為賢妻之典型。事見《後漢書・逸民傳・梁鴻》。

境。起筆二句，是遠望之景。「歸雲去雁」，喻李氏已離開自己遠歸了。只剩下嫩寒時節的滿天秋色，留給佇立溪樓之上的詞人。次三句追思話別時難堪的情景。解珮分釵，寫臨別互贈信物。前句自謂，用楚辭〈湘君〉「遺予珮兮澧浦」語意；後句則以釵留一股去描述李氏的悽惻神情。「鸞鑑分收」用南朝陳末徐德言與妻樂昌公主離別時，破其鏡各執一半的故事（見唐孟棨《本事詩‧情感》）。這只有用指夫婦被迫分手才恰切，就更清楚地暗示事情的悲劇性。此時再次凝情遙望去路，但見疏煙遠樹，織成一片離憂。愁緒萬端，不可解脫，盡在「織」之一字中寫出。歇拍二句，寫低頭所見所感。自己滴不盡的情淚，只有樓前的溪水相伴長流，這是多麼寂寞痛苦啊！詞的下片用想像造境。換頭五句，實際上是以第三句的「念」作領字，全是預想今後自己的淒涼光景。秋深夜永，霜寒侵被，有誰替自己護理衣籌？薰衣暖被，事必躬親，俱見李氏過去對詞人的溫柔體貼。而在想念中數及此日常生活瑣事，益見追維往昔，事無鉅細，無不在縈懷相憶之中。當他重到同住的舊館，芳蹤如在而人已杳，悲從中來，哪裡還有娛樂的心情（「爭見」陶本作「爭忍」）！這一描寫，也表明兩人相處的歡樂。本是預想未來的孤苦，卻層層翻出過去的美滿，就更襯出此時的難堪。詞情至此，如再平鋪直敘下去，便流於呆板。故以「情知」兩字把詞筆改從對方來進一步描寫。「情知」略與「料得」意近，比「明知」、「深知」、「遙知」等含蘊豐富得多。由於相知之深，他可以肯定李氏在苦悶的時後是藉酒澆愁。怎奈「酒入愁腸，化作相思淚」（范仲淹〈蘇幕遮〉）非但不醉，且是愁上加愁。因此，「腸一日而九回」（司馬遷〈報任少卿書〉）倍增心靈所擔荷的痛苦。這樣的生離，又何異於死別！結尾回承上片溪樓凝望，相信李氏也和自己一樣，「倚闌干處，正恁凝愁」。但深知不可能是「誤幾回、天際識歸舟」（柳永〈八聲甘州〉）而是作一種神仙傳說的希冀。痴望他也能如仙人王喬每朔望從葉縣到洛陽，化舄為鳬從東南飛來。因須仄聲，故改鳬為鶩。「南州」，泛指南方的州

郡。李氏所在的浮山在建康西南，故稱爲南州。〔註23〕「斷魂雙鶩」，實際是懷人；「脈脈無言竟日」，也是作者自白。這樣以神仙傳說做結，不但與李氏學道的身分符合，更能將彼此無可奈何的心情融爲一體表達出來，韻味雋永。（本段分析文字，節錄自《唐宋詞新賞》第十輯，頁186～187，作者爲宛敏灝、鄧小軍。原文錯誤處已改正）。

第二首〈木蘭花慢〉，內容如下：

> 紫簫吹散後，恨燕子只空樓。念璧月長虧，玉簪中斷，覆水難收。青鸞送碧雲句，道霞扃霧鎖不堪憂。情與文梭共織，怨隨宮葉同流。　　人間天上兩悠悠，暗淚灑燈籌。記谷口園林，當時驛舍，夢裡曾游。銀屏低聞笑語，但醉時冉冉醒時愁。擬把菱花一半，試尋高價皇州。

兩首〈木蘭花慢〉用韻相同，可能是寫完第一首意有未盡，再寫一首。第二首可能寫得稍遲，卻更見孝祥對李氏之念念不忘。詞的起筆仍追思建康送別的感受。借弄玉與簫史的傳說和張家燕子樓的故事〔註

〔註23〕鄧小軍云：「李氏所在的浮山在江北，建康、臨安皆在其東南，故稱爲南州。」此言疏於考證。據查浮山共有七處，李氏歸故鄉安徽桐城縣，不久即入樅陽鎮的浮山學道（關於這一點，宛敏灝先生已考證得十分詳細確切）。據《讀史方輿紀要·江南·安慶府·桐城縣》記載：「浮山，縣東九十里，又名浮渡山。有三百五十巖，七十二峰。」桐城縣在建康西南方、臨安正西方，孝祥此詞寫於建康與李氏同居的舊館，故以「南州」指稱李氏所歸之桐城浮山，非如鄧所言江北之浮山。

〔註24〕「紫簫吹散後」活用弄玉與簫史的傳說，《太平廣記》卷四引《神仙傳拾遺》：「（簫史）善吹簫作鸞鳳之響，……秦穆公有女弄玉，善吹簫。公以弄玉妻之。遂教弄玉作鳳鳴。居十數年，吹簫似鳳聲。鳳凰來止其屋。公爲作鳳臺。夫婦止其上，不飲不食，不下數年。一旦弄玉乘鳳、簫史乘龍，升天而去。」「恨燕子只空樓」用張家燕子樓的故事，唐·白居易《燕子樓詩·序》：「徐州故張尚書有愛妓曰盼盼，善歌舞，雅多風態。余爲校書郎時，遊於徐、泗間。張尚書宴余，酒酣，出盼盼以佐歡，歡甚。……尚書既歿，歸葬東洛，而彭城（按即徐州）有張氏舊第，第中有小樓名燕子，盼盼念舊愛而不嫁，居是樓十餘年，幽獨塊然，於今尚在。」鎧按：張尚書名愔，爲名臣張建封之子。或以爲張尚書指張建封者，實誤。

24），極寫建康舊館舍已是人去樓空的傷感。接著以「月虧」、「簪斷」以至「覆水難收」來抒寫自己遭遇同樣的不幸。並進而想到托辭學道，使李氏更陷於霞扃霧鎖，不堪其憂的境地。想像她思心往復如織錦的文梭；寄恨無由，聊托逐水的紅葉。換頭「人間天上」二語，猛從絕望暗傷的悲感中，轉入追憶初戀的賞心樂事。他們初見是在谷口園林的驛舍，銀屏掩映了低聲笑語，而今只能在夢裡重遊。情景冉冉如昨，但醒來卻是一片新愁。詞情至此已盡，但作者突然又把自己從痛苦的深淵中拔出，借前人故事提出內心的希望。他說：「我要把分開的破鏡一半，試索高價出售，以期彼此獲得重圓」。這歇拍二句，仍是用前一首「鸞鑑分收」的故事。不過，前一首是取其破鏡之意，這裡是用其重圓之義。「破鏡重圓」典故的反覆使用，標誌著孝祥面對此一愛情悲劇時的心路歷程的起點與終點。

儘管孝祥沉痛地說：「雖富貴、忍棄平生荊布」。但為形勢所迫，不忍棄終於棄了。不久就按照原定方案在臨安和仲舅的女兒時氏正式結婚。不幸未及三年時間，時氏遽歿。自紹興三十年（1160）起，孝祥先後出知六州府，僅孝宗隆興二年（1164）一度回朝除中書舍人，直學士院，時間很短。在這不遑寧處的宦海升沉中，有關續娶情況已經不明，但對其棄妻李氏則懷念不衰，尚可於其詞中見之。當其知潭州（今長沙）時（1167～1168），在〈鷓鴣天・為老母壽〉詞裡有「同犬子，祝龜齡……明年今日稱觴處，更有孫枝滿謝庭」諸句。又《吳伯承生孫分詠》詩云：「我女才三歲」說明有繼室及子女隨在治所。就在到任那年，長子同之隨同叔父孝仲（張郯次子，可能同之稍長即育於郯處，故志書有同之為孝祥諸子行之說）前往長沙探望。《于湖居士文集》卷九猶存〈送仲子弟用同之韻〉五律一首：

> 淒然鴻鴈影，晚歲索衣裘。惜別湘江夜，歸程楚甸秋。極
> 知違定省，不敢更淹留。明日（月）分攜處，無言只是愁。

同之這年二十一歲，有可能是奉母命前往探親的。舊情猶在，怎能不勾起孝祥感念傷懷呢？於是他寫了〈雨中花慢〉：

> 一葉淩波，十里馭風，煙鬟霧鬢蕭蕭。認得蘭皋瓊珮，水館冰綃。秋霽明霞乍吐，曙涼宿靄初消。恨微顰不語，少進還收，佇立超遙。　　神交冉冉，愁思盈盈，斷魂欲遣誰招？猶自待、青鸞傳信，烏鵲成橋。悵望胎仙琴疊，忍看翡翠蘭苕！夢回人遠，紅雲一片，天際笙簫。

這首詞《百家詞》本調名上有「長沙」二字，詞人是用遊仙詩的手法來寫夢境，以抒發其迷離恍忽的情思。也許是受楚辭〈湘君〉、〈湘夫人〉及曹植〈洛神賦〉影響，他想像李氏也是一位高潔的水神，她煙鬟霧鬢，淩波馭風而來。「認得」兩句寫彼此原是舊識；「秋霽」一聯既點明時間，同時也是借大自然之美來襯托這位女神之美。「恨」字領起的三句是刻劃女神的舉止若即若離，「微顰不語」寫幽怨，「少進還收」寫矜持，終於是可望而不可即。下片主要寫自己的心理活動。他帶著負咎的心情感嘆「斷魂欲遣誰招」，也就是說誰來給我收拾這個場面呢？大錯已經鑄成，還在那裡痴望「傳信」、「填橋」，怎奈李氏學道已久，彼此只能「神交冉冉」了。「胎仙琴疊」用道家語，「翡翠蘭苕」用遊仙詩。「悵望」述說對李氏的懷想，「忍看」是表明對當前情事的難堪。最後歸結到「夢回人遠」，則一切都成虛幻。回顧曩昔孝祥猶作「試尋高價皇州」的想法，到此似乎明白已經無可挽回了。

仲子和同之既去，轉眼到了冬季，孝祥觸景傷情，懷念李氏，又寫了一首〈轉調二郎神〉：

> 悶來無那，暗數盡殘更不寐。念楚館香車，吳溪蘭棹，多少愁雲恨水。陣陣回風吹雪霰，更旅鴈一聲沙際。想靜擁孤衾，頻挑寒焰，數行珠淚。　　凝睇。傍人笑我，終朝如醉。便錦織回鸞，素傳雙鯉，難寫哀腸密意。綠鬢點霜，玉肌消雪，兩處十分憔悴。爭忍見，舊時娟娟素月，照人千里。

詞的開頭極寫冬來生活的無聊，數盡殘更不能寐，追憶曩昔楚館蘭溪偕遊之樂，都已成為愁雲恨水。尤其風雪中怕聞沙際孤雁哀鳴。「想」字領起的三句是料想李氏此時也應長夜無寐，擁衾挑燈，數行淚下。

換頭雙管齊下，由己度人，反復描摹彼此相思之苦，益見相知之深。「凝睇」與「發呆」意近，他以終日如醉爲旁人所笑，想像李氏也感覺到衷腸密意難以織錦、尺素表達。「綠鬢點霜」指自己，「玉肌消雪」謂李氏。處境不同，憔悴則一。

　　至於從建康送別到長沙懷舊中間的十餘年，是否還有懷念李氏的詞呢？從雙方的感情上看不會沒有。其較爲明顯者，如〈虞美人・無爲作〉：

> 雪消煙漲清江浦，碧草春無數。江南幾樹夕陽紅，點點歸帆吹盡晚來風。　　樓頭自撅昭華管，我已無腸斷。斷行雙鴈向人飛，織錦回文空在寄它誰？

　　《于湖居士文集》卷四十尺牘有與〈楊抑之〉一則，略謂：「某晚出叨逾……以速大戾。隆寬貰其九死，猶得奉祠。既至濡須，靜掃一室，終日危坐，以省昔愆，它無可言者……」按濡須爲宋無爲軍古稱（即今蕪湖市對江的無爲縣），紹興二十九年（1159）八月孝祥自起居舍人兼權中書舍人爲汪澈劾罷，提舉江州太平興國宮，遂歸蕪湖至對江的無爲寓居。此爲謝楊抑之送行的信。又據《文集》卷六載其在臨川追懷昭亭昔遊詩，題序中有「去歲正月三日雪霽入昭亭」一語，可知紹興三十一年（1161）春初實在宣城。不久即又回無爲寓所。由無爲沿江西去，即可至樅陽的浮山。地邈人遐，思何可支！此詞前半寫景，後半抒發其痛苦的情懷。自己已是愁腸寸斷，故云無腸可斷。設想李氏也應睹物傷感，有寄錦無由之痛。〔註25〕

　　《于湖詞》有不少首難於索解，主要是本事不明。《花庵詞選》加上「離思」、「別情」的詞題，仍等於是無題。初步釐清孝祥和李氏、同

〔註25〕本節所論到此爲止，主要參考宛敏灝先生所撰：〈張孝祥和張同之〉（文載《淮北煤師院學報》1979年創刊號）、〈關於詞人張孝祥一二事〉（文載《藝譚》1980年第二期）、〈張孝祥研究中的幾個問題〉（文載《文藝論叢》第十三輯，1981年4月，上海：文藝出版社）、〈張孝祥懷念棄婦詞考釋〉（文載《安徽師大學報》哲學社會科學版，1988年第二期）。

之的關係，如上述這幾首詞不但可以理解，更有趣的是透過對這些詞的分析，反過來又有助於了解當日的事實。宛敏灝先生曾引用鄧小軍的話說：「夏瞿禪先生論證白石在合肥有情婦，讓讀其詞者理解更爲深透。惜其人後來就下落不明，不如于湖及其情侶故事之曲折完整。這一發現，不僅能使部份于湖詞獲得正確的新解，尤其對於一位作家的全面研究，庶無遺憾。」的確是如此。除了上述的幾首詞，另外，像：

> 蘼蕪白芷愁煙渚，曲瓊細卷江南雨。心事怯衣單，樓高生晚寒。　雲鬟香霧濕；翠袖淒餘泣。春去有來時，春從沙際歸。（〈菩薩蠻〉）

> 橫波滴素，遙山矗翠，江北江南腸斷。不知何處馭風來，雲霧裡釵橫鬢亂。　香羅疊恨，蠻牋寫意，付與瑤臺女伴。醉時言語醒時羞，道醒了休教再看。（〈鵲橋仙〉）

> 秋滿衡皋，煙蕪外、吳山歷歷。風乍起、蘭舟不住，浪花搖碧。離岸櫓聲驚漸遠，盈襟淚顆淒猶滴。問此情能有幾人知？新相識。　追往事，歡連夕。經舊館，人非昔。把輕顰淺笑，細思重憶。紅葉題詩誰與寄，青樓薄倖空遺跡。但長洲茂苑草萋萋，愁如織（〈滿江紅〉）

> 楊柳東風，海棠春雨，清愁冉冉無來處。曲徑驚飛蛺蝶叢，回塘凍濕鴛鴦侶。　舞徹霓裳，歌殘金縷，蘼蕪白芷愁煙渚。不識陽臺夢裏雲，試聽華表歸來語。（〈踏莎行〉）

詞中使事用典及其詞情，與前述諸詞皆有相似之處，有可能也是懷念李氏之作。孝祥與李氏同居的十年間（1146～1156），必然有許多詞是因李氏而作，例如：

> 日暖簾帷春晝長，纖纖玉指動抨床。低頭佯不顧檀郎。　荳蔻枝頭雙蛺蝶，芙蓉花下兩鴛鴦，壁間聞得唾茸香。（〈浣溪沙〉）

> 罨畫樓前初立馬，隔簾笑語相親。鉛華洗盡見天眞，衫兒輕罩霧，鬢子直梳雲。　翠葉銀絲簪末利，櫻桃澹注香

唇。見人不語解留人，數盃愁裏酒，兩眼醉時春。(〈臨江仙〉)

這二首詞，寫情侶約會及少女春懷，天眞可人的模樣，可能作於孝祥與李氏歡聚之時。由於孝祥寓居蕪湖，在建康從蔡清宇爲學，與李氏同居的館舍即設於建康，因此時常來往於蕪湖、建康間，與李氏亦是時聚時散。尤其是紹興二十四年（1154）孝祥赴京趕考，一去年餘，多情如孝祥，必定爲此寫了許多作品。可惜這段風流韻事本不欲人知，因此爲此而作的詞在今傳《于湖集》中遂不多見，所存者亦多無題可索解。但仔細推敲，仍可得數首：

藕葉池塘，榕陰庭院，年時好月今宵見。雲鬟玉臂共清寒，冰綃霧縠誰裁剪？　撲粉香綿，侵塵寶扇，遙知掩仰成凄怨。去程何許是歸程，離觴爲我深深勸。(〈踏莎行·五月十三日，月甚佳〉)

香珮潛分紫繡囊，野塘波急拆鴛鴦。春風灞岸空回首，落日西陵斷腸。　雪下哦詩憐謝女，花間爲令勝潘郎。從今千里同明月，再約圓時拜夜香 (〈瑞鷓鴣〉)

琪樹間瑤林，春意深深，梅花還被曉寒禁。竹裏一枝斜向我，欲訴芳心。　樓外卷重陰，玉界沉沉，何人低唱醉泥金？掠水飛來雙翠碧，應寄歸音。(〈浪淘沙〉)

朔風弄月吹銀霰，簾幕低垂三面。酒入玉肌香軟，壓得寒威斂。　檀槽乍撚么絲慢。彈得相思一半。不道有人腸斷，猶作聲聲顫。(〈桃園憶故人〉)

溪西竹榭溪東路，溪上山無數。小舟卻在晚煙中，更看蕭蕭微雨打疏蓬。　無聊情緒如中酒，此意君知否。年時曾向此中行，有個人人相對坐調箏。(〈虞美人〉)

柳梢梅萼春全未，誰會傷春意。一年好處是新春，柳底梅邊只欠那人人。　憑春約住梅和柳，略待些時後。錦帆風送綵舟來，卻遣香苞嬌葉一齊開。(〈虞美人〉)

羅衣怯雨輕寒透，陡做傷春瘦。箇人無奈語佳期，徒倚黃
昏池閣等多時。　　當初不似休來好，來後空煩惱。倩人
傳語更商量，只得千金一笑也甘當。（〈虞美人〉）

其中〈踏莎行·五月十三日，月甚佳〉、〈瑞鷓鴣〉（香珮潛分紫繡囊）
二首，可能爲孝祥與李氏惜別之作。「雲鬟玉臂共清寒」化用杜甫〈月
夜〉：「香霧雲鬟濕，清輝玉臂寒」的詩句，用指愛妻，「野塘波急拆
鴛鴦」句中的「鴛鴦」則借指情侶無疑。〈浪淘沙〉（琪樹間瑤林）一
首爲代言體，詞中「何人低唱醉泥金」句，據五代·王仁裕《開元天
寶遺事·喜信》載：「新進士及第，以泥金書帖子附於家書中，至鄉
曲，親戚例以聲樂相慶，謂之喜信。」由此推測，可能是孝祥廷試舉
進士第一後，在臨安（當時京城）所作；詞中設想李氏思念自己，期
望自己早歸。〈桃園憶故人〉及三首〈虞美人〉則爲別後敘相思之作，
詞中「人人」爲對親嬗者的稱呼，指的可能也是李氏。對於〈浣溪沙〉
（日暖簾帷春畫長）以下這幾首詞的分析，純粹是個人心得，只在疑
似之間未可作爲確論，深知如是云云難免牽強附會之譏，暫且寫在這
裡，他日如另有實據可資證明，也未嘗不是快事一件。

第四節　清雋秀麗的寫景詠物之作

　　孝祥的第四類詞，是清雋秀麗的寫景與詠物之作。這類詞的主
題內涵及其所呈現的風格特質與前述忠憤塡膺的愛國詞篇、豪邁曠
達的抒懷之作、委婉纏綿的幽怨情歌等三類作品不甚相同。這類詞
以寫景爲主。有的詠四時景色，寫於節氣時令或平日閒暇之時；有
的則爲覽勝紀遊模山範水，寫於遷調途中或遊歷山水之時。詠四時
景色者如（爲省篇幅僅列調名詞題或起句）：〈浣溪沙〉（樓下西流水
拍堤）、〈菩薩蠻〉（溶溶花月天如水）、〈菩薩蠻〉（胭脂淺染雙珠樹）、
〈鵲橋仙·春情〉、〈拾翠羽〉（春入園林）、〈鷓鴣天·春情〉、〈菩薩
蠻〉（恰則春來春又去）、〈長相思〉（小樓重）寫春景、〈卜算子〉（風
生杜若洲）寫夏景，〈菩薩蠻〉（冥濛秋夕溥清露）、〈念奴嬌〉（海雲

四斂）寫秋景，〈菩薩蠻·立春〉、〈減字木蘭花·臘月二十六日立春〉
寫立春，〈憶秦娥·上元遊西山作〉寫元宵，〈點絳唇〉（萱草榴花）
寫端午，〈二郎神·七夕〉寫七夕，〈訴衷情·中秋不見月〉寫中秋，
〈西江月·重九〉寫重陽；〈踏莎行·荊南作〉、〈浣溪沙·荊州約馬
奉先登城樓觀再用韻〉、〈臨江仙〉（試問梅花何處好）、〈菩薩蠻〉（雪
消墻角收燈後）、〈菩薩蠻〉（縹緲飛來雙絲鳳）、〈減字木蘭花·江陰
州治漾花池〉、〈清平樂·殿廬有作〉等則寫於公餘或閒暇之時。覽
勝紀遊者如：〈水調歌頭·泛湘江〉、〈多麗〉（景蕭疏）、〈水龍吟·
望九華山作〉、〈水龍吟·過浯溪〉、〈念奴嬌·過洞庭〉、〈蝶戀花·
行湘陰〉、〈浣溪沙〉（舟舟幽香解鈿囊）、〈浣溪沙·洞庭〉、〈西江月·
阻風三峰下〉、〈柳梢青〉（草底蛩吟）、〈南歌子·過嚴關〉、〈水調歌
頭·過岳陽樓作〉寫於遷調或返鄉途中；〈水調歌頭·金山觀月〉、〈水
調歌頭·隱靜山觀雨〉、〈水調歌頭·垂虹亭〉、〈浣溪沙〉（鵁鶄樓高
晚雪融）、〈浣溪沙〉（妒婦灘頭十八姨）、〈菩薩蠻·與同舍游湖歸〉、
〈西江月〉（十里輕紅自笑）、〈夜遊宮〉（句景亭）寫於遊歷山水之
時。上述四十五首詞，除〈水調歌頭·泛湘江〉、〈水龍吟·望九華
山作〉、〈水龍吟·過浯溪〉、〈念奴嬌·過洞庭〉、〈南歌子·過嚴關〉、
〈水調歌頭·過岳陽樓作〉、〈水調歌頭·金山觀月〉、〈水調歌頭·
隱靜山觀雨〉、〈水調歌頭·垂虹亭〉等九首因詞中主要是藉景抒情，
抒寫其豪邁的性格與曠達的襟懷，已歸入第二類詞；其餘三十六首
寫景之作大多是以恬淡清雋的筆調、明朗秀麗的文字，表現出一種
紆徐有致、飄逸細膩的詞情。現舉數首分析於後，以見此類詞之主
題內涵與風格特質：

> 行盡瀟湘到洞庭，楚天闊處數峰青。旗梢不動晚波平。
> 紅蓼一灣紋纈亂，白魚雙尾玉刀明。夜涼船影浸疏星。（〈浣
> 溪沙·洞庭〉）

這首詞與〈念奴嬌·過洞庭〉同是孝祥於乾道二年（1166）在廣南西
路安撫使任上被罷免後，泛舟北歸途中的作品（參閱本章第二節）。

詞的上片描寫初到洞庭所見景色。孝祥此行自靈川登船泛湘江北歸，過興安、衡陽、長沙、湘陰而入洞庭，已歷時將近兩個月，起句將前一段路程一筆帶過，「到洞庭」三字領出下文。「楚天闊處數峰青」寫洞庭湖空闊壯麗的氣象。「旗梢不動晚波平」寫官船晚泊景象，呈現出清幽寧靜的靜態美。此時風平波靜，船頭旌旗上的絲帶一動也不動，夕陽斜照在湖面停泊的船隻，與遼闊的楚天、青色的山峰，組合成一幅境界開闊而又幽靜的山水畫面。下片寫停船後泛覽湖景所見。「紅蓼」二句，不僅對仗工麗，給人一種紅白鮮明的色彩感，而且隨著物景的轉換，顯示出另一番情趣；遠處一灣紅蓼倒映的景色令人眼花撩亂，而近處玉刀似的雙尾白魚跳躍水面，靜中見動，饒富生趣。「夜涼」一句以景語收結，耐人尋味。涼爽的夜晚，疏星淡月倒影湖中，水中船影浸蓋著星空倒影，不僅與上片「楚天闊」、「晚波平」的景象相呼應，更充份展現了恬淡優美的詞境。同時寫於泛舟北歸途中的，還有一首〈蝶戀花・行湘陰〉：

> 漠漠飛來雙鸀玉，一片秋光，染就瀟湘綠。雪轉寒蘆花簌簌，晚風細起波紋縠。　　落日閑雲歸意促，小倚蓬窗，寫作思家曲。過盡碧灣三十六，扁舟只在灘頭宿。

詞的上片寫黃昏時船行江中所見的景象，仲秋時分的瀟湘沿岸，蘆葦遍佈，染就了一片綠意猶存的秋色。蘆花在微寒的秋風中，搖曳生姿；悄悄飛來的水鳥，優游地在岸邊的蘆葦叢中嬉戲；這時晚風輕輕吹起細細的波紋，也激起了詞人心中微微的漣漪。詞的下片寫思家的情懷，「落日」三句，化用李白〈送友人〉：「浮雲遊子意，落日故人情」的詩意，表達急於返鄉的情緒。歇拍二句一筆宕開，從已行過的蜿蜒水路著墨，不言思鄉情切，卻更見思鄉之情。「扁舟只在灘頭宿」含蓄不盡，多少急欲歸鄉的情緒，多少羈留的無奈，都在不言中悄悄流露。整首詞寫得清新自然，讀來毫不費力，而清靜優美的畫面，如在目前，清晰可見。寫於較早而主題內涵相近的，另有一首〈多麗〉：

景蕭疏，楚江那更高秋。遠連天、茫茫都是，敗蘆枯蓼汀
洲。認炊煙幾家蝸舍，映夕照一簇漁舟。去國雖遙，寧親
漸近，數峰青處是吾舟。便乘取波平風靜，荃棹且夷猶。
關情有冥冥去鴈，拍拍輕鷗。　　忽追思、當年往事，惹
起無限羈愁。拄笏朝來多爽氣，秉燭夜永足清游。翠袖香
寒，朱絃韻悄，無情江水只東流。柂樓晚，清商哀怨，還
聽隔船謳。無言久，餘霞散綺，煙際帆收。

紹興二十九年（1159）八月，孝祥被汪澈彈劾罷中書舍人，不久即歸
蕪湖省親，這首詞便是歸途中的作品。詞的上片鋪敘楚江秋景，故鄉
在望，寫出鷗雁關情，寧親漸近的喜悅。換頭由追憶臨安往事，發抒
其去國羈愁，最後仍以眼前清幽的晚景作結。娓娓敘說，紆徐有致，
通篇無一激動語，令人讀來亦覺心平氣和。

　　孝祥的這一類寫景之詞，有很多是用較秀麗的文字寫成的，如〈清
平樂・殿廬有作〉：

光塵撲撲，宮柳低迷綠。鬥鴨闌干春詰曲，簾額微風繡蹙。
碧雲青翼無憑，困來小倚銀屏。楚夢不禁春晚，黃鸝猶自
聲聲。

這首詞寫於紹興二十九年（1159）春天，孝祥任起居舍人權中書舍人
之時。蔣勵材《籤注四品詞選》列此詞為「麗品」，其書序云：「品之
麗者，其氣懿，其聲媚，其意妍，其辭暚。如花簇樹，如鳥鳴春，如
游金張之堂，如卻嬙施之扇。織女下視，雲霞交鋪，所謂異彩初結，
名香始薰者，是也。」讀此詞，確實讓人有字麗句秀，五彩繽紛的感
覺。再如：

縹緲飛來雙綵鳳，雨疏雲澹撩清夢。蘭薄未禁秋，月華如
水流。　　采香溪上路，愁滿參差樹。獨倚晚樓風，斷霞
縈素空。（〈菩薩蠻〉）

冥濛秋夕溥清露，玉繩耿耿銀潢注。永夜滴銅壺，月華樓
影孤。　　佳人紆絕唱，翠幕叢霄上。休勸玉東西，烏鴉
枝上啼。（〈菩薩蠻〉）

雄風豪雨，時節清明近。簾幕起輕寒，煖紅爐笑翻灰爐。
陰藏遲日，欲驗幾多長，繡工慵，圍棋倦，香篆頻銷印。
茂林芳徑，綠變紅添潤。桃杏意酣酣，占前頭一番花信。
華堂尊酒，但作豔陽歌，禽聲喜，流雲盡，明日春遊俊。
（〈驀山溪·春情〉）

春入園林，花信總諸遲速。聽鳴禽稍遷喬木。夭桃弄色，
海棠芬馥。風雨霽，芳徑草心頻綠。 禊事纔過，相欠
禁煙追逐。想千歲楚人遺俗。青旗沽酒，各家炊熟。良夜
遊，明月勝燒紅燭。（〈拾翠羽〉）

也都是字句秀麗、描寫細膩而情思自見的詞篇。宋·滕仲因跋《笑
笑詞》說：「昔聞張于湖一傳而得吳敬齋，再傳而得郭遁齋，源深流
長。故其詞或如驚濤出壑，或如縠紋江，或如淨練赴海，可謂冰
生於水而寒於水矣。」宛敏灝先生論孝祥詞曾引用這段話並且說：「在
我們讀《于湖詞》時確有這三種不同的感受。大抵激於愛國熱情，
發抒忠憤之氣者，則如驚濤出壑；直抒胸臆，表達豪邁坦率之懷者，
則如淨練赴海；摹景融情，別有清雋自然之趣者，則如縠紋江。
這三類作品境界不同，也就各有其勝處。」〔註26〕這是相當精闢的
見解。孝祥的這一類詞，確實讓人讀後有清雋自然如「縠紋江」
之趣。（至於所謂如「驚濤出壑」、「淨練赴海」者，則分別是指孝祥
的第一、二類詞。）

孝祥存詞中詠物之詞有十七首，風格與寫景之詞十分相近。這些
詞分別是詠梅花四首：

吹香嚼蕊，獨立東風裡。玉凍雲嬌天似水。羞殺夭桃穠李。
如今見說闌干，不禁月冷霜寒。壟上驛程人遠，樓頭戍角
聲乾。（〈清平樂·梅〉）

〔註26〕語見宛敏灝撰〈張孝祥和他的《于湖詞》〉。該文原載《合肥師範學
　　　院學報》1962 年第一期。後收入華東師大中文系所編之《詞學研究
　　　論文集》，上海古籍出版社，1982 年 3 月第一版。

雪月最相宜，梅雪都清絕。去歲江南見雪時，月底梅花發。今歲早梅開，依舊年時月。冷艷孤光照眼明，只欠些兒雪。（〈卜算子〉）

玉妃孤艷照冰霜，初試道家妝。素衣嫌怕姮娥妒，染成宮樣鵝黃。宮額嬌塗飛燕，縷金愁立秋娘。　　湘羅百濯蹙香囊，蜜露綴瓊芳。薔薇水蘸檀心紫，鬱金薰染濃香。萼綠輕移雲襪，華清低舞霓裳。（〈風入松・蠟梅〉）

吹香成陣，飛花如雪，不那朝來風雨。可憐無處避春寒，但玉立仙衣數縷。　　清愁萬斛，柔腸千結，醉裡一時分付。與君不用嘆飄零，待結子成陰歸去。（〈鵲橋仙・落梅〉）

詠牡丹三首：

亂紅深紫過群芳，初欲減春光。花王自有標格，塵外鎖韶陽。　　留國艷，問仙鄉，自天香。翠帷遮日，紅燭通宵，與醉千場。（〈訴衷情・牡丹〉）

妙手何人為寫真，只難傳處是精神。一枝占斷洛城春。暮雨不堪巫峽夢，西風莫障庾公塵。扁舟湖海要詩人。（〈浣溪沙〉）

洛下根株，江南栽種，天香國色千金重。花邊三閣建康春，風前十里揚州夢。　　油壁輕車，青絲短鞚，看花日日催賓從。而今何許定王城，一枝且為鄰翁送。（〈踏莎行・長沙牡丹花極小，戲作此詞，并以二枝為伯承、欽夫諸兄一觴之薦〉）

詠菊花二首：

可意黃花人不知，黃花標格世間稀。園葵裛露迎朝日，檻菊迎霜媚夕霏。　　芍藥好，是金絲，綠藤紅刺引薔薇。姚家別有神仙品，似著天香染御衣。（〈鷓鴣天〉）

桃換肌膚菊換粧，只疑春色到重陽。偷將天上千年艷，染卻人間九日黃。　　新艷冶，舊風光，東籬分付武陵香。樽前醉眼空相顧，錯認陶潛是阮郎。（〈鷓鴣天・桃花菊〉）

詠木犀二首：

　　花葉相遮相映，雨過翠明金潤。折得一枝歸，滿路清香成陣。風韻，風韻，寄贈綺窗雲鬢。（〈如夢令‧木犀〉）

　　一朵木犀花，珍重玉纖新摘。插向遠山深處，占十分秋色。滿園桃李鬧春風，漫紅紅白白。爭似淡粧嬌面，伴蓬萊仙客。（〈好事近‧木犀〉）

詠蓮花一首：

　　紅白蓮房生一處，雪肌霞豔難爲喻。當是神仙來紫府，雙稟賦，人間相見猶相妒。　　清雨輕煙凝態處，風標公子來幽鷺。欲遣微波傳尺素，歌曲娛，醉中自有周郎顧。（〈漁家傲‧紅白蓮不可並栽，用酒盆種之，遂皆有花，呈周倅〉）

詠瑞香一首：

　　臘後春前別一般，梅花枯淡水仙寒。翠雲裳著紫霞冠。仙品只今推第一，清香元不是人間。爲君更試小龍團。（〈浣溪沙‧瑞香〉）

詠杏花一首：

　　東風約略吹羅幕，一簷細雨春陰薄。試把杏花看，濕紅嬌暮寒。　　佳人雙玉枕，烘醉鴛鴦錦。折得最繁枝，暖香生翠幃。（〈菩薩蠻‧西齋為杏花寓言〉）

詠柳一首：

　　三月灞橋煙共雨，拂拂依依飛到處。雪毬輕颺弄精神，撲不住，留不住，常繫柔條千萬縷。只恐舞風無定據，容易著人容易去。肯將心事向才郎，待擬處，終須與，作箇羅帷收拾取。（〈天仙子〉）

詠冰花一首：

　　萬瓦雪花浮，應是化工融結。仍看牡丹初綻，有層層千葉。鏤冰剪水更鮮明，說道眞奇絕。來報主人佳兆，慶我公還闕。（〈好事近‧冰花〉）

詠繡扇一首：

只說閩山錦繡幃，忽從團扇得生枝。緺紅衫子映豐肌。
春線應憐壺漏永，夜針頻見燭花摧。塵飛一騎憶來時。(〈浣
溪沙‧賦微之提刑繡扇〉)

清‧蔣敦復《芬陀利室詞話》卷三云：「詞原於詩，即小小詠物，亦
貴得風人比興之旨。唐、五代、北宋人詞，不甚詠物，南渡諸公有之，
皆有寄託。白石、石湖詠梅，暗指南北議和事，及碧山、草窗、玉潛、
仁近諸遺民《樂府補題》中，龍涎香、白蓮、蓴、蟹、蟬諸詠，皆寓
其家國無窮之感，非區區賦物而已。知乎此，則齊天樂詠蟬、摸魚兒
詠蓴，皆可不續貂。即間有詠物，未有無所寄託，而可成名作者。」；
今人張敬〈南宋詞家詠物論述〉云：「詞至北宋，東坡偶詠楊花，清
眞嘗賦薔薇，初則託物寄懷，以抒身世之感，迨至南宋偏安，宗社傾
覆，運履危亡，詞尚藻飾，於是詞人結社，詠物大作。黍離君國之悲，
傷懷離索，託之山水亭臺，寄之花木竹石，因小寓大，言近指遠，頗
有發爲佳什，傳頌一時。」〔註27〕從這兩段話可知，北宋之時以詞詠
物的風氣尚未鼎盛；南渡後，詠物詞才逐漸流行，到了南宋末年達於
高峰，且詠物多有寄託。孝祥生於南宋初年，他的詠物詞多只就題鋪
敘，偶爾寄以閒情逸致，既無深言大意，也未寓以黍離身世之悲。在
後人（尤其是清人）「詠物貴有寄託」的評比標準下，「未有無所寄託，
而可成名作者」，孝祥的詠物詞也就一直未受重視。在《于湖集》中，
這十七首詠物詞雖然無足輕重，但多少可反映出孝祥閒暇時的生活情
趣、和他敏銳精微的觀察力。

　　孝祥的寫景與詠物之作，清楚地說明了在他豪曠雄渾的詞風中，
有不少作品是以婉約秀麗的文字寫成的。

第五節　廣泛實用的酬贈唱和之作

　　孝祥的第五類詞，是廣泛實用的酬贈唱和之作。這類詞大多是現

〔註27〕文載《東吳文史學報》第二號，頁34～53。1977年3月東吳大學出
　　　　版。

實生活中，爲應宴享酬酢的實際需要而作的。有的用來祝壽，有的用來餞別，有的是即席賦詞以助酒興，有的是用來贈人，致贈的對象包括友朋、歌妓、佳人、侍兒、尼師等，有的用來代替書信，答謝贈物或致意問候。現列舉其調名、詞題（或起句）於下：

祝壽之詞：二十八首

〈水調歌頭・爲總得居士壽〉、〈水調歌頭・爲時傳之壽〉、〈水調歌頭・爲方務德侍郎壽〉、〈醉蓬萊・爲老人壽〉、〈鷓鴣天・提刑仲欽行部萬里，閏四月而後來歸。輒成，爲太夫人壽〉、〈鷓鴣天・爲老母壽〉、〈鷓鴣天・淮西爲老人壽〉、〈鷓鴣天・平國弟生日〉、〈虞美人・代季弟壽老人〉、〈鵲橋仙・平國弟生日〉、〈鵲橋仙・以酒果爲黃子默壽〉、〈鵲橋仙・爲老人壽〉、〈畫堂春・上老母壽〉、〈踏莎行・壽黃堅叟併以送行〉、〈踏莎行・爲朱漕壽〉、〈醜奴兒・張仲欽母夫人壽〉、〈醜奴兒・張仲欽生日，用前韻〉、〈浣溪沙・母氏生朝，老者同在舟中〉、〈浣溪沙・貢查、沈水爲揚齊伯壽〉、〈西江月・張欽夫壽〉、〈西江月・代五三弟爲老母壽〉、〈西江月・以隋索靖小字法華經及古器爲老人壽〉、〈西江月・爲劉樞密太夫人壽〉、〈減字木蘭花・黃堅叟母生日〉、〈清平樂・壽叔父〉二首、〈菩薩蠻・林柳州生朝〉、〈南歌子〉（僉德仁諸族）。

餞別之詞：三十首

〈水調歌頭・送劉恭父趨朝〉、〈青玉案・餞別劉恭父〉、〈念奴嬌・仲欽提刑仲冬行邊，漫呈小詞，以備鼓吹之闋〉、〈蝶戀花・送劉恭父〉、〈蝶戀花・送姚主管橫州〉、〈鷓鴣天・餞劉共甫〉二首、〈鷓鴣天・餞劉恭父〉二首、〈鷓鴣天・荊州別同官〉二首、〈鵲橋仙・別立之〉、〈南鄉子・送朱元晦行，張欽夫、邢少連同集〉、〈柳梢青・蔣文粟兄趨朝，錢文茹橫槎，宗文如古藤，孝祥置酒作別，賦此以侑尊〉、〈踏莎行・送別劉子思〉、〈浣溪

沙‧餞劉共甫〉、〈浣溪沙‧餞鄭憲〉、〈西江月‧桂州同僚餞別〉、
〈減字木蘭花‧琵琶亭林守、王倅送別〉、〈點絳唇‧餞劉恭父〉、
〈蒼梧謠‧餞劉恭父〉三首、〈水調歌頭〉（天上掌綸手）、〈水
調歌頭‧送謝倅之臨安〉、〈木蘭花慢〉（擁貔貅萬騎）、〈眼兒媚〉
（曉來江上荻花秋）、〈清玉案‧送頻統轄行〉、〈鷓鴣天‧送陳
倅正字攝峽州〉、〈點絳唇〉（秩秩賓筵）。

即席賦詞：十四首

〈浣溪沙‧劉恭父席上〉、〈浣溪沙‧坐上十八客〉、〈浣溪沙‧
煙水亭蔡定夫置酒〉、〈浣溪沙〉（晚雨瀟瀟急做秋）、〈浣溪沙‧
洧劉恭父別酒〉、〈菩薩蠻‧和州守胡明秀席上〉、〈西江月‧庾
樓陪諸公飲，醉甚，和向巨源、任子嚴、陶茂安韻，呈周悅道，
使刻之樓上〉、〈西江月‧飲百花亭，為武夷樞密先生作〉、〈減
字木蘭花〉（一尊留夜）、〈清平樂‧楊侯書院聞酒所奏樂〉、〈南
歌子‧仲彌性席上〉、〈虞美人〉（清宮初入韶華管）、〈浣溪沙‧
過臨川，席上賦此詞〉二首。

贈友朋之詞：十三首

〈念奴嬌‧欲雪呈朱漕元順〉二首、〈洞仙歌‧和清虛先生皇甫
坦韻〉、〈鷓鴣天‧贈錢橫州子山〉、〈虞美人‧贈盧堅叔〉、〈醜
奴兒‧王公澤為予言查山之勝，戲贈〉、〈浣溪沙‧發公安，風
月甚佳，明日至石首，風雨驟至，留三日，同行諸公皆有詞，
孝祥用韻〉、〈浣溪沙‧次韻戲馬夢山與妓作別〉、〈浣溪沙‧夢
山未釋然，再作〉、〈浣溪沙‧用沈約之韻〉、〈望江南‧贈談獻
可〉、〈點絳唇‧贈袁立道〉、〈南歌子‧贈吳伯承〉。

贈歌妓之詞：六首

〈鷓鴣天〉（瞻暉門前識箇人）、〈醜奴兒〉（無雙誰似黃郎子）、
〈菩薩蠻‧贈箏妓〉二首、〈減字木蘭花〉（愛而不見）、〈減字
木蘭花〉（阿誰曾見）。

贈佳人之詞：二首

〈浣溪沙〉（絕代佳人淑且眞）、〈減字木蘭花〉（人間奇絕）。

贈侍兒之詞：二首

〈鵲橋仙・戲贈吳伯承侍兒〉、〈醜奴兒〉（十分濟楚邦之媛）。

贈尼師之詞：一首

〈減字木蘭花・贈尼師，舊角奴也〉。

答謝贈物之詞：一首

〈鵲橋仙・刑少連送末利〉。

致意問候之詞：一首

〈臨江仙・帥長沙，寄靜江三故人：張仲欽、朱漕、滕憲〉。

上列詞作共計九十八首，佔孝祥存詞近四成半，比例不可說不高。其主因在於當時風氣與孝祥身世。自紹興十一年（1141）宋金和議成立，高宗稱臣於金，半壁江山得以偏安，繁華景象遂遠勝北宋時期，豪門貴族以及文人雅士，聚會宴享、結社聯吟漸成積習；加上孝祥出生官宦世家，又早歲斐聲政場，享譽文壇，因此這類作品自然就遠多於他類。

由於這類詞是應酬作品，缺少眞情，自然難以寫得動人。尤其是祝壽之詞，有不少是庸濫之作，如：

同犬子，祝龜齡，天教二老鬢長青。明年今日稱觴處，更有孫枝滿謝庭。（〈鷓鴣天・為老母壽〉）

天公一笑酬陰德，賜與長生籍。今朝雪霽壽尊前，看我雙親都是地行仙。（〈虞美人・代季弟壽老人〉）

湘江東畔，去年今日，堂上簪纓羅綺。弟兄同拜壽尊前，共一笑歡歡喜喜。（〈鵲橋仙・平國弟生日〉）

東明大士，吾家老子，是一元知非二。共攜甘雨趁生朝，做萬里豐年歡喜。（〈鵲橋仙・為老人壽〉）

桂嶺南邊，湘江東畔，三年兩見生中旦。知君心地與天通，天教仙骨年年換。（〈踏莎行・為朱漕壽〉）

　　年年有箇人生日，誰似君家，誰似君家，八十慈親鬂未華。
棠陰閣上棠陰滿，滿勸流霞，滿勸流霞，來歲應添宰路沙。
（〈醜奴兒‧張仲欽母夫人壽〉）

　　穩泛仙舟上錦帆，桃花春浪舞清灣。壽星相伴到人間。（〈浣
溪沙‧母氏生朝，老者同在舟中〉）

　　慈母行封大國，老仙早上蓬山。天憐陰德遍人間，賜與還
丹七返。　　莫問清都紫府，長教綠鬢朱顏。年年今日綵
衣斑，兄弟同扶酒盞。（〈西江月‧代五三弟為老母壽〉）

　　慈闈生日，見說今年年九十。戲綵盈門，大底孩兒七箇孫。
人間喜事，只這一般難得似。願我雙親，都似君家太淑人。
（〈減字木蘭花‧黃堅叟母生日〉）

　　雙親俱壽八千齡。卻捧紫皇飛詔、上蓬瀛。（〈南歌子〉）
這些只是依譜寫成的韻語而已，讓人讀後毫無詞味可言。宋‧沈義父
《樂府指迷》說：「壽曲最難作，切宜戒壽酒、壽香、老人星、千春
百歲之類；須打破舊曲規模，只形容當人事業，才能隱然有祝壽之意。」
況周頤《蕙風詞話》更率直指出：「宋人多壽詞，佳句少見」細檢全
宋詞，可知況氏所說確是知言。除了壽詞之外，孝祥存詞中屬庸濫之
作的，餞別、即席所賦、贈人之詞亦皆有之，如：

　　莫拾明珠并翠羽，但使邦人，愛我如慈母。待得政成民按
堵，朝天衣袂翩翩舉。（〈蝶戀花‧送姚主管橫州〉）

　　隨步武，謝恩光，送公歸趣舍人裝。它年若肯傳頎衣缽，
今日應須酬壽觴。（〈鷓鴣天‧餞劉恭父〉）

　　我是先生門下士，相逢有酒且教斟。高山流水遇知音。（〈浣
溪沙‧餞劉共甫〉）

　　曾到蘄州不？人人說使君。使君才具合經綸，小試邊城，
早晚上星辰。
　　佳節重陽近，清歌午夜新。舉杯相屬莫辭頻，後日相思，

我已是行人。（〈南歌子・仲彌性席上〉）

瞻蜂門前識箇人，柳眉桃臉不勝春。短襟衫子新來棹，四直冠兒內樣新。（〈鷓鴣天〉）

這些詞所以成為庸濫之作，關鍵在太露，毫無餘韻。詞尚含蓄、能留。清・劉熙載《藝概・詞概》說：「詞有內蘊，宜無失其蘊」，清・沈祥龍《論詞隨筆》說：「含蓄無窮，詞之要訣。含蓄者，意不淺露，語不窮盡，句中有餘味，篇中有餘意，其妙不外寄言而已。」陳洵《海綃翁說詞稿》說：「詞筆莫妙於留。蓋能留，則不盡而有餘味，離合順逆，皆可隨意指揮，而深沉渾厚，皆由此得。」都是在說明詞貴含蓄的道理。酬應之作，原以實用為主要目的，藝術性與可讀性的要求本屬其次，因此自然不能以這些詞作求疵於孝祥。相反的，孝祥在這類酬贈唱和的作品中仍有不少佳構，如：

隆中三顧客，圯上一編書。英雄當日感會，餘事了寰區。千載神交二子，一笑眇然茲世，卻願駕柴車。長憶淮南岸，耕釣混樵漁。　忽扁舟，凌駭浪，到三吳。綸巾羽扇容與，爭看列仙儒。不為尊鱸笠澤，便掛衣冠神武，此興渺江湖。舉酒對明月，高曳九霞裾。（〈水調歌頭・為總得居士壽〉）

紫囊論思舊，碧落拜除新。內家敕使傳詔，親付玉麒麟。千里江山增麗，是處旌旗改色，佳氣鬱輪囷。看取連宵雪，借與萬家春。（〈水調歌頭・為方務德侍郎壽〉）

問人間榮事，海內高名，似今誰比。脫屣歸來，眇浮雲富貴。致遠鉤深，樂天知命，且從容閱世。火候周天，金文滿義，從來活計。　有酒一尊，有棋一局，少日親朋，舊家鄰里。世故紛紜，但蚊虻過耳。解慍薰風，做涼梅雨，又一般天氣。曲几蒲團，綸巾羽扇，年年如是。（〈醉蓬萊・為老人壽〉）

日月開明，風雲感會，切須穩上平戎計。（〈踏莎行・壽黃堅叟併以送行〉）

已授一編圯下，卻須三顧隆中。鴻鈞早晚轉春風，我亦從
君賈勇。(〈西江月‧張欽夫壽〉)

熬禁輟頗牧，熊軾賴龔黃。一時林莽千險，蜂午要驅攘。
金版六韜初試，煙斂山空野迥，低草見牛羊。旒纊釋南
顧，戈甲濯銀潢。　　璽書下，褒懿績，促曹裝。帝辰
天近，紅旆東去帶朝陽。歸輔五雲丹陛，回首楚樓千里，
遺愛滿瀟湘。應記依劉客，曾此奉離觴。(〈水調歌頭‧送
劉恭父趨朝〉)

天上掌綸手，閫外折衝才。發蹤指示，平蕩全楚息氛埃。
緩帶輕裘多暇，燕寢森嚴兵衛，香篆幾徘徊。襦褲見歌詠，
桃李藉栽培。(〈水調歌頭〉)

好把文經武略，換取碧幢紅旆，談笑掃胡塵。勳業在此舉，
莫厭短長亭。(〈水調歌頭‧送謝倅之臨安〉)

擁貔貅萬騎，聚千里、鐵衣寒。正玉帳連雲，油幢映日，
飛箭天山。錦城啟方面重，對籌壺盡日雅歌閒。休遣沙場
虜騎，尚餘疋馬空還。　　那看，更值春殘。斗綠醑，對
朱顏。正宿雨催紅，和風換翠，梅小香慳。牙旗漸西去也，
望梁州故壘暮雲間。休使佳人斂黛，斷腸低唱陽關。(〈木
蘭花慢〉)

君王天縱資仁武，要尺箠、平騎虜。思得英雄親駕馭。將
軍行矣，九重慮寧，談笑清寰宇。(〈青玉案‧送頻統轄行〉)

弓刀陌上，淨蠻煙瘴雨，朔雲邊雪。……虜馬秋肥鵰力健，
應看名王宵獵。壯士長歌，故人一笑，趁得梅花月。王春
奏計，便須平步清切。(〈念奴嬌‧仲欽提刑仲冬行邊，漫呈小
詞以備鼓吹之闕〉)

憶得年時貂帽煖，鐵馬千群觀獵。狐兔成車，笙歌隱地，
歸踏層城月。持杯且醉，不須北望淒切。(〈念奴嬌‧欲雪呈
朱漕元順〉)

謀一笑，一笑與君同。身老南山看射虎，眼高四海送飛鴻，

赤岸晚潮通。（〈望江南・贈談獻可〉）〔註28〕

這些詞在祝壽、餞別、賦詞助興、預祝榮升的題材局限下，仍能表現
其心繫中原的愛國情操與豪邁曠達的胸襟懷抱，實屬難能可貴。而其
英姿奇氣，飄逸瀟灑的情思不經意地流露於字裡行間，使這些作品仍
覺約略可讀。宋・謝堯仁《張于湖先生集序》謂：「觀先生之文者，
亦但當取其輇轕斡旋之大用，而不在於苛責於纖末瑣碎之微。」說得
十分中肯，我們評論孝祥之詞，也當取其主要的作品，而不必斤斤苛
責於其些微瑕疵。

〔註28〕上列十三首詞之中，有〈水調歌頭・送謝倅之臨安〉、〈木蘭花慢〉（擁
　　　　魏貅萬騎）、〈念奴嬌・仲欽提刑仲冬行邊，漫呈小詞，以備鼓吹之
　　　　闕〉、〈念奴嬌・欲雪呈朱漕元順〉、〈望江南・贈談獻可〉等五首已
　　　　歸入第一類詞。

第六章　張孝祥詞的特色

　　本章擬綜合前面幾章的分析，從整體風貌來談孝祥《于湖詞》的特色。在諸多特色中，最值得深究的約有四點，分別是一、豪放婉約兩擅其長，二、主觀感情色彩濃烈，三、用詞典麗精於鎔裁，四、泛用佛道神仙之說入詞。現分別敘述於後。

第一節　豪放婉約兩擅其長

　　《于湖詞》的第一個特色是豪放婉約兩擅其長。自宋‧湯衡〈張紫微雅詞序〉指出孝祥的詞：「如歌頭凱歌、登無盡藏、岳陽樓諸曲，所謂駿發踔厲，寓以詩人句法者也。」歷來的詞論家就一直將孝祥歸入豪放派詞家，這固然能顯示出《于湖詞》的基本格調和主要特色，但這種「線性思維」的歸類法，卻不能完全切合實際。〔註1〕孝祥的姻親韓元吉〔註2〕曾說：「安國之詩，清婉而俊逸」（《張安國詩集序》），清婉屬婉約，俊逸屬豪放，這是兩種互不相同，卻可以互爲補充的藝

〔註1〕自明‧張綖（南湖）首創婉約、豪放之說，後來學者多承其說，這種二分法，幾乎已成定論。但是詞人的創作情況和作品本身，實際上是襍雜而多樣的。同一詞人不同時期或不同對象的作品，也會有明顯的差異性，如果不作具體分析，只簡單地劃分爲婉約、豪放二種風格或兩個派別，則往往會失之於粗疏，無法清楚說明實際情形。

〔註2〕孝祥之妹法善適韓元吉之從兄元龍爲繼室，詳參孝祥年譜紹興二十八年。韓元吉字無咎，號南澗，開封人；累官吏部尚書、龍圖閣學士，著有《南澗甲乙稿》、《焦尾集詞》、《桐陰舊話》等書。

術風格。孝祥的《于湖詞》也存在著這種豪放婉約兼長的特色。現略
作分析於後。

　　從《于湖詞》的整體內涵來說，第五章所述的「忠憤塡膺的愛國
詞篇」、「豪邁曠達的抒懷之作」是豪放風格的作品，「委婉纏綿的幽怨
情歌」、「清雋秀麗的寫景詠物之作」是婉約風格的作品，「廣泛實用的
酬贈唱和之作」則兩種風格的作品都有。宛敏灝先生說：「在現存兩種
宋本《于湖詞》裡，皆以〈六州歌頭〉（長淮望斷）一詞爲壓卷。而宋
人選宋詞如周密的《絕妙好詞》，則首選張孝祥的〈念奴嬌·過洞庭〉。
前者是愛國詞人的引吭高歌，後者是襟懷坦蕩的政治家自述。這兩類
風格不同的詞作，向來爲讀《于湖詞》者所推許。」又說：「宋·滕仲
因（銘按：原文數處皆誤作滕仲固，據《彊村叢書》改）跋《笑笑詞》
說：『昔聞張于湖一傳而得吳敬齋，再傳而得郭遁齋，源深流長。故其
詞或如驚濤出壑，或如縐縠紋江，或如淨練赴海，可謂冰生於水而寒
於水矣。』詹傅爲《笑笑詞》作序，亦稱郭應祥『以其緒餘寓於長短
句，豈惟足以接張于湖、吳敬齋之源流而已。』吳鎰爲孝祥守撫州時
所舉進士，其《敬齋詞》已佚。就《笑笑詞》說，序跋的評價殊嫌溢
美。不過滕仲因所舉驚濤諸喻，讀《于湖詞》確有這三種不同的感受。
大抵激於愛國熱情，發抒忠義之氣者，則如驚濤出壑，這是于湖詞的
主要部份。如〈六州歌頭〉（長淮望斷）、〈水調歌頭·聞采石戰爭〉等
都是，陳廷焯、張德瀛、馮煦等多予此類作品以很高評價。其直抒胸
臆，表達豪邁坦率之懷者，則如淨練赴海。宋·周密選《絕妙好詞》，
首錄孝祥詞并取其〈念奴嬌·過洞庭〉、〈西江月·丹陽湖〉等。此類
詞特點是即景生情，因事寄意，表達其抑鬱的感情比較含蓄。至於摹
景融情，別有清雋自然之趣和纏綿俳惻之思者，則似縐縠紋江。小令
如〈浣溪沙·洞庭〉，長調如〈多麗〉（景蕭疏）、〈木蘭花慢〉（「送歸
雲去雁」、「紫簫吹散後」）二首、〈雨中花慢〉（一葉凌波）等。」〔註3〕

─────────────────

〔註3〕語見宛敏灝〈張孝祥懷念棄婦詞考釋〉。文載《安徽師大學報》1988
　　　年第二期，頁 108～114。

這兩段話詳實可信，值得參考。至於上述諸詞的分析已分別見於第五章第一、二節，爲省篇幅，不再重複。

從個別題材來說，《于湖詞》中，相同題材的作品也常見豪放婉約兩種不同的風格。如：

> 湖海倦游客，江漢有歸舟。西風千里，送我今夜岳陽樓。日落君山雲氣，春到沅湘草木，遠思渺難收。徙倚欄干久，缺月掛簾鉤。　　雄三楚，吞七澤，臨九州。人間好處，何處更似此樓頭。欲弔沉累無所，但有漁兒樵子，哀此寫離憂。回首叫虞舜，杜若滿芳洲。（〈水調歌頭・過岳陽樓作〉）

> 漠漠飛來雙屬玉，一片秋光，染就瀟湘綠。雪轉寒蘆花簌簌，晚風細起波紋縠。　　落日閒雲歸意促，小倚蓬窗，寫作思家曲。過盡碧灣三十六，扁舟只在灘頭宿。（〈蝶戀花・行湘陰〉）

兩首同是寫於遷調途中的作品，前一首縱筆直寫登樓遠眺的景色，音節急促，境界遼闊，感觸深長，借壯觀的景象，抒發宦海沉浮的深切感受，沉鬱哀傷的氣氛中，激烈豪壯的情懷躍然紙上。後一首則顯得神清氣閒，寫景工巧，字句清麗，勾畫出一幅湘江黃昏的美景。前者豪放，後者婉約，兩首都是十分傑出的佳構。再如：

> 霜日明霄水蘸空，鳴鞘聲裡繡旗紅。澹煙衰草有無中。萬里中原烽火北，一尊濁酒戍樓東。酒闌揮淚向悲風。（〈浣溪沙・荊州約馬奉先登城樓觀〉）

> 宮柳垂垂碧照空，九門深處五雲紅，朱衣只在殿當中。細撚絲梢龍尾北，緩攜綸旨鳳池東。阿婆三五笑春風。（〈浣溪沙・荊州約馬奉先登城樓觀再用韻〉）

兩首同是登城樓觀塞的作品，擇調用韻也完全相同（寫作時間不同）。前首寫得悲壯萬分，心繫中原、盼望恢復失土的豪情清晰可見（參閱第五章第一節）；後一首寫春日景觀，則顯得委婉含蓄。另外，像：

遠山眉黛橫，媚柳開青眼。樓閣斷霞明，簾幕春寒淺。杯延玉漏遲，燭怕金刀剪。明月忽飛來，花影和簾卷。（〈生查子〉）

小樓重，下簾櫳，萬點芳心綠間紅，鞦韆圖畫中。　　草茸茸，柳鬆鬆。細卷玻璃水面風，春寒依舊濃。（〈長相思〉）鬌畫樓前初立馬，隔簾笑語相親。鉛華洗盡見天真，衫兒輕罩霧，髻子直梳雲。　　翠葉銀絲簪末利，櫻桃澹注香唇。見人不語解留人，數盃愁裏酒，兩眼醉時春。（〈臨江仙〉）

寫春閨愁思，少女情態，風格清婉淡雅，置諸晏歐集中，幾乎可以亂真。

　　整體而言，清曠豪放是《于湖詞》的基調。由於孝祥天資穎悟，胸襟曠達，個性豪邁，使得他的詞奇氣四溢，能「於豪放中見悲壯，在沉雄中露飄逸」〔註4〕，宋·陳應行〈于湖先生雅詞序〉說：「比游荊湖間，得公《于湖集》，所作長短句凡數百篇。讀之，泠然灑然，真非煙火食人辭語。予雖不及識荊，然其瀟散出塵之姿，自在如神之筆，邁往凌雲之氣，猶可以想見也。」；宋·魏了翁《鶴山集》跋〈念奴嬌〉詞真蹟云：「張于湖有英姿奇氣，著之湖湘間，未為不遇。洞庭所賦，在集中最為傑特。方其吸江酌斗，賓客萬象時，詎知世間有紫微青瑣哉？」都說明了孝祥《于湖詞》的豪放特徵。歷來詞論家所推許的，以及詞選集所選，都偏好孝祥的豪放作品，論人論詞取其主要代表作品本屬當然，但《于湖詞》中的婉約之作，也頗有可觀，前人已有論及者如：明·楊慎《詞品》卷四說：「詠物之工，如『羅帕分柑霜落齒，冰盤剝芡珠盈掬』；寫景之妙，如『秋淨明霞乍吐，曙涼宿靄初消』；麗情之句，如『佩解湘腰，釵孤楚鬢』，不可勝載。」；清·賀裳《皺水軒詞筌》說「升庵（楊慎）極稱張孝祥詞，而佳者不

〔註 4〕語見莊嚴〈孤雲橫逸氣，大江湧豪情——試論張孝祥詩詞藝術與審美特點〉。文載《渤海學刊》1986 年第一、二期合刊，頁 59～61。

載。如『醒時冉冉夢時休。擬把菱花一半，試尋高價皇州』此則壓卷者也。」；況周頤《蕙風詞話‧續編》卷一說：「于湖詞〈菩薩蠻〉云：『東風約略吹羅幕，一檐細雨春陰薄。試把杏花看，濕紅嬌幕寒。　佳人雙玉枕，烘醉鴛鴦錦。折得最繁枝，暖香生翠幄。』此詞綿麗蕃豔，直逼花間。求之北宋人集中，未易多覯。」。這些都是讚賞孝祥婉約詞的評語。因此，孝祥詞作豪放婉約兩擅其長的特色，應給予適當的重視，以免過度偏頗。

第二節　主觀感情色彩濃烈

　　《于湖詞》的第二個特色是主觀感情色彩濃烈。王保珍在《東坡詞研究》一書中，曾專題討論「明朗的自我觀念表現」為東坡詞的特色之一，文中援引多家論東坡詞有明顯個性表現的說法作為開頭，然後詳列東坡之詞以為證明。其文略云：「（東坡詞）明寫著『我』的詞共有五十六首，加上詞中雖然未明著一個『我』字實際上具有自我意識存在的作品二十二首，如此合計二者共有七十六首之多，佔總詞數四分之一以上，這種比例在東坡當代以及以前的作家中是不曾顯示過的。因此這種『我的抒寫』也就被視作最大特色之一。」孝祥作詞刻意仿蘇（參閱第七章第一節），受東坡的影響很大，而他的才質個性也與東坡相近，因此在他的《于湖詞》中，同樣可以發現這一明顯的特色。

　　《于湖詞》中明顯表露自我觀念的詞有：

　　此事天公付我，六月下滄浪。（〈水調歌頭〉）

　　寄聲月姊，借我玉鑑此中看。……聞道群仙笑我，要我欲俱還。（〈水調歌頭〉）

　　山神助我奇觀，喚起碧霄龍。（〈水調歌頭〉）

　　去年明月依舊，還照我登樓。……老子興不淺，聊復此淹留。（〈水調歌頭〉）

我欲乘風去，擊楫誓中留。（〈水調歌頭〉）

惟有我知君。（〈水調歌頭〉）

洗我征塵三斗，快揖商飆千里，鷗鷺亦翩翩。（〈水調歌頭〉）

去國雖遙，寧親漸近，數峰青處是吾州。（〈多麗〉）

仙人拍手，山頭笑我，塵埃滿袂。（〈水龍吟〉）

平生只說浯溪，斜陽喚我歸船繫。……酌我清尊，洗公孤憤，來同一醉。（〈水龍吟〉）

玉鑑瓊田三萬頃，著我扁舟一葉。……扣舷獨笑，不知今夕何夕。（〈念奴嬌〉）

還記嶺海相從，長松千丈，映我秋竿節。（〈念奴嬌〉）

一葉扁舟誰念我，今日天涯飄泊。……常記送我行時，綠波亭上，泣透青羅薄。（〈念奴嬌〉）

凝睇。傍人笑我，終朝如醉。便錦織回鸞，素傳雙鯉，難寫衷腸密意。（〈轉調二郎神〉）

清都絳闕，我自經行慣。（〈驀山溪〉，調名原誤作〈洞仙歌〉據詞譜改）

遶院碧蓮三百畝，留春伴我春應許。（〈蝶戀花〉）

楚楚吾家千里駒，老人心事正關渠。（〈鷓鴣天〉）

我家白髮雙垂雪，已是經年別。今宵歸夢楚江濱。也學君家兒子、壽吾親。（〈虞美人〉）

今朝雪霽壽尊前，看我雙親都是地行仙。（〈虞美人〉）

樓頭自撅昭華管，我已無腸斷。（〈虞美人〉）

我家住在楚江濱，爲頻寄雙魚素尺。（〈鵲橋仙〉）

東明大士，吾家老子。(〈鵲橋仙〉)

一杯莫惜留連，我亦是、天涯倦客。(〈柳梢青〉)

匆匆我又成歸計。(〈踏莎行〉)

去程何許是歸程，離觴爲我深深勸。(〈踏莎行〉)

我已北歸，君方南去，天涯客裏多歧路。(〈踏莎行〉)

我是先生門下士，相逢有酒且教斟。(〈浣溪沙〉)

我欲吹簫明月下，略須停棹晚風頭。(〈浣溪沙〉)

擬看岳陽樓上月，不禁石首岸頭風。作賤我欲問龍公。(〈浣溪沙〉)

乞我百弓眞可老，爲公一飮醉忘歸。(〈浣溪沙〉)

竹裏一枝斜向我，欲訴芳心。(〈浪淘沙〉)

自挑寒炧自添香。(〈定風波〉)

遙憐陰過酒尊涼。舉觴須酹我，門外是清江。(〈臨江仙〉)

此意忽翩翩，憑虛吾欲仙。(〈菩薩蠻〉)

倒冠仍落珮，我醉君須醉。(〈菩薩蠻〉)

故園花爛熳，笑我歸來晚。我老只思歸，故園花雨時。(〈菩薩蠻〉)

問訊湖邊春色，重來又是三年。東風吹我過湖船，楊柳絲絲拂面。(〈西江月〉)

鴻鈞早晚轉春風，我亦從君賈勇。(〈西江月〉)

酒興因君開闊，山容向我增添。(〈西江月〉)

滿載一船秋色，平鋪十里湖光。波神留我看斜陽，放起鱗

鱗細浪。(〈西江月〉)

昨夢歸來帝所，今朝壽我親庭。(〈西江月〉)

我醉思家，月滿南池欲漾花。(〈減字木蘭花〉)

我醉忘歸，煙滿空江月滿堤。(〈減字木蘭花〉)

願我雙親，都似君家太淑人。(〈減字木蘭花〉)

妻舞婆娑，醉我平生友。(〈點絳唇〉)

舉杯相屬莫辭頻，後日相思，我已是行人。(〈南歌子〉)

繫我船兒不住，楚江上、晚風急。(〈霜天曉角〉)

何況我、君恩深重，欲報無由。(〈雨中花慢〉)

我是臨川舊史君，而今欲作嶺南人。(〈浣溪沙〉)

意行著腳到精廬，借我繩床小住。(〈西江月〉)

天一角，南枝向我情如昨。(〈憶秦娥〉)

桐鄉君子，念予憔悴如許。(〈念奴嬌〉)

西風千里，送我今夜岳陽樓。(〈水調歌頭〉)

暗含「我」的詞有：

追想當年事，殆天數，非人力，……念腰間箭，匣中劍，
空埃蠹，竟何成。時易失，心徒壯，歲將零。渺神京。(〈六
州歌頭〉)

一弔周郎羽扇，尚想曹公橫槊，興廢兩悠悠。(〈水調歌頭〉)
莫問鵷鸞事，有酒且頻斟。(〈水調歌頭〉)
今夕復何夕，此地過中秋。賞心亭上喚客，追憶去年游。
(〈水調歌頭〉)

凝情望行處路，但疏煙遠樹織離憂。只有樓前溪水，伴人

情淚長流。……念粉館重來，芳塵未掃，爭見嬉游。(〈木蘭花慢〉)

記谷口園林，當時驛舍，夢裏曾游。……擬把菱花一半，試尋高價皇州。(〈木蘭花慢〉)

憑高一笑，問君何處炎熱。(〈念奴嬌〉)

坐中客，共千里瀟湘秋色。……追前事、興亡相續，空與山川陳跡。(〈二郎神〉)

追往事，歡連夕。經舊館，人非昔。把輕顰淺笑，細細思憶。(〈滿江紅〉)

笑老姦遺臭到如今，留空壁。(〈滿江紅〉)

思歸夢，天邊鵠。游宦事，蕉中鹿。(〈滿江紅〉)

小倚蓬窗，寫作思家曲。(〈蝶戀花〉)

憶昔追遊翰墨場，武夷仙伯較文章。(〈鷓鴣天〉)

同犬子，祝龜齡，天教二老鬢長青。(〈鷓鴣天〉)

憶昔彤庭望日華，忽忽枯筆夢生花。(〈鷓鴣天〉)

瞻蹕門前識箇人，柳眉桃臉不勝春。(〈鷓鴣天〉)

無聊情緒如中酒，此意君知否。(〈虞美人〉)

已是人間不繫舟，此心元自不驚鷗。臥看駭浪與天浮。(〈浣溪沙〉)

萬里中原烽火北，一尊濁酒戍樓東。酒闌揮淚向悲風。(〈浣溪沙〉)

試問梅花何處好，與君藉草攜壺。(〈臨江仙〉)

與問坐中人，幾回迎送春。(〈菩薩蠻〉)

已醉不須歸，試聽烏夜啼。（〈菩薩蠻〉）

悠然心獨喜，此意知何意。（〈菩薩蠻〉）

待得月華生，攜筇獨自行。（〈菩薩蠻〉）

獨倚晚樓風，斷霞縈素空。（〈菩薩蠻〉）

萬事只今如夢，此身到處爲家。與君相遇更天涯，拼了茱萸醉把。（〈西江月〉）

客裏送行客，常苦不勝情。（〈水調歌頭〉）

富貴功名，本來無意，何況如今。（〈柳梢青〉）

此行休問幾時還，唯擬桂林佳處過春殘。（〈南歌子〉）

獨自倚危樓，欲向荷花語。無奈荷花不應人，背上啼紅雨。
（〈卜算子〉）

以上這些詞，明寫「我」的有五十三首，暗含「我」的有三十首，二者共計八十三首，佔《于湖詞》總詞數三分之一以上，這種比例較東坡詞爲高。由於孝祥一向將詞當作抒發胸臆的工具，在他寫作之時，多是主觀地抒發其所見所感，使得他的作品中充滿了主觀的感情色彩，也使得他的作品清楚地顯示出他的個性。曹濟平曾評論孝祥的〈西江月〉（滿載一船秋色）詞說：「『波神留我看斜陽，放起鱗鱗細浪』兩句，由自我想像而進入一種主觀幻覺心理的境界。……張孝祥一生英姿奇氣，如果說在〈念奴嬌〉（洞庭青草）詞中以『吸江酌酒，賓客萬象』的豪邁氣勢，使南宋魏了翁爲之傾倒，盛讚此首『在集中最爲傑特』（銘按：參見第五章第二節）。那麼在這首詞中的主觀感情色彩，奇幻的藝術想像，同樣顯露出他的傑出才華和詞作風采。」〔註5〕這段話對孝祥含有濃烈主觀感情色彩的詞作，頗爲贊賞。孝祥的門人

〔註5〕語見張淑瓊主編《唐宋詞新賞》第十輯，頁213。台北：地球出版社，1990年初版。

謝堯仁在〈張于湖先生集序〉裡說：「而樂府之作，雖但得於一時燕笑咳唾之頃，而先生之胸次筆力皆在焉」確屬知言。王保珍氏說：「讀別家的詞，是欣賞作品，讀東坡的詞，則彷彿面對著活生生的作者，同時也使人感覺到作者識盡天下的艱辛與甘美，而以一顆赤誠的心面對著千變萬化複雜的人間世，與通往恆古常新，磅礡萬有的宇宙。蓋東坡為至誠之人，於詞作中能盡己之性，亦能盡人之性，自然地引起讀者的共鳴。王國維云東坡詞不隔（人間詞話）也正是因為東坡能盡己盡人，而盡一切之情，所達到的高妙之境。」讀孝祥之詞，也同樣讓我們有這樣的感覺。孝祥之刻意學東坡，姑且不論其成就如何，至少就作品中帶有濃烈主觀感情色彩的這一特點來說，二人是十分相近相似的。

第三節　用詞典麗精於鎔裁

　　《于湖詞》的第三個特色是擅於用典使事，精於鎔裁成句，使作品在用語上呈現出一種「典麗」的風貌。南宋詞人，由於受江西詩派「脫胎換骨」、「去陳反俗」理論的影響，加上結社聯吟、角技逞采的風氣盛行，因此在詞的創作上，用典使事、點染成句，漸成積習。在孝祥的《于湖詞》裡，也可以明顯發現這一特色。王國維《人間詞話》論夏言的詞說：「有明一代，樂府道衰。寫情扣舷，尚有宋元遺響，仁宣以後，茲事幾絕。獨文愍（夏言）以魁碩之才，起而振之。豪壯典麗，與于湖、劍南為近」；劉強〈試論南宋愛國詞人張孝祥的主要成就〉也說：「在駕馭語言能力上，張詞『典麗』的色彩尤為突出。詩、文、曲、賦，信手拈來，歷史故事，神話傳說盡入詞內……」這兩段話正指出了孝祥《于湖詞》用詞典麗的特色。現在讓我們先來分析一首他的〈水調歌頭·泛湘江〉：

　　　濯足夜灘急，晞髮北風涼。吳山楚澤行遍，只欠到瀟湘。
　　　買得扁舟歸去，此事天公付我，六月下滄浪。蟬蛻塵埃外，
　　　蝶夢水雲鄉。　　製荷衣，紉蘭佩，把瓊芳。湘妃起舞一

笑，撫瑟奏清商。喚起九歌忠憤，拂拭三閭文字，還與日
爭光。莫遣兒輩覺，此樂未渠央。

這首詞寫於乾道二年（1166）六月，孝祥在廣南西路安撫使任上被免
職後渡湘江北歸途中。詞的上片寫行舟過湘水的情景。「濯足夜灘急」
二句，化用晉·陸雲《九愍·行吟》：「朝彈冠以晞髮，夕振裳而濯足」
的詩意，既寫出駕舟遠行者的表象動態，又借以抒發自己高潔的情
懷。首句見《楚辭·漁父》：「滄浪之水濁兮，可以濯我足」〔註6〕；
次句見《楚辭·九歌·少司命》：「與女沐兮咸池，晞女髮兮陽之河」，
「北風涼」出自《詩經·邶風·北風》：「北風其涼」。從濯足到晞髮
的意象，顯示出詞人胸懷的高潔脫俗。「吳山」二句，承上抒寫詞人
渴望行舟湘江的願望。「買得」三句進一層揭示此次北歸，六月下湘
江的美好機遇。《宋史·本傳》說孝祥「知靜江府、廣南西路經略安
撫使，治有聲績」，可是卻「復以言者罷」，這裡「天公付我」表面上
好像是說天公為我作美，其實，詞人此時的心情是複雜的，透過這幽
默詼諧的語詞，隱約可以體察到詞人埋藏內心的人生苦澀滋味。「蟬
蛻塵埃外」二句，自抒放浪江湖而清高閒遠的情致。前句用《史記·
屈原賈生列傳》：「濯淖污泥之中，蟬蛻于濁穢，以浮游塵埃之外，不
獲世之滋垢，皭然泥而不滓者也」；後句用《莊子·齊物論》：「昔者
莊周夢為胡蝶」的典故，和蘇軾〈和章七出守湖州〉：「方丈仙人出渺
茫，高情猶愛水雲鄉」的詩意。這種多視角的審美意識和精於鎔裁的
藝術技巧，不僅對屈原身處濁世而不同流的高貴品格加以贊美，更藉
以自喻而透露出詞人曠達自適的情懷。換頭「製荷衣」三句，全是援
用《楚辭》成詞，《楚辭·離騷》：「製芰荷以為衣兮，集芙蓉以為裳」，
又云：「紉秋蘭以為佩」，《楚辭·九歌·東皇太一》：「瑤席兮玉瑱，
盍將把兮瓊芳」。「湘妃起舞一笑」二句，化用《楚辭·九歌》中〈湘

〔註6〕此句最早見於《孟子·離婁上》：「有孺子歌曰：『滄浪之水清兮，可
以濯我纓；滄浪之水濁兮，可以濯我足』。孔子曰：『小子聽之，清
斯濯纓，濁斯濯足矣！自取之也』。

君〉、〈湘夫人〉的詩意，由豐富的聯想而產生飛動的意象，把湘水之神聞歌起舞的場面寫得栩栩如生。緊接著「喚起九歌忠魂」三句，以無比崇敬的心情贊頌屈原的偉大人格及其作品不朽的藝術價值。三閭大夫是屈原最後所擔任的官職，三閭文字泛指屈原的作品。《史記‧屈原賈生列傳》：「屈平之作《離騷》蓋自怨生也。……推此志也，雖與日月爭光可也」，朱熹在《楚辭集注》中曾指出：「以寄吾忠君愛國眷戀不忘之意」，這是詞裡所寫「忠憤」的深刻含義。歇拍二句，「莫遣兒輩覺」語出《晉書‧王羲之傳》：「恆恐兒輩覺，損其歡樂之趣」，蘇軾〈與毛令方尉遊西菩提寺〉：「人生此樂須天賦，莫遣兒曹取次知」；「未渠央」用《詩經‧小雅‧庭燎》：「夜如何其，夜未央」的成句。歇拍二句的意思是說，不要讓兒輩知道縱情山水的無窮樂趣；從超越時空的幻想中回到現實的境界，寓怨憤於歡樂的氣氛之中，使全詞餘韻不盡。曹濟平賞析這首詞說：「這首詞作主要隱括《楚辭》成句，但獨具匠心。詞人運用時空交錯手法，把六月下湘江的現實景象與湘妃起舞的超現實的虛幻之境組合而成一種清曠高潔的優美境界。詞中不僅變換奇橫，富有浪漫色彩，而且表達宛轉曲折，以清剛之筆寫綿邈情思，深切地展示了作者忠憤、高潔的胸懷。」〔註7〕胡雲翼《宋詞選》論此詞也說：「全詞基本上是隱括《楚辭》和《史記‧屈原列傳》裡的語意，難得的是運用靈活，毫不生硬」。從上面的分析，可以看出孝祥用典使事，援引成句的技巧，已能達到「事如己出，天然渾厚」（魏慶之《詩人玉屑》語）與「體認著題，融化不澀」（張炎《詞源》語）的高妙境界。

　　另外，像〈水調歌頭‧聞采石戰勝〉一詞（參見第五章第一節），上片「湖海平生豪氣，關塞如今風景，剪燭看吳鉤。膾喜燃犀處，駭浪與天浮。」連用陳登豪氣未除、周顗新亭之嘆、溫嶠燃犀照妖的典故；下片「憶當年，周與謝，富春秋。小喬初嫁，香囊未解，勳業故

〔註7〕文見唐圭璋主編《唐宋詞鑑賞辭典》，頁 843。上海：江蘇古籍出版社，1986 年第一版。

優游。赤壁磯頭落照，肥水橋邊衰草，渺渺喚人愁。我欲乘風去，擊楫誓中流。」活用謝玄、周瑜、和宗愨的典故，抒寫正當英年有爲之時，立志報國殺敵的豪情與願望。詞中用典雖多，卻能氣勢流暢，猶如己出，毫無停滯艱澀的缺點，又能符合題意，自然貼切，無堆砌之弊，可說是用典的能手。再如〈木蘭花慢〉二首（參見第五章第三節）也是通篇用典，「正佩解湘腰，釵孤楚鬢，鸞鑒分收」，用南朝陳末‧徐德言與妻樂昌公主離別時，破其鏡各執一半的故事，寫夫妻（孝祥與李氏）被迫分手的情境。「擬把菱花一半，試尋高價皇州」仍用上典，寫其盼望夫妻團圓的心願。「紫簫吹散後，恨燕子、只空樓。念璧月長虧，玉簪中斷，覆水難收。青鸞送碧雲句，道霞局霧鎖不堪憂。情與文梭共織，怨隨宮葉同流。」一口氣連用了簫史與弄玉的傳說、張家燕子樓的故事、白居易的〈井底引銀瓶〉詩〔註8〕、「覆水難收」〔註9〕成語、江淹〈休上人怨別詩〉、蘇蕙織回文錦字、唐代宮女紅葉題詩的故事，這些典故成語連貫而下，卻都能扣緊訣別情侶的主題，又都是流傳甚廣的熟典，令人讀來，但覺哀婉悽惻，感人至深，而無堆砌之弊與「吊書袋」的感覺。

　　限於篇幅，以上只詳析一首、略舉三首通篇用典使事點化成句的詞作。事實上，湯衡〈張紫微雅詞序〉稱孝祥之詞：「未有一字無來處」並非虛言。孝祥於作品中用典使事、鎔裁成句之例，已於第四章第三節列舉。此處所舉通篇用典使事的詞都能如此渾化無痕，猶如己出，則其偶用典故、點化成句的詞，能夠更精確、無堆砌之病，自不在話下了。本節重點在舉例說明孝祥用典使事、鎔裁成句的技巧，因

〔註8〕白居易〈井底引銀瓶〉詩：「井底引銀瓶，銀瓶欲上絲繩絕；石上磨玉簪，玉簪欲成中央折。瓶沉簪折知奈何，似妾今朝與君別。」

〔註9〕相傳漢代朱買臣妻因貧求去，後買臣爲會稽太守，妻又求合，買臣取盆水潑地，令妻收取，表示潑水難收，夫妻不能再合。事見《漢書‧朱買臣傳》。詩裡用「覆水」傳說的如駱賓王〈艷情代郭氏答盧照鄰〉：「情知覆水也難收」，又李白〈妾薄命〉：「雨落不上天，覆水難再收」，二作皆言棄婦事。

而形成了他用詞典麗的風格。典故本身在片言隻字的背後蘊含著豐富的思想與意義，適當用典正可以助成婉麗典雅的風貌。但是用典如只知一味堆砌，不能切合題旨將典故渾化在詞境中，則會適得其反，讓人覺得故意「吊書袋」，甚至如猜啞謎，毫無情趣。因此用典使事貴在自然，貴在妥貼，貴在切合其事。南宋詞人雖然「使事用典成習」（王偉勇《南宋詞研究》），但大多是「炫博矜奇」、「角技逞采」之作，甚至喜用僻典如猜啞謎者，亦不在少數。用典能使內容與典故溶為一體，「用事不為事所使」（張炎《詞源》語），用事能如胸臆語，用成句能另出新意、化腐朽為神奇者，在南宋初年的詞壇上並不多見。縱觀孝祥用典使事點化成句的技巧上，多能切時、切地、切人、切事、切情，使典故成句成為作品的組成部份，渾化在詞境之中，極為貼切地表現出豐富的思想和感情。在稼軒之前的南宋詞壇上，用典使事點化成句技巧的運用，就質與量言，實皆無人能出孝祥之右。王國維認為孝祥《于湖詞》的風格是「豪壯典麗」，「豪壯」本是孝祥《于湖詞》的基調，是其情性所使然；「典麗」則是由於他用典使事精於鎔裁的技巧所造成的。這也堪稱是《于湖詞》的一大特色。

第四節　泛用佛道神仙之說入詞

　　《于湖詞》的第四個特色是泛用佛道神仙之說入詞。從史書的記載與文人的雜記可知，宋代的宗教以佛道最盛。佛道信仰不僅普及朝野各階層，影響社會風氣至深，同時也影響了南宋初年詞人的創作。南宋初年的詞人一方面受到世局變亂的打擊，另一方面又遭奸佞小人的迫害，在如此困厄的環境中，佛道出世成仙的思想正好可以給予精神上的慰藉；加上自束坡「以詩為詞」之後，大大提昇了詞體的地位，文人對詞體的觀念有了顯著的開放。除了詩之外，文人開始嘗試用詞來作為與方外之士交往的酬贈工具，用詞來記錄遊居寺觀，或酬贈僧人道士。尤其是道教喜談長生不老之術，正好符合大眾心理，因此在

南北宋之交，用詞來祝壽慶生的風氣，得以迅速蔓延，而其內容則多是長命百歲之類的祝福語。細檢全宋詞，可以發現南北宋之交的詞人，有許多受佛道影響的作品，如：蘇庠、葛勝仲、葉夢得、蔡伸、呂渭老、王之道、曹勛等有贈僧人道士的詞；葛勝仲、周紫芝、李綱、趙鼎、向子諲、陳與義、張元幹、王之道、史皓等有記遊寺觀或描寫與僧人相聚情形的詞；至於壽詞，則「南渡詞人的詞作中，幾乎是無人不寫壽詞的」（黃文吉《宋南渡詞人》）。

　　上述這類詞在南宋之初，就總數量言，還不算很多；就內容言，也僅止於記述與僧道有關或與僧道酬贈，以及祝壽之詞。到了孝祥，則更加闊大了它的範圍和用處。在他的《于湖詞》中，除了像：

　　　　清都絳闕，我自經行慣。璧月帶珠星，引鈞天、笙簫不斷。寶簪瑤珮，玉立拱清班。天一笑，物皆春，結得清虛伴。還丹九轉。凡骨親曾換。攜劍到人間，偶相逢、依然青眼。狂歌醉舞，心事有誰知，明月下，好風前，相對綸巾岸。
　　　（〈驀山溪‧和清虛先生皇甫坦韻〉，調名原誤作〈洞仙歌〉據詞譜改）

　　　　吹簫汎月，往事悠悠休更說。拍碎琉璃，始覺從前萬事非。清齋淨戒，休作斷腸垂淚債。識破囂塵，作箇逍遙物外人。
　　　（〈減字木蘭花‧贈尼師，舊角奴也〉）

　　　　詠徹瓊章夜向闌，天移星斗下人間。九光倒影騰青簡，一氣回春遶絳壇。　瞻北闕，祝南山。遙知仙仗簇清班。何人曾侍傳柑宴，翡翠簾開識聖顏。（〈鷓鴣天‧上元設醮〉之一）

　　　　子夜封章扣紫清，五霞光裏珮環聲。驛傳風火龍鸞舞，步入煙霄孔翠迎。　瑤簡重，羽衣輕。金童雙引到通明。三湘五筦同民樂，萬歲千秋與帝齡。（〈鷓鴣天‧上元設醮〉之二）

　　　　朝元去，深殿扣瑤鐘。天近月明黃道冷，參回斗轉碧霄空，

身在九光中。　　風露下，環珮響丁東。玉案燒香縈翠鳳，
松壇移影動蒼龍，歸路海霞紅。(〈望江南・南嶽銓德觀作〉)

是直接與佛道人事有關的作品外，其他像用來祝壽的詞：

綸巾羽扇容與，爭看列仙儒……舉酒對明月，高曳九霞裾
(〈水調歌頭・為總得居士壽〉)

雲海漾空闊，風露凜高寒。仙翁鶴駕羽節，縹緲下天端。
指點虛無征路，時見雙鳧飛舞，揮斥隘塵寰。吹笛向何處，
海上有三山。　　綵衣新，魚服麗，更朱顏。蟠桃未熟千
歲，容與且人間。早晚金泥封詔，歸侍玉皇香案，踵武列
仙班。玉骨自難老，未用九霞丹。(〈水調歌頭・為時傳之壽〉)

多少活人陰德，合享無邊長算。(〈水調歌頭・為方務德侍郎壽〉)

火候周天，金文滿義，從來活計。(〈醉蓬萊・為老人壽〉)

陰德遍，嶺西東，天教慈母壽無窮。(〈鷓鴣天・仲欽提刑行
部萬里，閱四月而後來歸。輒成，為太夫人壽〉)

阿母蟠桃不記春，長沙星裏壽星明。金花羅紙新裁詔，貝
葉旁行別授經。(〈鷓鴣天・為老母壽〉)

只將心與天通處，何住人間五百年。(〈鷓鴣天・淮西為老人
壽〉)

雪花一尺江南北，薪盡炊無粟。老仙活國試刀圭，十萬人
家生意與春回。　　天公一笑酬陰德，賜與長生籍。今朝
雪霽壽尊前，看我雙親都是地行仙。(〈虞美人・代季弟壽老
人〉)

舊時曾識玉堂仙，在帝所、頻開薦口。(〈鵲橋仙・以果酒為
黃子默壽〉)

東明大士，吾家老子，是一元知非二。共攜甘雨趁生朝，
做萬里豐年歡喜。　　思空山上，長沙星裡，乞與無邊祥

瑞。仙家日月鎮常春，笑人說長生久視。（〈鵲橋仙・為老人壽〉）

蟠桃一熟九千年，仙家春色無邊。畫堂日煖卷非煙，晝永風妍。　看取疏封湯沐，何妨頻棹觥船。方瞳綠髮對儒仙，歲歲尊前。（〈畫堂春・上老母壽〉）

天教慈母壽無窮，看君黃髮腰金貴。（〈踏莎行・壽黃堅叟併以送行〉）

知君心地與天通，天教仙骨年年換。　趁此秋風，乘槎霄漢，看看黃紙書來喚。但令丹鼎汞頻添，莫辭酒盞春無算。（〈踏莎行・為朱漕壽〉）

天公遣注長生籍，服日餐霞。服日餐霞，壽紀應須海算沙。（〈醜奴兒・張仲欽生日〉）

穩泛仙舟上錦帆，桃花春浪舞清灣。壽星相伴到人間。黃石公傳三百字，西王母授九霞丹。銀潢有路接三山。（〈浣溪沙・母氏生朝，老者同在舟中〉）

殷勤送與繡衣仙。……天教富貴出長年。（〈浣溪沙・貢茶、沉水為揚齊伯壽〉）

慈母行封大國，老仙早上蓬山。天憐陰德遍人間，賜與還丹七返。（〈西江月・代五三弟為老母壽〉）

漢鑄九金神鼎，隋書小字蓮經。剛風劫火轉青冥，護守應煩仙聖。　昨夢歸來帝所，今朝壽我親庭。只將此寶伴長生，談笑中原底定。（〈西江月・以隋索靖小字法華經及古器為老人壽〉）

乞得神仙九醞，祝教福祿千春。台星直上壽星明，長見門闌鼎盛。（〈西江月・為劉樞密太夫人壽〉）

翁媼雪垂肩，雙雙平地仙。（〈菩薩蠻・林柳州生朝〉）

儉德仁諸族，陰功格上清。焚香掃地夜朝真。看取名花浮玉、鑑齊精。　……雙親俱壽八千齡。卻捧紫皇飛詔、上蓬瀛。(〈南歌子〉)

送友人出征、或遠行的詞，像：

方丈三韓，西山八詔，慕義羞椎結。(〈念奴嬌‧張仲欽提刑行邊〉)

似勸先生須飲釂，枕中鴻寶微傳妙。(〈蝶戀花‧送劉恭父〉)

君泛仙槎銀海去。後日相思，地角天涯路。(〈蝶戀花‧送姚主管橫州〉)

月地雲階歡意闌，仙姿不合住人間。(〈鷓鴣天〉)

它年若肯傳衣瑕，今日應須釂壽觴。(〈鷓鴣天‧餞劉恭父〉)

須知楚水楓林下，不似初聞長樂鐘。(〈鷓鴣天‧餞劉恭父〉)

不妨衣瑕再三傳。(〈浣溪沙‧洧劉恭父別酒〉)

十萬貔貅環武帳，三千珠翠入歌筵，功成去作地行仙。(〈浣溪沙〉)

人物風流冊府仙，誰教落魄到窮邊。(〈鷓鴣天‧送陳倅正字攝峽州〉)

致贈友朋、應酬唱和的詞，像：

家傳鴻寶祕略，小試不言功。(〈水調歌頭‧凱歌奉寄湖南安撫舍人劉公〉)

萬里南荒雲霧滿，弱水蓬萊相接。(〈念奴嬌‧欲雪呈朱曹元順〉)

若俟合侍明光殿，且作橫槎海上仙◡(〈鷓鴣天‧贈鰻橫州了山〉)

主翁若也憐幽獨，帶取妖嬈上玉宸。(〈鷓鴣天〉)

滿酌瓊舟，即上虛皇香案頭。（〈醜奴兒〉）

海上蟠桃留結子，渥洼天馬去追風。（〈浣溪沙・次韻戲馬夢山與妓作別〉）

太學諸生推獨步，玉堂學士合登仙。乃翁種德滿心田。（〈浣溪沙・用沈約之韻〉）

萬旅雲屯看整暇，十眉環坐卻娉婷。白麻早晚下天庭。（〈浣溪沙・劉恭父席上〉）

同是瀛洲冊府仙，只今聊結社中蓮。胡笳按拍酒如川。（〈浣溪沙・坐上十八客〉）

遷調途中抒懷感遇的詞，像：

此事天公付我，六月下滄浪。（〈水調歌頭・泛湘江〉）

憑仗使君胸次，與問老仙何在，長嘯俯清秋。試遣吹簫看，騎鶴恐來游。（〈水調歌頭・汪德邵作無盡藏樓於棲霞之間，取玉局老仙遺意，張安國過，為賦此詞〉）

轉就丹砂，鑄成金鼎，碧光相倚。……縹緲珠幢羽衛，望蓬萊，初無弱水。仙人拍手，山頭笑我，塵埃滿袂。春鎖瑤房，霧迷芝圃，昔遊都記。悵世緣未了，匆匆又去，空凝佇，煙霄裏。（〈水龍吟・望九華山作〉）

須信兩翁不死，駕飛車、時遊茲地。……待相將把袂，清都歸路，騎鶴去、三千歲。（〈水龍吟・過浯溪〉）

山陰乘興不須回，毗耶問疾難為對。（〈踏莎行〉）

登遊覽勝的詞，像：

回首三山何處，聞道群仙笑我，要我欲俱還。揮手從此去，翳鳳更驂鸞（〈水調歌頭・金山觀月〉）

身在水晶闕，真作馭風仙。（〈水調歌頭・垂虹亭〉）

此意忽翩翩，憑虛吾欲仙。（〈菩薩蠻・登浮玉亭〉）

天公憐好客，酒面風吹白。更引十玻璃，月明騎鶴歸。(〈菩薩蠻‧與同舍游湖歸〉)

偏照紫府瑤臺，香籠玉座，翠靄迷南北。天上人間凝望處，應有乘風歸客。露滴金盤，涼生玉宇，滿地新霜白。壺中清賞，畫簷高掛虛碧。(〈念奴嬌〉)

詠花的詞，像：

可憐無處避春寒，但玉立、仙衣數縷。(〈鵲橋仙‧落梅〉)

爭似淡粧嬌面，伴蓬萊仙客。(〈好事近‧木犀〉)

姚家別有神仙品，似著天香染御衣。(〈鷓鴣天〉)

紅白蓮房生一處，雪肌霞豔難爲喻。當是神仙來紫府。(〈漁家傲‧紅白蓮並生〉)

偷將天上千年豔，染卻人間九日黃。(〈鷓鴣天‧桃花菊〉)

玉妃孤豔照冰霜，初試道家妝。素衣嫌怕姮娥妒，染成宮樣鵝黃。(〈風入松‧蠟梅〉)

吟詠節令的詞，像：

兵辟神符，命續同心縷。(〈點絳唇〉)

描寫閨情的詞，像：

不知何處馭風來，雲霧裏、釵橫鬢亂。(〈鵲橋仙〉)

等總計六十一首詞，都與佛教經文典故或道教長生不老的傳說有關。像陰德、火候、金文、貝葉、長生籍、地行仙、仙家日月、長生久視、仙骨、丹鼎、服日餐霞、九霞丹、還丹七返、清都紫府、衣裓、毗耶問疾……等詞語觸目皆是。而其用途除了直接與佛道有關的人事外，還包括了祝壽、餞送友人、致贈友朋、應酬唱和、抒懷感遇、登遊覽勝、詠花、詠節令、描寫閨情等，其運用之廣，遠遠超出了在他之前的任何一家。這不但使詞更具可容性，對詞「無意不可入，無事不可言」(劉熙載《藝概‧詞概》評東坡語)的觀念，更作了具體的示範。

試想：連佛道經典傳說都可隨意入詞，那麼經史子集各家著述之言，還有甚麼不能入詞的？詞到了這種境地，其實用性與可容性實與詩體沒甚麼不同了。稼軒緊隨孝祥之後，能打破詞的一切樊籠，開創辛詞一派，與詞體在觀念上的開放是有極密切關係的。

　　可以附帶一提的是，孝祥的《于湖居士文集》中，另有許多與佛道相關的詩文，如：卷十三的〈隱靜修造記〉，卷十四的〈仰山廟記〉，卷十五的〈龍舒淨土文序〉、〈永寧寺鐘銘〉、〈贈白雲道人贊〉、〈題桂林劉眞人眞贊〉，卷十九的〈太上皇帝青詞〉，卷二十五至二十七有〈疏文〉九篇，〈青詞〉十一篇，〈釋語〉三十四篇，〈祝文〉二十一篇（詩多，不一一列舉）。從這些作品可知孝祥對佛教經典、道教典籍涉獵極廣，這是由於時尚與家傳的關係（史傳記載他的大伯父張邵「喜頌佛書，雖異域不廢」，他的父親張祁「晚嗜禪學」）。

第七章　張孝祥詞的主要成就

　　本章分兩節，一方面從「史」的觀點，來論述《于湖詞》在詞的發展過程中，所佔的地位；另一方面，綜合前面各章的論述，給予《于湖詞》適當的評價。《于湖詞》在形式技巧上的傑出表現，已在前面各章多所探討，本章的寫作重點，在引述前人與近人對張孝祥的評論資料，以作爲客觀論斷的依據。

第一節　承蘇啓辛的重要橋樑

　　從詞的發展史來說，孝祥《于湖詞》是承蘇啓辛的重要橋樑。他的門人謝堯仁在〈張于湖先生集序〉裡說：「于湖先生，天人也。其文章如大海之起濤瀾，泰山之騰雲氣，倏散倏聚，倏明倏暗，雖千變萬化，未易詰其端而尋其所窮，然從其大者目之，是亦以天才勝者也。……先生氣吞百代而中猶未慊，蓋尙有凌轢坡仙之意。其帥長沙也，一日，有送至〈水車詩〉石本〔註1〕，掛在書室，特攜堯仁就觀，

〔註1〕《于湖居士文集》卷四有古詩〈湖湘以竹車激水，粳稻如雲，書此能仁院壁〉，詩云：「象龍喚不應，竹龍起行雨，聯綿十車輻，伊軋百舟櫓。轉此大法輪，救汝旱歲苦，橫江鎖巨石，濺瀑疊城鼓。神機日夜運，甘澤高下普，老農用不知，瞬息了千畝。抱孫帶黃犢，但看翠浪舞，餘波及井臼，春玉飲酡乳。江吳誇七蹯，足繭腰背傴，此樂殊未知，吾歸當教汝」。查《文集》中未有以「水車」爲名之詩，

因問曰：『此詩可及何人？不得佞我。』堯仁時窘於急卒，不容有不盡，因直告曰：『此活脫是東坡詩，力亦眞與相輒。但蘇家父子更有畫佛入滅、次韻水官、贈眼醫、韓幹畫馬等數篇，此詩相去卻尚有一二分之劣爾。』先生大然堯仁之言。是時，先生詩文與東坡相先後者已十之六七，而樂府之作，雖但得於一時燕笑咳唾之頃，而先生之胸次筆力皆在焉，今人皆以爲勝東坡，但先生當時意尚未能自肯，因又問堯仁曰：『使某更讀書十年何如？』堯仁對曰：『他人雖更讀百世書，尚未必夢見東坡，但以先生來勢如此之可畏，度亦不消十年，吞此老有餘矣。』」宋・湯衡〈張紫微雅詞序〉說：「其後元祐諸公，嬉弄樂府，寓以詩人句法，無一毫浮靡之氣，實自東坡發之也。于湖紫微張公之詞，同一關鍵。……自仇池仙去，能繼其軌者，非公其誰與哉。覽者擊節，當以予爲知音。」宋・葉紹翁《四朝聞見錄・乙集・張于湖》說：「（孝祥）嘗慕東坡，每作爲詩文，必問門人曰：『比東坡如何？』門人以過東坡稱之，雖失太過，然亦天下奇男子也。」現存《于湖居士文集》卷四有古詩〈與邵陽李守二子，用東坡韻〉、卷九有律詩〈東坡〉、卷十二有絕句〈次東坡先生韻〉八首；《于湖詞》中點化前人成句，以用東坡之語最多（參第四章第三節）。從這些資料可知孝祥十分仰慕東坡，有意學步；而其情性天份、胸襟懷抱也與東坡近似，故其詩文能得東坡之六七，而其詞也明顯具有東坡風格。現舉若干風格相近的作品於後。

> 明月幾時有，把酒問青天。不知天上宮闕，今夕是何年。我欲乘風歸去，惟恐瓊樓玉宇，高處不勝寒。起舞弄清影，何似在人間。　　轉朱閣，低綺戶，照無眠。不應有恨，何事長向別時圓。人有悲歡離合，月有陰晴圓缺，此事古難全。但願人長久，千里共嬋娟。（蘇軾〈水調歌頭〉・丙辰中秋歡飲達旦，大醉，作此篇兼懷子由）

謝堯仁所謂〈水車詩〉當即此首。可能孝祥題此詩於能仁院壁，並勒石其上，後有人拓此詩送至孝祥處，因有是言。

洞庭青草，近中秋，更無一點風色。玉鑑瓊田三萬頃，著我扁舟一葉。素月分輝，明河共影，表裡俱澄澈。悠然心會，妙處難與君說。　　　應念嶺海經年，孤光自照，肝肺皆冰雪。短髮蕭騷襟袖冷，穩泛滄浪空闊。盡吸西江，細斟北斗，萬象為賓客。扣舷獨笑，不知今夕何夕。(張孝祥〈念奴嬌・過洞庭〉)

上列二詞，瀟灑出塵的神韻，高潔曠達的襟懷，虛實變換、情景交融的表現技巧，都有相似之處。薛礪若《宋詞通論》說：「安國性豪爽，精於翰墨。其平日為詞，未嘗著稿，筆酣興健，頃刻即成。作風極似東坡……如……（引〈念奴嬌・過洞庭〉、〈西江月・丹陽湖〉原詞，從略）……清疏的音節，與瀟灑的情懷，神似東坡中秋及重九諸作。」確屬知言。再如：

湖上雨晴時，秋水半篙初沒。朱檻俯窺寒鑑，照衰顏華髮。醉中吹墜白綸巾，溪風漾流月。獨棹小舟歸去，任煙波搖兀。(蘇軾〈好事近・西湖夜歸〉)

問訊湖邊春色，重來又是三年。東風吹我過湖船，楊柳絲絲拂面。　　　世路如今已慣，此心到處悠然。寒光亭下水如天，飛起沙鷗一片。(張孝祥〈西江月・丹陽湖〉)

王偉勇《南宋詞研究》說：「上列兩詞，音節清疏，意境悠遠，同具空靈之妙，此即張詞承傳蘇詞所在」。再如：

點點樓頭細雨，重重江外平湖。當年戲馬會東徐，今日淒涼南浦。　　　莫恨黃花未吐，且教紅粉相扶。酒闌不必看茱萸，俯仰人間古今。(蘇軾〈西江月・重陽棲霞樓作〉)

冉冉寒生碧樹，盈盈露濕黃花。故人玉節有光華，高會仍逢戲馬。　　　萬事如今只夢，此身到處為家。與君相逢更天涯，拚了茱萸醉把。(張孝祥〈西江月・重九〉)

上列二詞，命意雖似相反，而孝祥之用詞與布局，顯然是據東坡詞加以發揮，其意境也能及之。（以上〈好事近〉一首、〈西江月〉三首，據王偉勇《南宋詞研究》選錄）。從上面諸詞，可概見孝祥詞風追躡

東坡之處。綜言之，孝祥明顯承繼東坡而加以發揮者，約有下列數點：一、《于湖詞》具有清雄豪曠的風格；二、豪放與婉約兩擅其長（參第六章第一節），大致而言豪放諸作以抒懷言志表現自我者居多，婉約諸作則詠物詠事兼寫情，表現高度的寫作藝術者居多；三、以詩爲詞，大量運用成語古句入詞，使詞帶有詩與散文的意味；四、喜用「我」字，表現濃烈的主觀情感（參第六章第二節）；五、喜於調名下用題或小序。楊海明說：「張孝祥其人，則無論從其人品、胸襟、才學、詞風來看，都與蘇軾有著很多相似之處。」〔註2〕王保珍《東坡詞研究》論東坡詞對後代的影響說：「張孝祥爲氣節之士，其詞駿發踔厲，以詩爲詞，雄放與飄逸似東坡」都是中肯切實的話。

　　龍沐勛《兩宋詞風轉變論》說：「宋室南渡以來，既以時勢關係，與樂譜之散佚，不期然而詞風爲之一變。稼軒鬱起，『激昂排宕，不可一世』（彭孫遹說）且名將如岳飛，亦以悲壯激烈之詞，倡導於前。於是一時英雄志士，如張孝祥、朱熹、陳亮、劉過、韓元吉、陸游之屬，更從而輔翼鼓吹之，藉以激厲人心，恢宏士氣。然成就之大，與用力之專，無有能過稼軒者」。蘇辛並稱，由來已久，稼軒爲南宋詞人第一大家，影響所及，形成「豪放詞」一派，也早已是定論。在蘇辛之間，有豪放詞作的詞人不在少數，這類作品對稼軒都有可能提供了某些啓示或產生某些影響。程千帆與吳新雷合著的《兩宋文學史》〔註3〕於〈南渡之初的詞風〉一節中，首標「岳飛和二張的英雄詞」一目，文中說：「……這些詞上承北宋蘇軾豪放的詞風，下開辛棄疾愛國詞派的先河。其中最有代表性的詞人是岳飛、張元

〔註2〕語見楊海明〈被宇宙意識昇華過的人格美——張孝祥《念奴嬌·過洞庭》賞析〉，文載《文史知識》1986年第一期，頁44～49。

〔註3〕程千帆、吳新雷合著之《兩宋文學史》，上海古籍出版社，1991年2月第一版。該書原爲程氏1956年任教於武漢大學時之講稿，後程氏於1978年任教南京大學，與吳氏合力重加修訂，歷時八年而成。程氏於「後記」娓娓述說文革期間的悲慘遭遇，令人讀之，不覺心酸。噫！六、七〇年代之大陸學者，何其不幸！

幹和張孝祥」。孝祥長稼軒八歲，稼軒二十三歲（1162）奉表南歸之時，孝祥（三十一歲）已稱名於當世。可惜現存資料未有二人交往的記錄可尋。稼軒奉表南歸後，朝廷並未重用他，只派給他一個「江陰簽判」的小官，二十五歲（1164）江陰簽判任滿去職，至二十八歲（1167）四年間，流寓江南，漫遊吳楚各地；此期間孝祥先後領建康留守、知靜江、潭州。乾道四年（1168）稼軒任建康通判，與史正志、趙彥端、韓元吉等人來往，參與遊從宴會，酬答唱和，開始歌詞創作活動，確定了以後長短句的寫作方向（據徐漢明《稼軒集・辛棄疾生平大事記》）此時孝祥知荊州，亦未能與稼軒有交往。乾道六年（1171），稼軒與在朝中任職的張栻、呂祖謙來往，相與遊從。而此時孝祥已仙逝有年矣。二人雖未有過交往，但稼軒與張栻、韓元吉時相往來，今存三人文集各有多首相唱和之詩詞；而張栻爲孝祥至友，韓元吉爲孝祥姻親，二人與孝祥交往甚密，韓元吉並曾爲孝祥詩集作序（文存《南澗甲乙稿》卷十四）；而且當時孝祥詩詞文流傳甚廣，是當世著名的文人（參本章第二節），「天下刊先生文集者有數處」「自渡江以來將近百年，唯先生文章翰墨爲當代獨步」（謝堯仁語），「在廷百官，莫不歡羨，都人爭錄其策而求識面」（《文集》附錄〈張安國傳〉）。據此推論，稼軒讀過孝祥詞作，應屬可信。至於所受影響，則可於詞作中發現。〔註4〕現錄幾首風格相近的作品於後，藉供比較。

> 長淮望斷，關塞莽然平。征塵暗，霜風勁，悄邊聲。黯銷凝。追想當年事，殆天數，非人力，洙泗上，弦歌地，亦羶腥。隔水氈鄉，落日牛羊下，區脫縱橫。看名王宵獵，騎火一川明。笳鼓悲鳴。遣人驚。　念腰間箭，匣中劍，空埃蠹，竟何成。時易失，心徒壯，歲將零。渺神京。干羽方懷遠，靜烽燧，且休兵。冠蓋使，紛馳騖，若爲情？

〔註4〕這是一個頗值得深究的問題。惟因個人學力有限，對稼軒詞未作深入研究，暫且留作日後用功的課題。有心得時，當再專文深入剖析之。

聞道中原遺老，常南望翠葆霓旌。使行人到此，忠憤氣塡膺。有淚如傾。(張孝祥〈六州歌頭〉)

雪洗虜塵靜，風約楚雲留。何人爲寫悲壯，吹角古城樓。湖海平生豪氣，關塞如今風景，剪燭看吳鉤。膾喜燃犀處，駭浪與天浮。　憶當年，周與謝，富春秋。小喬初嫁，香囊未解，勳業故優游。赤壁磯頭落照，肥水橋邊衰草，渺渺喚人愁。我欲乘風去，擊楫誓中流。(張孝祥〈水調歌頭‧聞采石戰勝〉)

千古凄涼，興亡事、但悲陳跡。凝望眼、吳波不動，楚山叢碧。巴滇綠駿追風遠，武昌雲旆連江策。笑老姦遺臭到如今，留空壁。　邊書靜，烽煙息。通輶傳，銷鋒鏑。仰太平天子，坐收長策。蹔踏揚州開帝里，渡江天馬龍爲匹。看東南佳氣鬱蔥蔥，傳千億。(張孝祥〈滿江紅‧于湖懷古〉)

擁貔貅萬騎，聚千里、鐵衣寒。正玉帳連雲，油幢映日，飛箭天山。錦城啓方面重，對籌壺盡日雅歌閒。休遣沙場虜騎，尚餘疋馬空還。　那看，更值春殘。斟綠醑，對朱顏。正宿雨催紅，和風換翠，梅小香慳。牙旗漸西去也，望梁州故壘暮雲間。休使佳人斂黛，斷腸低唱陽關。(張孝祥〈木蘭花慢〉)

一舸凌風，斗酒酹江，翩然乘興東游。欲吐平生孤憤，壯氣橫秋。浩蕩錦囊詩卷，從容玉帳兵籌。有當時橋下，取履仙翁，談笑同舟。　先賢濟世，偶耳功名，事成豈爲封留？何況我君恩深重，欲報無由。長望東南氣王，從教西北雲浮。斷鴻萬里，不堪回首，赤縣神州。(張孝祥〈雨中花慢〉)

舉頭西北浮雲，倚天萬里須長劍。人言此地，夜深長見，斗牛光焰。我覺山高，潭空水冷，月明星澹。待燃犀下看，憑欄卻怕，風雷怒、魚龍慘。　峽束蒼江對起，過危樓、

欲飛還斂。元龍老矣，不妨高臥，冰壺涼簟。千古興亡，百年悲笑，一時登覽。問何人又卸，片帆沙岸，繫斜陽纜。（辛棄疾〈水龍吟·過南劍雙溪樓〉）

千古江山，英雄無覓，孫仲謀處。舞榭歌臺，風流總被，雨打風吹去。斜陽草樹，尋常巷陌，人道寄奴曾住。想當年、金戈鐵馬，氣吞萬里如虎。　元嘉草草，封狼居胥，贏得倉皇北顧。四十三年，望中猶記，烽火揚州路。可堪回首，佛貍祠下，一片神鴉社鼓。憑誰問：廉頗老矣，尚能飯否？（辛棄疾〈永遇樂·京口北固亭懷古〉）

楚天千里清秋，水隨天去秋無際。遙岑遠目，獻愁供恨，玉簪螺髻。落日樓頭，斷鴻聲裡，江南游子。把吳鉤看了，欄干拍遍，無人會、登臨意。　休說鱸魚堪鱠，儘西風、季鷹歸未。求田問舍，怕應羞見，劉郎才氣。可惜流年，憂愁風雨，樹猶如此。倩何人、喚取紅巾翠袖，搵英雄淚。（辛棄疾〈水龍吟·登建康賞心亭〉）

湖海平生，算不負蒼髯如戟。聞道是、君王著意，太平長策。此老自當兵十萬，長安正在天西北。便鳳凰、飛詔下天來，催歸急。　車馬路，兒童泣。風雨暗，旌旗濕。看野梅官柳，東風消息。莫向蔗庵追語笑，只今松竹無顏色。問人間、誰管別離愁，杯中物。（辛棄疾〈滿江紅·送信守鄭舜舉被召〉）

我來吊古，上危樓，贏得閑愁千斛。虎踞龍蟠何處是，只有興亡滿目。柳外斜陽，水邊歸鳥，隴上吹喬木。片帆西去，一聲誰噴霜竹。　卻憶安石風流，東山歲晚，淚落哀箏曲。兒輩功名都付與，長日惟消棋局。寶鏡難尋，碧雲將暮，誰勸杯中綠。江頭風怒，朝來坡浪翻屋。（辛棄疾〈念奴嬌·登建康賞心亭，呈史留守致道〉）

上舉孝祥、稼軒詞各五首，從中可見孝祥使事用典、廣泛以經史子集語入詞、以詞發抒忠憤愛國的熱忱、將詞的內容與國家時勢緊密結

合……等特點，對稼軒都產生了啓示作用，尤其慷慨激昂、悲壯蒼涼的豪放風格，更有神似之處。

　　近人論孝祥《于湖詞》者，無不認同其承蘇啓辛的重要地位。如：王易《中國詞曲史・析派》說：「近稼軒而實導源東坡者，有張孝祥、范成大、陸游」。繆鉞〈論張孝祥詞〉說：「（張孝祥）所作的古文、詩、詞，都有英姿奇氣。……《于湖詞》在宋詞的發展中佔有重要地位。張孝祥詞的特點是什麼呢？宛敏灝先生說：『于湖詞之風格，在蘇辛之間，蓋兼有東坡之清曠與稼軒之雄豪，前者以其才氣相似，後者則受時代影響。』（見所著《張于湖評傳》第七章〈詞論〉，1949年貴陽文通書局版）這個論斷是很中肯的。蘇東坡作詞，開創了豪放的風格，一新天下耳目，但在當時並未發生多大影響。……直到張孝祥出，才是第一個有意學蘇東坡詞而又卓有成就的人。蘇東坡天才卓越，襟懷超曠，……如果無有與東坡相近的天才、襟抱，而想勉強學步，是難以成功的。張孝祥恰好有與蘇東坡相近的天才、襟抱，所以他的作品也就很容易與蘇相近，而張孝祥本人也是有意要學蘇東坡的。」〔註5〕宛敏灝先生說：「張孝祥是南宋初年的愛國詞人，成就雖不及辛棄疾之大，但他和張元幹都是轉變詞風的先驅。在中國文學史上有其一定地位。」〔註6〕劉強說：「他（孝祥）的詞上承蘇軾，下開辛棄疾詞派先河，具有承先啓後的作用。」〔註7〕袁行霈說：「張孝祥在南宋前期的詞壇上享有很高的地位，是偉大詞人辛棄疾的先驅。他爲人眞率坦蕩，氣魄豪邁，作詞時筆酣興健，頃刻即成。他的詞風最接近蘇東坡的豪放。」〔註8〕楊薛華說：「張孝祥……其詞極力追蹤蘇

〔註 5〕繆鉞〈論張孝祥詞〉，原載《四川大學學報》1984 年第一期。後收入與葉嘉瑩合撰之《靈谿詞說》。

〔註 6〕參見宛敏灝〈張孝祥和張同之〉。文載《淮北煤師院學報》1979 年創刊號，頁 60～65。

〔註 7〕參見劉強〈試論南宋愛國詞人張孝祥的主要成就〉。文載《安徽師大學報》1981 年第三期，頁 59～64。

〔註 8〕參見袁行霈〈光明澄澈之美——讀張孝祥《念奴嬌》〉。文載《文科月

軾，胸次筆力都相仿，具有豪放風格，同時代人湯衡在他的《紫微雅詞》裡說他的詞和蘇詞是『同一關鍵』，并稱之是自蘇軾後，『能繼其軌者』。他的詞突破北宋末年平庸浮靡之風，慷慨悲歌，抒發懷念故土、主張抗金的悲壯感情，因此，他又成為偉大愛國詞人辛棄疾的先行者，是豪放派裡一個承先啟後的人物。」〔註9〕馮君豪說：「在宋代詞壇上，張孝祥的詞上繼蘇軾詞傳統，下開辛棄疾詞風。詹安泰先生說他：『是由這一派（按指『高曠清雄派』，是詹先生評定的蘇軾詞派）過渡到豪放派的橋樑』（《宋詞散論·宋詞風格流派略談》）。」〔註10〕以上這些論述，意見相當一致，都肯定了孝祥為承蘇啟辛的重要橋樑，也都說得十分中肯切實。蕭世杰著《唐宋詞史稿》列有〈上承蘇軾、下啟辛棄疾的『二張』詞〉一節，文章開頭說：「南宋初期詞人，在創作中既有充沛的愛國熱情，在藝術上又能達到較高成就的，是張元幹和張孝祥，史稱『二張』」是十分有見地的做法和評斷。孝祥《于湖詞》承蘇啟辛的橋樑作用，確實是應當受到肯定與重視的。

第二節　允為南宋初期詞壇雙璧之一

　　繆鉞論詞曾指出：文小、質輕、徑狹、境隱四端為詞體的特徵。〔註11〕晚唐、五代、北宋的詞，精妙細膩、委婉動聽，無疑是詞苑中不可缺少的一種藝術美，自有值得欣賞的價值。但是任何文學體制和風格都是不斷發生演變的，所謂「文律運周，日新其業。變則可久，通則不乏」（《文心雕龍·通變》），「文變染乎世情，興廢繫乎時序」（《文心雕龍·時序》）。這是文學本身的發展規律，更是時代

　　　刊》1985 年第一期，頁 12～13。

〔註 9〕參見楊薛華〈一曲追求光明的歌──讀張孝祥《念奴嬌·過洞庭》〉。文載《中文自學考試輔導月刊》1985 年第四、五期合刊，頁 64～65。

〔註10〕參見馮君豪〈一曲洞庭秋月的讚歌──試說張孝祥《念奴嬌·過洞庭》〉。文載《語文月刊》1987 年第七、八期合刊，頁 31～33。

〔註11〕參見繆鉞《詩詞散論·論詞》頁 1～15。台北：開明書店，1979 年 3 月臺六版。

的推動和要求。到了南宋，國土淪喪、風雲變色的時代，寫詞如果仍株守質輕、徑狹、聲柔、語媚的舊軌，那就勢必脫離時代的要求，路子越走越窄。可以設想，如果沒有具有高才卓識的藝術宗匠，起而別開生面，高唱出洪鐘大呂的凌霄壯曲，那麼宋詞恐難形成堪與唐詩媲美的藝術峰巒，則有宋一代詞史必將大爲減色（據劉乃昌〈宋詞的剛柔與正變〉說法）。在詞的發展上，開詞風轉變之機的，當以東坡爲最早，影響也最大。東坡擴大題材、提高詞境的功績早爲定論，但是在當時卻未能形成風氣。清・劉熙載《詞概》說：「東坡詞在當時鮮與同調，不獨秦七、黃九別成兩派也。晁無咎坦易之懷，磊落之氣，差堪驂靳。然懸崖撒手處，無咎莫能追躡矣」。雲亮說：「蘇軾以豪放曠達的詞風，爲宋詞開擴了境界，確實是前無古人。遺憾的是蘇門詞人秦觀晁補之等，或者『專主情致，而少故實』（李清照《詞論》），或者僅僅『遊戲小詞』，並不能全面繼承蘇軾的豪放風格。陳師道等不少詞人仍以婉約詞爲『正宗』，譏誚蘇詞『雖極天下之工，要非本色』。可見蘇詞雖被推崇傳誦，但他對詞壇的開拓之功和『以詩爲詞』的筆法並未得到文壇的承認和肯定，而他所開創的詞壇新局面也漸爲綺麗穠艷的風氣所淹沒。」〔註 12〕王熙元先生也說：「豪放一派，自然以東坡爲開山，嚴格說來，北宋還沒有嫡系傳人，東坡門下如黃山谷、晁補之都不足稱。直到南宋，辛稼軒詞，悲憤激烈，慷慨縱橫，可說與東坡同調，以豪放爲特色。稼軒以前，有朱希眞、岳鵬舉、張仲宗、張安國；與稼軒同時的，有陸放翁、范石湖、陳同甫，劉改之、葉少蘊；稼軒以後，又有劉後村、文文山；都是東坡豪放一派的流裔。」〔註 13〕以上這些論述，都說明了東坡豪放詞風在當時未受肯定的實況。

〔註 12〕參見雲亮〈論張元幹愛國詞在文學史上的地位〉。文載廣州：《中山大學學報》1985 年第三期，頁 108～114。
〔註 13〕參見王熙元〈論婉約與豪放詞風的形成〉。文載《國文學報》第五期，頁 243～252；1976 年 6 月，臺灣師大國文系印行。

　　東坡的豪放詞風開始受到重視，成為學習模仿的對象，是在宋室南渡以後。南宋豪放派詞人，以辛棄疾最為傑出，正如黃梨莊所言：「辛稼軒當弱宋末造，負管樂之才，不能盡展其用，一腔忠憤，無處發洩。觀其與陳同甫抵掌談論，是何等人物！故其悲歌慷慨，抑鬱無聊之氣，一寄之於詞」（《詞苑叢談》卷四引）。但詞風的轉變並非從稼軒開始，南渡初年，岳飛、趙鼎、胡銓、張元幹、張孝祥等人就已承東坡遺緒，將恢復家國的壯懷，反抗權奸的氣慨和撫時感事的憂思寫入他們的詞裡。而在稼軒之前的詞人中，就以張孝祥的成就為最高，無論「質」和「量」，南宋初期的詞人除稼軒之外，無人能出其右。從史傳資料及後人的評述中，可知孝祥是一位天才超邁、胸懷曠達、稟性忠純的愛國詞人。《宋史·張孝祥傳》說：「孝祥俊逸，文章過人」「早負才畯，蒞政揚聲」；韓元吉說他：「妙年以文學冠多士，入中書為舍人，名聲籍甚」（《南澗甲乙稿》卷二十二）；陳振孫說：「其文翰皆超逸天才」（《直齋書錄解題》卷十八）；《廣西通志》載：「孝祥治有聲蹟，尤以文翰為當世所歆羨」（卷二百二十二〈金石略八〉）；這些都是實錄。

　　孝祥《于湖詞》的風格與東坡近似，其為承蘇啟辛的重要橋樑已於本章第一節論述。《四庫提要》說：「今觀集（《于湖詞》）中諸作，大抵規摹蘇詩，頗具一體，而根柢稍薄，時露竭蹶之狀。堯仁所謂讀書不十年者隱寓微詞，實定論也。然其縱橫兀傲，亦自不凡。故《桯史》載王阮之語，稱其平日氣吐虹霓；陳振孫亦稱其天才超逸云。」是很中肯的評論。王國維《人間詞話》說：「東坡之詞曠，稼軒之詞豪，無二人之胸襟而學其詞，猶東施之效捧心也。」而孝祥之詞能兼具東坡之清曠與稼軒之雄豪，實屬難能可貴。清·查禮《銅鼓書堂詞話》說孝祥的《于湖詞》.「聲律宏邁，音節振拔，氣雄而調雅，意緩而語峭。」王偉勇《南宋詞研究》引此，並說：「此言亦頗確切。而其『調雅』，『意緩』，係承自東坡，『氣雄』、『語峭』則啟導稼軒；前者出自情性之涵養，後者則益以時勢之因素也」。孝祥的詞除了在藝術技巧上

有很高的造詣外，在內容上進一步擴大了詞的題材，豐富了詞所反映的生活，將詞推進到念時憂亂的愛國情懷與慷慨激昂的戰鬥精神相結合的新階段，大大地提昇了詞的境界和地位。論者恆以孝祥《念奴嬌‧過洞庭》與東坡《水調歌頭》中秋詞相提並論，王闓運《湘綺樓評詞》評〈念奴嬌‧過洞庭〉時說：「飄飄有淩雲之氣，覺東坡〈水調〉有塵心。」意謂孝祥〈念奴嬌‧過洞庭〉詞尤較東坡中秋詞瀟灑出塵。論者又喜以孝祥〈六州歌頭〉與稼軒之豪放詞相比較，清‧劉熙載《藝概》卷四說：「張孝祥安國於建康留守席上賦〈六州歌頭〉，致感重臣罷席。然則詞之興、觀、群、怨，豈下於詩哉？」；薛礪若《宋詞通論》論孝祥之詞也說：「他有時『興酣筆健』，發為慷慨壯烈之音，且有更甚於蘇辛者，如他的〈六州歌頭〉，即係一例……（引原詞，略）……縱筆直書，如鷹隼臨空，盤旋夭矯而下，詞中極少此種境界」。從這些例子可知，孝祥的表現技巧與藝術境界，偶亦有高於蘇辛者，只可惜他英年早逝，人生閱歷遠不如蘇辛，所以能勝蘇辛之詞數量不多。從大體言，其成就固不及蘇辛，然實亦足以睥睨南宋初朝詞壇，不愧為南宋初期詞壇的一大家。宋‧周密《絕妙好詞》以孝祥為首；吳梅《詞學通論》論孝祥之詞說：「此作（〈念奴嬌‧過洞庭〉）《絕妙好詞》冠諸簡端，其氣象固是豪雄，惟用韻不甚合耳。〔註14〕于湖他作，如〈西江月〉之『東風吹我過湖船，楊柳絲絲拂面』、〈滿江紅〉『點點不離楊柳外，聲聲只在芭蕉裡』〔註15〕皆俊妙可喜」；繆鉞〈論張孝祥詞〉結論說：「總之，張孝祥在南宋初期詞壇中，所作兼有清曠與豪雄兩種長處，上承東坡，下開稼軒，在詞的發展史中有相當重要的地位」；王易《中國詞曲史》論孝祥詞說：「湯衡序稱其『平昔為詞，未嘗著稿，筆

〔註14〕〈念奴嬌‧過洞庭〉用韻凡八：「色葉澈說，雪闊客夕」。其中「葉澈說雪闊」五韻為第十八部（據戈載《詞林正韻》），「色客夕」三韻為第十七部。故吳氏稱其「用韻不甚合」。

〔註15〕「點點不離楊柳外，聲聲只在芭蕉裡」句見〈滿江紅‧詠雨〉。唐圭章《宋詞互見考》稱：「此首無名氏詞，見至正本《草堂詩餘》。陳鍾秀本誤作張孝祥詞，後之選本並承其誤。」

酣興健，頃刻即成，如歌頭凱歌諸曲，駿發踔厲，寓以詩人句法。自仇池仙去，能繼其軌者非公而誰？』陳應行序稱其『前無古人，後無來者，讀之泠然灑然，眞非煙火食人辭語』洵非過譽」；韓酉山〈張孝祥若干事跡考略〉說：「張孝祥，是我國南宋初期一位有才華有成就的愛國詩人。他的詩、詞、散文均爲時人所推重，在文學史上具有相當重要的地位。」〔註16〕；馬興榮《宋詞綜論》說：「他（孝祥）的詞感情洋溢，氣勢豪邁，出語自然，毫不雕琢。有不少具有強烈愛國思想的作品。在南宋初期詞人中，他的詞風最接近蘇軾」；這些評論，都可以說明孝祥《于湖詞》有其卓越的成就，鄭騫在所編《詞選》，將朱敦儒、李清照、陳與義、張孝祥、陸游並列爲南宋前期五家，實屬卓識。

　　自胡雲翼《宋詞選》說：「他（張孝祥）和張元幹可以說是南宋初期詞壇的雙璧，是偉大詞人辛棄疾的先行者。」近人論孝祥詞多從其說，如：劉強說：「後代詞評家多將他和張元幹同稱爲南宋初期詞壇上的雙璧」（同註7）；楊薛華說：「（張孝祥）南宋前期著名的愛國詞人，與張元幹是當時詞壇雙璧」（同註9）；蕭世杰《唐宋詞史稿》說：「在詞史上，他們（張元幹和張孝祥）上承蘇軾、下啓辛棄疾，是不容忽視的『關鍵』人物。胡雲翼先生把他倆稱作南宋初期詞壇的『雙璧』，可謂知言」。從以上的論述可得知，孝祥《于湖詞》之成就雖比不上東坡和稼軒，但亦足以自成一家，其被譽爲南宋初期詞壇雙璧之一，實可當之無愧。

〔註16〕韓酉山〈張孝祥若干事跡考略〉，文載《江淮論壇》1981年第二輯，頁84～91。

第八章 結 論

關於張孝祥詞研究，綜合各章要義，可以歸納出幾點結論：

一、張孝祥是一位有才華、有抱負的愛國志士。他天才超邁，早歲即蒞政揚聲，並以文章翰墨為世人稱揚，是當時著名的人物。由於南宋初期的政局，一直籠罩在和戰的紛爭中，主政者又多屬權奸，因此當時的忠義之士幾無一人不罹政爭災難而遭罷黜。孝祥曾三度遭免職，先後出守撫州、平江、建康、靜江、潭州、荊州等六州郡，這種仕途上的挫折，不但沒有令他頹唐沮喪，反而成了他創作的原動力，他的作品有很多是在遷調途中寫成的，而這些作品也正是《于湖詞》中最令人欣賞的佳作。

二、在政治立場上，張孝祥是堅決的主戰派。由於《宋史・本傳》的作者未能真正了解他「先立自治之策」以圖恢復的本意，於是認為他出入二相之門兩持和戰之說，為君子所不取，此點實在為他感到惋惜。在經過一番深入探索後，發現無論是從他一生的行事，或從他的〈奏議〉，或從他的交遊等各方面來平議，都可清楚看出他堅決主戰、力圖恢復的決心，從來不曾稍有猶豫。因此，「和戰兩持其說」之論，可以休矣。

三、現存張孝祥詞的宋槧本有二，一為《于湖居士文集》四十卷中的第三一至三四卷〈樂府〉，存詞一八二首；一為單行本詞集《于

湖先生長短句》，存詞一七七首。現在所能見到的《于湖詞》版本約
有十餘種，都是從這兩本衍化而出。二本所收詞不盡相同，文字也頗
有出入。《長短句》本刊刻較早，文字錯誤較多，每一詞調下各注明
宮調，詞題較詳細。《文集》本刊刻較晚，爲經過修改校訂之定稿，
文字錯誤較少，惟詞題刪節太甚，有時需合觀《長短句》本題意始全。
唐圭章編《全宋詞》以《文集·樂府》爲底本，另從他本補錄，共得
二百二十三首，孔凡禮另自《詩淵》輯得一首，因此，現存張孝祥詞
共有二百二十四首。近人徐鵬曾校點《于湖居士文集》，於 1980 年由
上海古籍出版社出版。

　　四、張孝祥二百二十四首詞，共選用五十三種詞調，有的宜於表
達豪壯激烈的感情，如〈六州歌頭〉、〈水調歌頭〉、〈念奴嬌〉……等
等，有的適合傾吐纏綿悱惻的情思，如〈木蘭花慢〉、〈鵲橋仙〉、〈柳
梢青〉等等……，所選詞調多能與內容配合，而孝祥詞風兼具豪放婉
約風格，從選調上，已可見端倪。至於用韻方面，以韻部言，孝祥最
喜第七、三、一、四、二部，依王易說法，這幾部的聲情分別是：清
新、縝密、寬洪、幽咽、爽朗，如與孝祥詞意相比對，可發現大致吻
合；以通押情形言，與他部通押的詞共有十九首，其餘二百零五首皆
能恪守格律，不逾規矩；可見孝祥善於分辨聲情，用韻能與詞意文情
緊密配合。孝祥選調與用韻的能力，已爲他「聲律宏邁，音節振拔，
氣雄而調雅，意緩而語峭」（清·查禮《銅鼓書堂詞話》）的藝術風格，
奠下良好基礎。

　　五、在造語上，張孝祥承繼東坡「以詩爲文」的作法，更加廣
泛地運用古語古句入詞。如依經、史、子、集分，孝祥所用經語，
大致上出於書經、詩經、周禮、禮記、孟子、左傳；所用史語，大
致上出於史記、漢書、後漢書、三國志、晉書、南史、荊楚歲時記、
舊唐書；所用諸子語，以出於莊子、列子、論衡、世說新語、說苑、
開元天寶遺事爲主；化用前人詩文者甚多，如：楚辭、漢樂府古辭、
曹植、陸機、陸雲、左思、孫綽、陶潛、江淹、王維、李白、杜甫、

韓愈、李紳、杜牧、溫庭筠、陸龜蒙、夏竦、張先、蘇軾等，其中又以出自楚辭、杜甫、蘇軾者最爲常見。如此廣泛大量化用成句，在東坡之後，張孝祥是第一人。這一做法，對辛派詞人產生了很大的影響。

　　六、《于湖詞》依內容性質分，可歸納爲五大類，分別是：一、忠憤填膺的愛國詞篇，二、豪邁曠達的抒懷之作，三、委婉纏綿的幽怨情歌，四、清雋秀麗的寫景詠物之作，五、廣泛實用的酬贈唱和之作。其中第一、二類詞，是《于湖集》中的主要部份，也是最能代表《于湖詞》豪放風格的作品，歷來詞評家對這兩類詞都給予極高的評價。第三類詞，以他與李氏的愛情悲劇爲本事，寫得情意眞摯、哀婉動人。明清人如楊愼、賀裳多贊賞此類詞，認爲是壓卷之作。第四類詞，是清麗婉約的作品，風格近似晏歐。第五類詞，則良莠不齊，有很多是應酬無謂之作，但也有一些豪放曠達，表現不平凡氣宇的佳作。

　　七、在《于湖詞》的諸多特色中，最值得探討的有四點，分別是一、豪放婉約兩擅其長，二、主觀感情色彩濃烈，三、用詞典麗精於鎔裁，四、泛用佛道神仙之說入詞。其中一、二點是受東坡影響。歷來論者都將東坡、孝祥歸入豪放派詞家，就影響與主要特色言，固無不妥；但就實際情形言，東坡與孝祥的婉約詞，在數量上都比豪放詞多得多，且在藝術表現上也都有相當高的成就，因此在稱誦其豪放詞的同時，實在不宜忽略了他們的婉約詞。就第三、四點言，用典使事點化成句、以佛道神仙之說入詞，在南宋初期已逐漸形成風氣，但用典能使內容與典故溶爲一體，用事能如胸臆語「不爲事所使」（張炎《詞源》語），點化成句能另出新意、化腐朽爲神奇者，在南宋初年的詞壇上並不多見。在用典使事、點化成句的表現上，無論「質」和「量」，南宋初期詞壇在辛棄疾之前，無人能出孝祥之右；泛用佛道神仙之說入詞，也以孝祥爲最（孝祥泛用佛道神仙之說入詞，尤較稼軒爲多，此緣於宗教信仰，無關才氣）。

　　八、在詞的發展史上，張孝祥是上承蘇詞、下啓辛派的重要作家。其詞兼有清曠與豪雄兩種長處。由於孝祥十分仰慕東坡，作詩填詞常以東坡爲比擬的對象，而其情性天份、胸襟懷抱又與東坡相近，所以在南宋初期詞壇中，就以他的詞風最接近東坡。其明顯承繼東坡而加以發揮者，約有下列數點：一、清雄豪曠的風格；二、豪放與婉約兩擅其長（參第六章第一節），大致而言豪放諸作以抒懷言志表現自我者居多，婉約諸作則詠物詠事兼寫情，表現高度的寫作藝術者居多；三、以詩爲詞，大量運用成語古句入詞，使詞帶有詩與散文的意味；四、喜用「我」字，表現濃烈的主觀情感（參第六章第二節）；五、喜於調名下用題或小序。而這幾點又多是稼軒詞的特色。由此正可以見孝祥所以承蘇啓辛之處。

　　九、張孝祥的《于湖詞》無論在表現技巧或藝術境界上，都有很高的造詣，尤其是在內容上，承繼東坡，進一步擴大題材、提高詞境，啓導辛棄疾，使詞得以在辛棄疾手中，登於豪放的極致’影響所及，形成豪放一派，足以與以姜夔爲首的「格律古典」派分庭抗禮，大大的提高了詞的文學地位，使宋詞能與唐詩、元曲平列生輝，這種承上啓下的作用和在文學史（詞的發展史）上所佔有的地位是不容忽視的。論者將他與張元幹並稱爲「南宋初期詞壇雙璧」，以張孝祥如此卓越的成就，實在可以當之無愧。

張孝祥年譜

壹、凡　例

一、本譜參酌宛敏灝〈張孝祥年譜〉及徐照華〈南宋詞人張孝祥年譜〉加以考訂、增補、重編。

二、宛、徐二譜，於孝祥事蹟搜羅詳備，本譜多所取資。其繫事、援引偶有失當之處，本譜悉加考訂、覆核。

三、本譜行款如下：（一）紀年頂格書之，於干支下加注西元。（二）譜主行事低一格。（三）引證考據低二格。（四）著者注釋或心得，概加「銘按」二字以資識別。

四、譜主行實，按年繫事，再依月日先後排列。凡某年某事無月日可考者，繫於該年之最後。

五、紀年之下，先簡列該年宋史大事，以明時代情勢或相關人物行實。

六、本譜常用參考書籍或篇章，首見舉其全名並注簡稱，次見則用簡稱。其最常見者如下：

　　嘉泰元年宋槧本《于湖先生文集》　簡稱《文集》

　　《宋史・張孝祥傳》　簡稱《史傳》

　　《文集》附錄陸世良〈宣城張氏信譜傳〉　簡稱〈譜傳〉

李心傳《建炎以來繫年要錄》　簡稱《繫年要錄》
宛敏灝〈張孝祥年譜〉　簡稱〈宛譜〉
徐照華〈南宋詞人張孝祥年譜〉　簡稱〈徐譜〉

貳、譜　前

張孝祥，字安國，別號于湖；世稱張荊州或張紫微。

　　《宋史》卷三百八十九〈張孝祥傳〉（下稱《史傳》）：「張孝祥，字安國」，上海涵芬樓影宋本《于湖先生文集》（下稱《文集》）附錄〈張安國傳〉（下稱《文集・張安國傳》）、明・毛晉刊《宋名家詞》本《于湖詞》（下稱《名家詞本》）後記、《四庫全書總目》卷一五八皆同。《文集》附錄：宋・陸世良撰〈宣城張氏信譜傳〉（下稱〈譜傳〉）：「公諱孝祥，字安國，學者稱爲于湖先生」。清・陶湘涉園景宋本《于湖先生長短句》（下稱《陶本》）宋・陳應行撰〈于湖先生雅詞序〉：「于湖者，公之別號也」。《文集》卷十五〈自贊〉：「于湖，于湖，隻眼細，隻眼粗。細眼觀天地，粗眼看凡夫。」

　　《文集》附錄〈張南軒贈學士安國公歸蕪湖序〉稱孝祥爲張荊州，以其曾爲荊湖南北路安撫使之故。宋・葉紹翁《四朝聞見錄》甲集〈夏執中扁牓〉：「今南山慈雲嶺下，地名方家峪，有劉婕好寺。泉自鳳凰山而下，注爲方池，味甚甘美。上揭鳳凰泉三字，乃于湖張紫微孝祥所書。」宋・岳珂《桯史》：「王阮，德安人，嘗從張紫薇學詩，紫薇罷荊州……」《四朝聞見錄》乙集〈張于湖〉條：「今世好神怪者，以公爲紫府仙。」《廣西通志》卷二百二十二〈金石略八〉：「孝祥治有聲蹟，尤以文翰爲當世所歆羨，至不敢名，但稱張紫薇。」

　　銘按：宋乾道本《于湖先生長短句》（即陶湘所影之宋刊本）有宋人湯衡及陳應行所撰之序。湯序題作「張紫微雅詞序」，陳序則稱孝祥爲「紫微張公孝祥」。據唐・徐堅等人奉敕纂撰的《初學記》載，開元初改中書省爲紫薇省，中書令稱紫薇令；大曆間復爲中書省。或

謂唐中書省多植紫薇，故名。薇亦作微。世稱孝祥爲張紫微（或作薇），或即因孝祥曾官中書舍人之故。

原籍和州歷陽郡烏江縣

《史傳》：「歷陽烏江人。」〈譜傳〉：「本貫和州烏江縣。」《文集》卷三十七〈代總得居士回張推官〉書：「某承喻宗盟，深悉雅意。某家世歷陽之東鄙，自先祖始易農爲儒，或云唐末遠祖自若湖徙家，蓋文昌之後，文昌諱籍，見於《唐書》，烏江人也。」

宛敏灝撰〈張孝祥年譜〉（以下簡稱〈宛譜〉）按：「宋和州治歷陽，烏江爲其屬縣（紹興五年廢，七年復）。今安徽和縣東北四十里有烏江鎮。據清·陳廷桂《歷陽典錄》說：『若湖在赤堁、黃堁之間。』『州東北十五里曰赤堁，更五里曰黃堁。舊時若湖浩森，直接江濤，故築此以備水澇。云赤黃者，以土色別之也。』根據上述，孝祥籍貫原無可疑。不過宋人著述中記載已不甚一致。陸游的〈朝議大夫張公墓誌銘〉和葉紹翁的《四朝聞見錄》等都說他是烏江人；劉甲《蜀人物志》卻謂爲溫江人；王象之《輿地紀勝》又以爲簡州人。到了明代，楊慎《詞品》卷四云：『蜀之簡州人，四狀元之一也，後卜居歷陽。』毛晉跋《于湖詞》從其說，並謂：『故陳氏（振孫）稱爲歷陽人。』兩書流傳較廣，影響很大，因而至今尚有沿襲其錯誤者。」

銘按：孝祥的籍貫除上引外，《文集·張安國傳》及其他一些志、傳、筆記，均稱孝祥及其諸父爲「歷陽烏江人」或「和州烏江人」，如：宋理宗寶慶年間（1225～1227）羅濬等人纂修的《寶慶四明志》稱孝祥伯父張邵爲「歷陽人」；宋理宗景定年間（1260～1264），李幼武纂集的《宋名臣言行錄·續集》稱張邵爲「和州烏江人」。1971年3月29日發掘的「江浦黃悅嶺南宋張同之夫婦墓」出土的隨葬遺物中有張同之的墓誌「宋故運判直閣寺丞張公埋銘」（下稱〈張同之墓誌〉）一方，上載：「公諱同之，字野夫，世爲和州烏江人，蓋唐司業籍之后……父孝祥……」（見《文物》1973年四期）銘文中並明載該文爲同之子億、倪、浦等三人「謹忍死執筆，記始終大略，刻而藏諸

幽云。」故所記當爲可信。孝祥一向亦自稱歷陽人，在他所作的諸多記、序、題跋中均署「歷陽張某」；又《文集》卷三十五〈代總得居士上相府〉書云：「重念某家世歷陽，兵火之後，未嘗輕去墳墓。」卷三十七致〈胡帥（昉）〉書云：「公易鎭淝水，某家在歷陽，于公爲部中民」；致〈蔣烏江〉書云：「平昔未遂識面，而今茲乃得公爲吾父母國之宰，抑何幸耶！」清道光刊本陳廷桂撰寫、善貴補纂的《和州志》卷十二關於「文昌讀書堂」的記載，錄有孝祥詠讀書堂詩一首，小序云：「讀書堂在烏江，即唐文昌公讀書處。自五代至今，皆世守之，渡江後乃爲史氏所有。」詩中有云：「吾家文昌讀書處，好在谿山落君手。」由上可知，孝祥原籍爲和州歷陽郡烏江縣，應無可疑。言孝祥爲「溫江人」或「簡州人」者，皆不知所據。

　　銘又按：據《宋史・地理志四》載，南宋時歷陽郡爲和州州治所在。《讀史方輿紀要》卷二十九〈江南・和州〉載和州歷代沿革甚詳，今迻錄於下：「和州，禹貢揚州之域。春秋、戰國皆爲楚地；秦屬九江郡；漢因之（原注：亦爲揚州治）；三國吳爲重鎭。晉屬淮南郡；永興初，分置歷陽郡；宋永初二年，兼置南豫州；齊因之；梁初亦爲南豫州治；天監七年，仍爲歷陽郡；北齊兼置和州；後周因之。隋初郡廢，大業初，復改州爲歷陽郡。唐仍曰和州，天寶初，又爲歷陽郡，乾元初復故。五代屬於楊吳，後屬南唐，周顯德三年，取其地，宋仍曰和州（原注：亦曰歷陽郡）。元曰和州路，尋復爲州……。」

寓居蕪湖。

　　〈譜傳〉：「紹興初年，金人寇和州，隨父渡江，居蕪湖昇仙橋西。」《四朝聞見錄・乙集》：「張烏江人。寓居蕪湖，捐己田百畝，匯而爲池，圜種芙蕖楊柳，鷺鷗出沒，煙雨變態。扁堂曰歸去來。」

　　銘按：蕪湖，宋時屬江南東路太平州。清・顧祖禹《讀史方輿紀要》卷二十七〈江南九〉載：「蕪湖縣……春秋時，爲吳之鳩茲邑。漢置蕪湖縣，屬丹陽郡，以地卑蓄水而生蕪藻，因名。後漢因之。晉咸和四年，嘗爲豫州治；寧康初，僑立上黨郡及襄垣縣，寄治蕪湖，

尋改蕪湖爲襄垣。宋齊因之，屬淮南郡。隋省襄垣入當塗。唐爲蕪湖鎮。大順中，楊吳復置蕪湖縣，屬昇州。宋初，屬宣州；太平興國三年，改屬太平州。」今蕪湖縣，屬安徽省，在當塗縣西南。

〈宛譜〉按：「孝祥別號于湖，當即因遷居蕪湖關係。……由于諸縣幾經廢置和分屬，故僅能推知其縣治在今當塗與蕪湖之間。蕪湖縣治徙於吳黃武二年（223），今爲蕪湖市（縣治移灣沚）。陸游〈入蜀記〉所稱者即此。其因〈王敦傳〉斷句錯誤而稱爲湖陰者，溫庭筠已謂『樂府有湖陰曲而亡其詞』，可見前已如此。故一般人久已視于湖、湖陰爲蕪湖的古名。」

銘又按：清・顧嗣立重校《溫飛卿詩集》卷一有〈湖陰詞〉，其序云：「王敦舉兵至湖陰，明帝微行視其營伍，由是樂府有湖陰曲而亡其詞，因作而附之。」《晉書・明帝紀》：「（太寧二年）六月，敦將舉兵內向，帝密知之，乃乘巴滇駿馬微行，至于湖，陰察敦營壘而出。……敦正晝寢，夢日環其城，驚起曰：『此必黃鬚鮮卑奴來也』……於是使五騎物色追帝。帝亦馳去，馬有遺糞，輒以水灌之；見逆旅賣食嫗，以七寶鞭與之，曰：『後有騎來，可以此示也。』俄而追者至，問嫗。嫗曰：『去已遠矣。』因以鞭示之。五騎傳玩，稽留遂久，又見馬糞冷，以爲信遠而止追。帝僅而獲免。」楊慎注曰：「帝至于湖爲句，陰察營壘爲句，溫作湖陰，誤也。」《晉書・地理志》：「于湖，縣名，屬丹陽郡。」今蕪湖市赭山南麓陶塘的萃雨墩有歸去來堂遺址。陶塘又名鏡湖，現已闢爲「鏡湖公園」。孝祥〈蝶戀花・懷于湖〉詞有「春到家山須小住」句。〈宛譜〉云：「『家山』二字，似說明他已把蕪湖看作故鄉。」

中唐詩人張籍之後。

〈宛譜〉：「孝祥但自稱『文昌之後』（引見上）。而《文集》附錄兩傳（〈張安國傳〉、〈譜傳〉）及清・王善槤〈遊桃花塢記〉均誤稱孝祥爲籍之七世孫。依年代推算，顯有數世失考。」

銘按：據《唐書》卷一百七十六〈韓愈傳〉所附張籍事迹可知，

籍約生於唐代宋永泰年間（西元 767 年前後），卒於唐文宗大和年間
（西元 830 年前後），為中唐時之大詩人，與韓愈、柳宗元同時，而
孝祥則生於宋高宗紹興二年（1132），從籍之生年至孝祥之生年，相
距約有三百六十多年。如果孝祥是籍之七世孫，則在他們中間的六
代，平均歲差六十餘歲，這在事實上是不可能的。根據現有的資料，
新、舊《唐書・韓愈傳》所附的張籍事迹，均不載其下世系，惟《和
州志・張籍傳》卷十八說過「籍子闇」，再下即無記載。孝祥從弟孝
伯託陸游撰寫的〈朝議大夫張公（郯）墓誌銘〉說張郯的「曾大父諱
延慶，大父諱補，……父諱幾」，延慶之上即無記載，這顯然是當時
張孝伯也沒有搞清楚的問題，所以在墓誌銘中才沒有上溯到張籍。張
同之的墓誌銘則只上述到幾（所載與〈張郯墓誌銘〉相符），幾以上
亦無記載。因此，闇與延慶之間必然尚有若干代，現無資料可考。而
孝祥作為籍之後世諸孫，至少應在十世以上（參閱韓酉山〈張孝祥若
干事迹考略〉，原文載《江淮論壇》1981 年第二輯）

祖父幾，贈金紫光祿大夫，鄉譽尤高。

　　《宋元學案補遺》卷四十一〈衡麓學案補遺・張氏學侶〉（下稱
《宋元學案補遺・張邵》）：「張邵，字才彥，烏江人，唐國子司業籍
之後。世儒家。父幾，贈金紫光祿大夫，鄉譽尤高。」

　　銘按：陸游《渭南文集》卷三十七〈朝議大夫張公墓誌銘〉（或
稱〈張郯墓誌銘〉）說張郯「父諱幾」；張同之墓誌銘說同之「曾祖幾」。
邵為孝祥伯父，郯為孝祥叔父，同之為孝祥長子，故知幾為孝祥祖父。

父祁，字晉彥，世稱總得居士。累官直秘閣右承議郎、淮南轉
運判官兼淮西提刑。負氣高義，工詩文。

　　〈譜傳〉：「父祁，任直秘閣、淮南轉運判官。」宋・李心傳《建
炎以來繫年要錄》（下稱《繫年要錄》）卷一百六十九：「（紹興二十五
年十月）乙酉，右正言張扶言：謹按右承議郎張祁，本農家子，緣其
兄邵奉使，遂叨一命」，又：卷一百八十一：「（紹興二十九年正月）

辛巳……孝祥父祁見任右承議郎。……三月……甲戌，右朝奉郎新知蔣州張祁爲淮南轉運判官，兼淮南西路提點刑獄公事。」

清・黃宗羲《宋元學案》卷四十一〈衡麓學案・衡麓講友〉：「張祁，字晉彥，歷陽人。……先生負氣高義，工詩文。趙豐公、張魏公皆器遇之……晚嗜禪學，號總得翁。」明・凌迪知《萬姓統譜》卷三十九：「張祈字晉彥，歷陽人。以兄邵使虜恩補官。祁負氣高義，工詩文。趙鼎、張浚皆器遇之。」

母孫夫人。繼母李氏封恭人，時氏封碩人。

《文集》卷三十五與〈明守趙敷文〉書：「某頃寓居鄞郭餘十年，王母馮夫人歿，葬西山。皇妣孫夫人以婦從姑，而世父待制公、季父莆田丞公以子從母，皆葬其下，故家視四明猶鄉里。」卷三十七〈亡妻時氏宿告文・戩〉：「吾王母馮夫人，皇妣孫夫人，實葬四明。」

〈宛譜〉：「母時氏。按張祁三娶——孫氏、時氏、李氏，孝祥分別稱爲『皇妣』、『所生母』、『繼母』」

銘按：〈宛譜〉所述可能有誤。分述如下：（一）據〈張同之墓誌〉：「祖祁，朝請大夫、直秘閣；妣孫氏、李氏恭人、時氏碩人。」可知張祁三娶，其順序應爲孫氏、李氏、時氏。宋自政和改定母妻封贈爲：夫人、淑人、碩人、令人、恭人、宜人、安人、孺人八等；時氏封碩人較李氏封恭人高二等，可能即是因祁娶時氏於李氏歿後，時氏受封於孝祥官階較高之時。（二）孝祥於《文集》中屢稱孫氏爲「皇妣」（引見上），卷二十五〈設九幽醮薦所生母〉則僅言：「終身之恨，弗逮於慈容……」據此只可確知孝祥生母早卒，但未審生母爲何人；〈宛譜〉云「所生母」指時氏，無據。（三）據宋・韓元吉《南澗甲乙稿》（引見年譜紹興四年）知孝祥有妹名法善，小孝祥二歲，爲李氏所出。以此推測，可能孫氏生孝祥後旋歿，祁即娶李氏爲繼室。又據《南澗甲乙稿》卷二十一〈方公墓志銘〉知李氏尚有一妹嫁方滋。如孝祥出於李氏，則方滋爲孝祥姨父，然而孝祥與方滋同朝作官多年，雖敬之爲父執，關係也很親密，但始終未稱方滋爲姨父。因此，孝祥出於李

氏的可能性不大。（四）檢《文集》中，孝祥未有稱「繼母」者。《繫年要錄》卷一百八十一：「（紹興二十九年正月）辛巳，宰執進呈起居舍人兼權中書舍人張孝祥箚子，慶壽詔書：凡通籍於朝者，皆貤恩其父母。孝祥父祁見任右承議郎，母時氏以親父官方封孺人，欲望特許依孝祥官序，引用恩詔加封。從之。」卷一百八十三：「（紹興二十九年）八月壬子朔，殿中侍御史汪澈（或作徹）言……孝祥繼母纔以父官封孺人，孝祥輒乞用己官職躐封恭人。」綜上二引，此「繼母」爲汪澈所言，指稱時氏，非孝祥稱李氏之言。汪澈與孝祥同館職多年，當不致誤稱。（五）〈宛譜〉認定時氏爲孝祥生母只列證據一則：《文集》卷十五〈贈時起之〉：「某於時氏既外諸孫，又娶仲舅之女。」然而，此言只能確定時氏與孝祥有母子關係（孝祥所娶正室亦姓時），並不能證明孝祥即是時氏所生。且時氏適祁在李氏之後，孝祥妹法善爲李氏所出，則孝祥非出於時氏，其理甚明。綜上所述，可知孝祥生母，以孫氏最爲可能（徐照華〈張孝祥年譜〉亦作「母孫夫人」）。

孝祥俊逸，文章過人。

《史傳》：「孝祥俊逸，文章過人」又：「讀書一過目不忘，下筆頃刻數千言。年十六領鄉書，再舉冠里選。」《文集》張孝伯序：「每見於詩、於文、於四六，未嘗屬稿。和鉛舒紙，一筆寫就，心手相得，勢若風雨。孝伯從旁抄寫，輒笑謂曰：『錄此何爲？』間（《文集》作「問」，據《陶本》改）從手掣去。良繇天才超絕，得之游戲，意若不欲專以文字爲事業者。一日謂孝伯曰：『汝作一月工夫，我只消一日，明日便有用處。』夫所謂用者，豈章句而已哉！」

銘按：明・張弘開刊《二張集》（張籍、張孝祥）卷前有楊侯胤〈張于湖先生跋〉：謂「先生資稟天授，七歲賦詩文，髫年著作盈帙，弱冠登鼎甲。」

少年氣銳，剛正不阿。議論風采，卓然絕人。

〈譜傳〉：「初，公與汪徹（銘按：《史傳》作澈）同館職，修先

朝實錄。徹老成畏禍，務在磨稜，公少年氣銳，欲悉情狀，往往凌拂。」
又：「公性剛正不阿，秦塤同登第，官禮部侍郎，一揖之外，不交一
言。」又：「公起布衣，被簡遇，入司帝制，出典藩翰，議論風采，
文章政事，卓然絕人。歷事中外，士師其道，吏畏其威，民懷其德，
所至有聲。」《文集‧張安國傳》：「紹興二十四年，廷試第一。策問
師學淵源，秦檜之子塤與曹冠皆力攻程氏專門之學，孝祥獨不攻。考
官魏師遜已定塤冠多士，孝祥次之，曹冠又次之。高宗讀策，皆檜、
塤語，於是擢孝祥第一，而塤第三，御筆批云：『議論確正，詞翰爽
美，宜以爲第一。』在廷百官，莫不歎羨，都人士爭錄其策而求識面。」
又：「初對百言，乞總覽權綱以盡更化之美，又言官吏忤故相意，并
緣文致，有司觀望，鍛鍊而成罪，乞令有司即改正。又言王安石作日
錄，一時政事美則歸己，故相信任之專非特安石，臣懼其作時政記亦
如安石專用己意，乞取已修日曆詳審定，正黜私說以垂無窮。從之。」
又：「會芝生太廟楹，百官賀畢，或獻賦頌，孝祥獨上〈原芝〉一篇
以諷之。時儲位尚虛，以大本未立爲言，且言芝在仁宗、英宗之室，
天意可見，乞早定大計，高宗首肯。」

　　銘按：《文集》附錄有沈約之〈挽于湖詩〉：「氣概凌雲孰敢先，
中興事業冠英躔。朝廷議論一言定，翰墨風流四海傳。」

惜從政之初，見忌於秦檜；後又不悅於湯思退。雖早負才畯，
莅政揚聲；而旅進旅退，終留用才不盡之嘆。

　　《史傳》論曰：「張孝祥早負才畯，莅政揚聲。」〈譜傳〉：「奈何
筮仕之初，見忌於檜，既而不悅於湯，旅進旅退……卒不能究其所施，
齎志以歿，惜哉！」

　　《史傳》：「上之抑塤而擢孝祥也，秦檜已怒；既知孝祥乃祁之子，
祁與胡寅厚，檜素憾寅……」〈譜傳〉：「先是，岳飛卒於獄，時廷臣
畏禍，莫敢有言者。公方第，即上疏言岳飛忠勇天下共聞……當亟復
其爵，厚恤其家，表其忠義……秦相益忌之。」

　　《史傳》：「孝祥登第，出湯思退之門。思退爲相，擢孝祥甚峻……

及受（張）浚荐，思退不悅。」〈譜傳〉：「自渡江以來，大議惟和與戰，魏公（張浚）主戰，湯相主和。公始登第出思退之門，及魏公志在恢復，公力贊相，且與敬夫志同道合，故魏公屢薦公，遂不爲思退所悅。」

《文集・張安國傳》：「請祠，會以疾終卒。孝宗惜之，有用才不盡之嘆。」〈譜傳〉：「卒之日，商賈爲之罷市，兩河之民，惶惶如失所恃。帝聞之，惜其有用才不盡之嘆。」

平生忠憤激切之懷，不能自已者，往往發之於詞。

湯衡〈張紫微雅詞序〉：「衡嘗獲從公游，見公平昔爲詞，未嘗著稿，筆酣興健，頃刻即成，初若不經意，反復究觀，未有一字無來處。如歌頭凱歌、登無盡藏、岳陽樓諸曲，所謂駿發踔厲，寓以詩人句法者也。」陳應行〈于湖先生雅詞序〉：「至於託物寄情，弄翰戲墨，融取樂府之遺意，鑄爲毫端之妙詞，前無古人，後無來者，散落人間，今不知其幾也。」《文集》謝堯仁序：「樂府之作，雖但得于一時燕笑咳唾之頃，而先生之胸次筆力皆在焉。」清・陳廷焯《白雨齋詞話》卷一：「張安國詞，熱腸鬱思，可想見其爲人。」

〈宛譜〉按：「《文集》謝堯仁序謂孝祥『雄略遠志，其欲掃開河洛之氛祲，盪洙泗之羶腥者，未嘗一日而忘胸中。』今觀孝祥存詞之抒發此種思想感情者，如：『洙泗上，絃歌地，亦羶腥』（六州歌頭）；『我欲乘風去，擊楫誓中流』（水調歌頭・和龐佑父聞采石戰勝）；『休使沙場虜騎，尚餘疋馬空還』（木蘭花慢）；『君王自神武，一舉朔庭空』（水調歌頭・凱歌上劉恭父）；『好把文經武略，換取碧幢紅旗，談笑掃胡塵』（同調・送謝倅之臨安）；『欲吐平生孤憤，壯氣橫秋……長望東南王氣，從教西北雲浮，斷鴻萬里，不堪回首，赤縣神州』（雨中花慢）；『看東南佳氣鬱葱葱，傳千億』（滿江紅・玩鞭亭）；『萬里中原烽火北，一尊濁酒戍樓東』（浣溪沙・荊州約馬舉先登城樓觀塞）。凡此皆忠憤塡膺，足以喚醒當時聾瞶。」銘按：〈滿江紅・玩鞭亭〉，《文集》作〈滿江紅・于湖懷古〉，《名家詞本》作〈滿江紅・玩鞭亭、

乾道元年正月十日〉，〈宛譜〉殆據《名家詞本》定題。

又工詩文，兼長書法。

《文集》謝堯仁序：「于湖先生，天人也。其文章如大海之起濤瀾，泰山之騰雲氣，倏散倏聚，倏明倏暗，雖千變萬化，未易詰其端而尋其所窮，然從其大者目之，是亦以天才勝者也。故觀先生之文者，亦但當取其繆轕斡旋之大用，而不在於苛責於纖末瑣碎之微。先生氣吞百代而中猶未慊，蓋尚有凌轢坡仙之意。」宋・王質《雪山集》卷五〈于湖集序〉：「歲丁丑，某始從公于臨安。間謂某曰：『吾有志于文章，將須成于子，其請為我言之。』某謝不能。公益切，某不得已而為之言：『文章之根本皆在六經，非惟義理也，而其機杼物采規模制度無不具備者也。』……歲己丑，某下峽過荆州，公出其文數十篇，于是超然殆不可追躡，非漢唐諸子所能管攝也。」《四庫總目提要》：「今觀集中諸作，大抵規摹蘇詩，頗具一體，而根柢稍薄，時露竭蹶之狀。堯仁所謂讀書不十年者隱寓微詞，實定論也。然其縱橫兀傲，亦自不凡。故《桯史》載王阮之語，稱其平日氣吐虹霓；陳振孫亦稱其天才超逸云。」

《史傳》：「孝祥俊逸，文章過人，尤工翰墨，嘗親書奏箚，高宗見之，曰：『必將名世』《四朝聞見錄・乙集》：「高宗酷嗜翰墨，于湖張氏孝祥廷對之頃，宿酲猶未解，濡毫荅聖問，立就萬言，未嘗加點。上訝，一卷紙高軸大，試取閱之，讀其卷首，大加稱獎，而又字畫遒勁，卓然顏魯，上疑其為謫仙，親擢首選。……張正謝畢，遂謁秦檜。檜語之曰：『上不惟喜狀元策，又且喜狀元詩與字，可謂三絕』」宋・陳振孫《直齋書錄解題》卷十八：「上嘗有用才不盡之嘆，其文翰皆超逸天才也。」陸游《渭南文集》卷二十八〈跋張安國家問〉：「紫微張舍人書帖為時所貴重，錦囊玉軸，無家無之」。宋・朱熹《朱子大全》卷八十四〈跋張安國帖〉：「安國天資敏妙，文章政事皆過人遠甚。其作字多得古人用筆意。使其老壽，更加學力，當益奇偉」。宋・曹勛《松隱集》卷三十二〈跋張安國草書〉：「安國此字，尤為清勁。

如枯松折竹，架雪凌霜，超然自放於筆墨之外」；同卷〈跋張安國題字〉：「顯貴英游，乃如湖海之士。胸貯丘壑，筆力扛鼎，以飽學妙蘊移其骨相。展玩數過，方想漫仕之風度，挹筆墨之秀發，而末奉延陵之臨寫，絕歎點畫之超詣，昂霄聳壑過數等矣。因知風檣陣馬，一日千里，孰不瞠乎若後哉！」。宋・楊萬里《誠齋集》卷九十九〈跋張安國書〉：「張安國書甚眞而放如此，然學之者皆未嘗見公之足於戶下者也。」又卷一百一〈跋張伯子所藏兄安國五帖〉：「于湖張公，下筆言語妙天下。當其得意，詩酒淋浪，醉墨縱橫，思飄月外，興逸天半」。《文集》附錄：張栻〈贈于湖詩〉：「名談宿霧捲，逸氣孤雲橫，揮斥看翰墨，笑語皆詩成」。

　　〈宛譜〉按：「孝祥嗜書，屢見於詩。〈題蔡濟忠所摹御府米帖〉：『平生我亦有書癖』（《文集》卷二）。〈謝劉子思送筆〉：『不嫌夜艾剪銀燭，爲君一掃千兔禿。』（《文集》卷十一）今廬山玉淵潭有鑱石玉淵兩大字，其書帖亦尙有存者。」

今存《于湖居士文集》四十卷。詞集之單行者有《于湖先生長短句》五卷，拾遺一卷。

　　今存孝祥所作，以《于湖居士文集》四十卷本，最爲詳備。原槧舊藏慈谿李氏，現藏國立中央圖書館，民國 18 年上海涵芬樓曾影印刊行，四部叢刊初編即據此本。據卷首謝堯仁及張孝伯序知乃孝祥從弟孝伯盡以家藏與諸家所刊屬王大成校讐付梓，堯仁應孝伯請而爲之序。宋寧宗嘉泰元年（1201）孝祥卒後三十二年刊於南昌。此本所存以詩最多，文次之，詞又次之，共得千餘篇。近人徐鵬校點《于湖居士文集》即據此本排印。另有明・焦竑、張弘開等輯刊之《二張集》本《張于湖集》八卷、《附錄》一卷，及清・丁國鈞《寶彝室叢鈔》本《宋張孝祥于湖集》十二卷。惟此二本搜羅未備，分類欠妥，又時有違舛。

　　詞之單行者，〈宛譜〉所述堪稱精要，今迻錄如下：「今傳《文集》四十卷本，其中卷三十一至三十四爲樂府。吳昌綏雙照樓景印宋本《于

湖居士樂府》四卷即自此出。陶湘涉園景印宋單行本《于湖先生長短句》五卷、拾遺一卷，卷端有湯衡及陳應行序，目錄下并各注宮調，蓋出乾道間刻本。……南京圖書館藏李子仙影宋抄本《張于湖雅詞》與此本同，但抄寫時有偽舛。兩宋本互有短長，然俱較《宋六十名家詞》本《于湖詞》三卷爲勝。因毛晉初僅就《花庵詞選》等輯刊一卷，以備一家。後見乾道單行本，又取其不重復者另編兩卷以續之。唐圭璋輯《全宋詞》初以陶刻一百七十四首爲主，而另據《文集》及《花庵詞選》、《永樂大典》、《較輯宋金元詞》等校補，共得二百二十三首。其混入或偽托者皆刪去而別爲附錄。現行標點本則改以《文集》樂府爲主，蓋以存詞較陶本爲多。」

　　銘按：吳昌綬雙照樓景宋本《于湖居士樂府》四卷據饒宗頤《詞籍考》卷四云，乃盛伯希所藏宋槧本，由袁寒雲夫人劉梅眞景摹，與慈谿李氏所藏有三數字筆畫微異。孝祥詞作以唐圭璋《全宋詞》所輯二百二十三首最爲完備。另孔凡禮《全宋詞補輯》又自明抄《詩淵》第二十五冊輯得〈南歌子〉（儉德仁諸族）一首。總計今存孝祥詞可考者，共二百二十四首。

參、年　譜

宋高宗紹興二年壬子（1132）一歲

　　耶律大石稱帝於撒馬爾罕一帶，史稱西遼。韓世忠定建州。岳飛大破曹成。朱勝非相，召張浚知樞密。

孝祥出生於明州鄞縣之方廣院。

　　〈譜傳〉：「紹興甲戌（1154），廷試擢進士第一，時年二十有三」。宋・李心傳《建炎以來朝野雜記》（下稱《朝野雜記》）甲集卷九：「本朝……狀元年三十以下者……梁內翰顥、張舍人孝祥、王尙書佐皆二十三」。《宋史・高宗本紀》：「（紹興二十四年三月）乙亥，賜禮部進士張孝祥以下三百五十六人及第出身」。《繫年要錄》卷一百六十六：

「（紹興二十有四年三月）賜孝祥以下三百五十六人及第至同出身」。據以上資料推算，孝祥當生於本年。

銘按：明州鄞縣即今浙江鄞縣。孝祥出生何地，諸傳語焉不詳，惟據方志可考而得之。宋・羅濬等人所撰的《寶慶四明志》卷九〈敘人中・先賢事跡下〉載張邵事跡云：「侄孝祥，字安國，生鄞縣方廣院之僧房。」元・袁桷等人所撰的《延祐四明志》卷四載：「張邵，字才彥，其先和州烏江人。宣和三年（1121）登上舍第，建炎初假禮部尚書使金，補其弟祁爲明州觀察推官，奉母居于鄞，卒葬之雷峰，因家焉。而祁子孝祥生于雷峰。」據《寶慶四明志》卷十三〈鄞縣志第二，敘祠、寺院〉記載，方廣院在縣西南五十里的桃源鄉，舊號泗州院，唐咸通十一年（870）建，宋治平二年（1065）賜名方廣院。雷峰即方廣院所在地名。關於孝祥出生地，韓酉山在〈張孝祥若干事迹考略〉一文中考證甚詳，可供參考。

是年，**秦檜四十三歲。岳飛三十歲。汪澈二十四歲。韓元吉十五歲。陸游八歲。范成大七歲。楊萬里、王質皆六歲。朱熹三歲。**

秦檜，哲宗元祐五年庚午（1090）生（《宋史》卷四百七十三）。

岳飛，徽宗崇寧二年癸未（1103）生（岳珂《武穆行實編年》）。

汪澈，徽宗大觀三年己丑（1109）生（《宋史》卷三百八十四）。

韓元吉，徽宗宣和元年戊戌（1118）生（《宋史翼》卷十四）。

陸游，徽宗宣和七年乙巳（1128）生（錢大昕《陸放翁年譜》）。

范成大，欽宗靖康元年丙午（1126）生（周必大〈資政殿大學士贈銀青光祿大夫范公神道碑〉）。

楊萬里，高宗建炎元年丁未（1127）生（張健〈楊萬里的文學理論研究〉）。

王質，高宗建炎元年丁未（1127）生（《宋史》卷三百九十五）。

朱熹，高宗建炎四年庚戌（1130）生（李元祿《朱子年譜綱目》）。

紹興三年，癸丑（1133）二歲

岳飛討平江廣群盜。劉光世、韓世忠、王爕、岳飛分屯沿江。李成陷京西六郡。兀朮陷和尚原。

張栻生。

張栻字敬夫，號南軒，廣漢人，張浚之子。少穎悟，及長潛心理學，與朱熹、孝祥爲友。師事胡宏，宏告以孔門論仁親切之旨，益自奮勉，作希顏錄以見志。生平事蹟詳於《朱文公文集》卷八十九〈張公神道碑〉，宋史有傳。

銘按：孝祥與張栻、朱熹由於政治見解相同（同是主戰），深相契合。帥長沙之時，嘗築「敬簡堂」，與栻等講性命之學。《四朝聞見錄》云：「惜其資稟太高，浸淫詩酒。既與南軒、考亭先生爲輩行友，而不能與之相琢磨以上續伊、洛之統。」《文集》卷十二有絕句〈次南軒喜雨韻〉四首、〈題朱元晦所書凱歌卷後〉。《文集》附錄有：〈朱晦翁贈學士安國公敬簡堂詩〉、〈張南軒贈學士安國公敬簡堂記〉，並有張栻所撰之〈祭于湖先生文〉、〈贈于湖詩〉、〈于湖像贊〉。

紹興四年甲寅（1134）三歲

劉豫子麟以金兵入寇。韓世忠大敗金人於大儀，追至淮，爲中興武功第一。帝自將，次平江。張浚知樞密，視師江上。金兵自淮引還。

妹法善生。

韓元吉《南澗甲乙稿》卷二十二〈安人張氏墓誌銘〉：「夫人張姓，諱法善，世爲和州清曠人。伯父邵，始登進士第，爲敷文閣待制。贈其祖幾，至金紫光祿大夫。父祁，歷淮南轉運，知江州，寓直秘閣，終右朝散郎。妣李氏，某官文淵女也。夫人生二十四年，爲右朝請郎直祕閣今寧國府長史韓君元龍繼室，年三十九，乾道八年九月二十四日歿于寧國官舍。……蓋夫人之兄孝祥，妙年以文學冠多士，入中書爲舍人，名聲籍甚。」

紹興五年乙卯（1135）四歲

正月，金太宗卒，熙宗亶立。二月，帝還臨安，趙鼎、張浚並相。

四月，徽宗、鄭后卒於金。六月，岳飛大破楊么於太湖，湖湘平。

紹興六年丙辰（1136）五歲

岳飛復蔡州，又敗劉豫兵於唐州，上疏請恢復中原，帝不許，飛乃還鄂。十月，劉麟、劉猊寇淮西，楊沂中等大敗猊於藕塘。趙鼎罷。韓世忠敗金於淮陽。

紹興七年丁巳（1137）六歲

秦檜知樞密。遣王倫如金。帝如建康。岳飛以母喪歸里，詔起鎮鄂。張浚免，趙鼎復相。金廢偽齊劉豫，韓世忠、岳飛請伐金收復中原，帝不許。

從弟孝伯生。

《文集》張孝伯序：「于湖先生長孝伯五歲。」

銘按：孝伯，字伯子，自號篤素居士。爲孝祥六叔父郯之子。隆興元年（1163）進士，官至參知政事。時韓侂冑當國，孝伯勸弛僞學黨禁，一時賢人貶斥者，得漸還故職。事詳《寶慶四明志》卷九、《延祐四明志》卷四。〈譜傳〉云：「參知政事孝伯，世稱賢相」。

紹興八年戊午（1138）七歲

定都臨安。秦檜相，侍郎晏敦復曰：『姦人相矣！』。王倫偕金使來。趙鼎罷。詔群臣議乞和，貶胡銓，罷王庶，遂拜表稱臣於金。

紹興九年己未（1139）八歲

以金國通和大赦。五月，李世輔自夏來歸，賜名顯忠。吳玠卒。金兀朮毀成約，執宋使，分道南侵，宋亦出兵。蒙古襲敗金人於海嶺。

紹興十年庚申（1140）九歲

故相李綱卒。吳璘敗金於扶風。劉錡大敗金兀朮於順昌，兀朮走汴。韓世忠復海州。王德復宿州。七月，岳飛擊走兀朮於郾城，追至朱仙鎮大破之，遣使修葺諸陵，河北響應，秦檜以詔促飛班師還鄂，並盡罷諸軍。

辛棄疾生。

辛棄疾，歷城人，生於紹興十年。（見梁啓超《稼軒先生年譜》、陳滿銘《稼軒詞研究・稼軒年表》）

紹興十一年辛酉（1141）十歲

金兀朮再舉兵陷壽春，入廬州。詔罷韓世忠、張浚、岳飛、吳璘兵權。和議成，宋奉表割地納貢稱臣於金。檜殺岳飛。

隨父渡江居蕪湖。

《譜傳》：「紹興初年，金人寇和州，隨父渡江，居蕪湖昇仙橋西。時公甫數歲。」

〈宛譜〉按：「金兵南侵稍緩時，張祁可能攜孝祥自四明一度回原籍。但紹興十一年正月乙卯，金兀朮又犯壽春（今安徽壽縣），進陷廬州（今安徽合肥市），並遣兵入無為軍（今安徽無為縣）、和州（今安徽和縣）剽掠。淮南之人皆避亂過江。丁卯，劉錡趨東關（今屬安徽含山縣，在淮南鐵路線上），依山據水以遏金人之衝，江南稍安。二月，兀朮自廬趨和，游騎至江。癸酉，王德自采石鎮（今屬馬鞍山市）渡江克復和州，兀朮退昭關（今屬安徽含山縣）。乙亥，金人復來爭和州，張浚敗之。癸未，王德等得含山及昭關。丁亥，劉錡等大敗兀朮軍於柘皋鎮（今屬安徽巢縣），乘勝收復廬州（參考《建炎以來繫年要錄》卷一三九及《宋史紀事本末》卷七十一）。據此孝祥隨父渡江當在本年正月。」

銘按：韓酉山〈張孝祥若干事迹考略〉一文謂：「孝祥遷居蕪湖，約在紹興十三年。」然因其語意模稜，所列證據又不足證明孝祥遷居蕪湖的明確時間，故依宛說，作紹興十一年。

十二月，岳飛父子遇害。

《宋史・高宗本紀》：「（紹興十一年十二月）癸巳，賜岳飛死於大理寺。」

銘按：岳飛於紹興十一年十二月遇害，享年三十九，諸傳所記皆

同。據李安《岳飛行實與岳珂事蹟》甲編〈岳珂撰「武穆行實編年」考註〉云：「經依宋史、宋史紀事本末、李心傳撰建炎以來繫年要錄、岳珂撰金佗粹編與三朝北盟會編（徐夢莘編）、金國南遷錄（金臣張師顏編）、大金國志（宇文懋昭撰）、岳鄂王年譜（錢汝雯編）、岳武穆年譜（李漢魂編）等書，並其他關係史料再三研究，反覆求證，以爲岳飛之死，實基於秦檜之通敵，高宗之思母，兩者相互以成。」其說剖析精微，舉證詳實，可供參考。

紹興十二年壬戌（1142）十一歲

金人以衰冕來冊帝。万俟卨參政。金人歸徽宗之喪。大赦，加秦檜太師，封魏國公。

紹興十三年癸亥（1143）十二歲

正月，作太學，以岳飛宅爲之。七月，行人洪皓、張邵、朱弁還自金。帝書六經刻石於太學。十二月，復置三館。

伯父邵自金歸國。

《宋史》卷三百七十三〈張邵傳〉「（紹興）三年，金人南侵，詔求可至軍前者，邵慨然請行……十三年，和議成，及（洪）皓、（朱）弁南歸。」《齊東野語》：「歷陽張邵才彥，乃總得居士祁晉彥之兄也。建炎三年，自承奉郎上書賜對，假大宗伯奉使撻覽軍前，拘留幽燕者凡十五年。及和議成，紹興十三年，始與洪皓、朱弁俱還。」

銘按：邵出使自建炎三年（1129），至紹興十三年（1143）始歸，前後正十五年，不誤。諸傳所載亦皆相同，獨《宋名臣言行錄・續集》：「張邵……使虜十年始歸」文中未載起迄年，可能是「十」字下漏「五」字。

紹興十四年甲子（1144）十三歲

初禁野史。貶趙鼎於吉陽軍，鼎謝表有曰：「白首何歸，悵餘生之無幾；丹心未泯，誓九死以不移。」秦檜見之曰：「此老倔強猶昔」。宋使王倫爲金所殺。

紹興十五年乙丑（1145）十四歲

　　七月放張浚於連州。

紹興十六年丙寅（1146）十五歲

　　金殺其翰林學士宇文虛中。金熙宗伐蒙古，敗績。

紹興十七年丁卯（1147）十六歲

　　故相趙鼎卒於吉陽軍。金割西平河以北之地予蒙古以和。
中鄉試。

　　《史傳》：「年十六領鄉書」。《文集・張安國傳》、〈譜傳〉皆同。
祖母馮太夫人卒。

　　《宋元學案補遺》卷四十一〈衡麓學案補遺・張氏學侶〉：「張
邵……（紹興）十七年丁母憂。」
長子同之生。

　　〈宛譜〉：「據 1971 年 3 月 29 日江蘇江浦縣出土的〈宋故運判直
閣寺丞張公埋銘〉（見《文物》1973 年四期），同之以慶元二年（1196）
三月卒，終年五十。上推知生於本年。是孝祥與同之生母李氏同居至
遲在今年春季，或在去年。」
作〈題定山寺〉詩。

　　《文集》卷十絕句〈題定山寺〉：「蹇驢夜入定山寺，古屋貯月松
風清。止聞掛塔一鈴語，不見撞鐘千指迎。」《宋詩紀事》卷五十一
題下注：「時年十六歲」。

紹興十八年戊辰（1148）十七歲

　　檜子熺知樞密，旋罷。朱熹登王佐榜進士。金以完顏亮爲右丞相。
丘處機生。葉夢得卒。

紹興十九年己巳（1149）十八歲

　　十二月，金完顏亮弒其主亶而自立。
居建康，師同鄉蔡清宇。

《文集》卷二十九〈汪文舉墓誌銘〉：「余年十八，時居建康，從鄉先生蔡君清宇爲學。」

伯父邵以敷文閣待制提舉江州太平興國宮。

《宋史・張邵傳》：「（紹興）十九年，以敷文閣待制提舉江州太平興國宮。」《宋元學案補遺・張邵》：「張先生邵……紹興十九年除敷文閣待制，提舉江州太平興國宮。」

紹興二十年庚午（1150）十九歲

殿司軍士施全刺秦檜，不克，檜殺之。三月，下李光子孟堅於大理獄，流之峽州；責降徽猷閣直學士胡寅等。十月，金主亮殺其左副元帥薩里罕等，夷其族。葉適生。

作〈壽芝頌〉。

《文集》卷一〈壽芝頌代總得居士上鄭漕并序〉，原注：「時年十九作」。

紹興二十一年辛未（1151）二十歲

金主大營宮室於燕。八月，韓世忠卒，諡忠武。

紹興二十二年壬申（1152）二十一歲

紹興二十三年癸酉（1153）二十二歲

金遷都於燕。陸游試鎖廳第一。朱熹始受學於延平李先生之門。

再舉冠里選。與從弟孝伯會於臨安。

《史傳》：「再舉冠里選。」《文集・張安國傳》、〈譜傳〉皆同。《文集》張孝伯序：「垂髫奉書追隨，未嘗一日相捨。別去餘十年，先生再冠賢書，會于臨安，時紹興癸酉也。」

紹興二十四年甲戌（1154）二十三歲

金始置交鈔庫。以秦檜孫秦塤修撰實錄。加秦熺少傅，封嘉國公。十二月，西遼耶律伊呼死，其妹布沙堪權國事。

三月，廷試擢進士第一。

〈譜傳〉：「紹興甲戌，廷試擢進士第一，時年二十有三。」《續資治通鑑》（下稱《續通鑑》）：「（紹興二十四年三月），親試舉人，考官以秦檜孫塤爲第一，後改張孝祥。」《史傳》：「紹興二十四年，廷試第一。時策問師友淵源，秦塤與曹冠皆力攻程氏專門之學，孝祥獨不攻。考官已定塤冠多士，孝祥次之，曹冠又次之。高宗讀塤策皆秦檜語，於是擢孝祥第一，而塤第三」。《宋史‧高宗本紀》：「（紹興二十四年三月）賜禮部進士張孝祥以下三百五十六人及第出身。」

《繫年要錄》卷一百六十六：「（紹興二十有四年三月）辛酉，上御射殿，策該正奏名進士。先是，秦檜奏以御史中丞魏師遜、權禮部侍郎兼直學士院湯思退、右正言鄭仲熊同知貢舉，吏部郎中權太常少卿沈虛中、監察御史董德元、張士襄等爲參詳官。師遜等議以敷文閣待制秦塤爲榜首，德元從謄錄所取號而得之，喜曰：『吾曹可以富貴矣』……於是師遜等定塤爲首、孝祥次之、冠又次之。上讀塤策，覺其所用皆檜、熺語，遂進孝祥爲第一，而塤爲三。」

銘按：《齊東野語》卷十三、《南宋書》卷三十一、《南宋文範‧作者考卷上》、《宋元學案補遺》卷四十一所記皆同。又：虞允文、楊萬里、范成大俱同榜進士。

上疏請表岳飛忠義。

〈譜傳〉：「先是岳飛卒於獄，時廷臣畏禍，莫敢有言者。公方第，即上疏言：『岳飛忠勇天下共聞，一朝被謗，不旬日而亡，則敵國慶幸，而將士解體，非國家之福也。』又云：『今朝廷冤之，天下冤之，陛下所不知也。當亟復其爵，厚恤其家，表其忠義，播告中外，俾忠魂瞑目于九原，公道昭明于天下。』帝特優容之。時公尚在期集所，猶未官也。」

十一月，初補承事郎，簽書鎮東軍節度判官。

《文集》附錄〈初補承事郎授鎮東簽判誥〉：「敕賜進士及第張孝祥。朕欽天之命，夙夜祇懼，茲親策多士於庭，爾以正對發明師友淵源之義，深契朕心。擢冠群英，僉言惟允，授爾京秩，贊畫輔藩，此

我朝待掄魁彝典也。往欽初命，益務培養，器業將於此乎觀，可補承事郎，特差簽書鎮東軍節度判官廳公事。奉敕如右，牒到奉行。紹興二十四年十一月十日。」《史傳》、〈譜傳〉並同，惟年月闕。《宋會要輯稿》第一百七冊，選舉二之十八至十九，所記亦同。

紹興二十五年乙亥（1155）二十四歲

十月，下趙鼎子汾等於大理獄；進封秦檜為建康郡王，加其子熺少師，是夕檜死；旋黜秦檜姻黨。十一月，釋趙汾等人；魏良臣參知政事。十二月，復張浚、胡寅等二十九人官。

十月，父祁被誣繫獄，會檜死得釋。

《繫年要錄》卷一百六十九：「（紹興二十五年十月）乙酉，右正言張扶言：『謹案右承議郎張邵，本農家子，緣其兄邵奉使，遂叨一命，乃私犯其嫂，以至有娠，於薄中陰殺以滅口。胡寅從而庇之。邵歸，因此失心，不復視為兄弟。前此，孝祥新第而歸，終不敢往見。且寅之為人，凶悖陰詐，專事脅持，范宗尹、趙鼎之徒，畏之如鬼，雖在謫籍，其勢力猶可以造張祁父子於大福，又能使舉世不敢言祁，此其力不小，若不治之，則輕儇之徒，觀望胡寅，雖不附麗，一朝為國生事，悔之無及』……詔大理寺根治。」又：「（二十五年十月）辛卯……檜秉政十八年，富貴且極，老病日侵，將除異己者，故使徐嚞、張扶，論趙汾、張祁交結事，先捕汾下大理寺，拷掠無全膚，令汾自誣與……張浚……胡寅謀大逆，凡一時賢士五十三人，檜所惡者皆與，獄上，而檜已病不能書矣。」

《史傳》：「先是，上之抑填而擢孝祥也，秦檜已怒，既知孝祥乃祁之子，祁與胡寅厚，檜素憾寅，且唱第後，曹泳揖孝祥于殿庭，以請婚為言，孝祥不答，泳憾之。於是風言者誣祁有反謀，繫詔獄。會檜死，上郊祀之二日，魏良臣密奏散獄釋罪。」

〈宛譜〉按：「《文集》卷二十一〈上洪帥魏參政〉啟：『某鄉持末學，輒冒首科，觸宰路之虞羅，陷親庭於狴犴。飆回霧塞，方蔽群

憸；地闢天開，俄登眾輔。乃聖主類（銘按：當作襺）郊之二日，辱明公造膝之一言，可但釋纍於詔獄之冤，且復育材於儒館之邃。』所述與《史傳》相合。又《宋史・高宗本紀・八》亦載二十五年『冬十月乙酉，命大理鞫張祁附麗胡寅獄』，『十一月乙丑釋張祁獄』。惟《齊東野語》謂因邵懼禍佯狂，妄言其妻死於非命，於是逮祁鞫殺嫂事。其年十月檜死，逼歲，安國叫閽，始得釋去。」

伯父邵起知池州。

《宋名臣言行錄・續集》卷五：「張邵……（紹興）二十五年，起知池州。」《宋元學案補遺・張邵》：「（紹興）二十五年，秦檜死，起知池州。」

銘按：《宋史・張邵傳》載邵知池州，未言年月。〈宛譜〉、〈徐譜〉據《宋名臣言行錄・續集》、《宋元學案補遺》繫於本年檜死之後，不誤。元・袁桷等所撰之《延祐四明志》卷四〈張邵傳〉云：「二十五年檜卒，邵始知池州。」亦可爲證。惟〈宛譜〉於「知池州」下，續云：「旋卒」則誤矣！邵實卒於紹興二十六年六月二十七日，諸傳載其卒日甚明確，引詳下文紹興二十六年譜。

作〈廣招後序〉。

文見《文集》卷十五。略謂：「〈廣招〉，吾友郭從範爲丞相趙公（鼎）作也。丞相沒南荒，不及見紹興乙亥冬之事，天下哀之，故從範作此文以尉（銘按：當作慰）九原之思。」

十二月，轉秘書省正字。

《繫年要錄》卷一百七十：「（紹興二十五年十二月）丙子……左承事郎張孝祥爲秘書省正字。故事，殿試第一人，次舉始召，先是秦檜以孝祥父祁爲胡寅所厚，命有司按以反謀，繫詔獄，上郊祀之二日，魏良臣密啓釋出之。因有是命。」

〈徐譜〉按云：「中興館閣錄卷八，官聯下：『張孝祥於二十六年正月除秘書省正字』。而宋史本傳，及陸傳（即〈譜傳〉）皆未明其年月，不知何者爲是，尚待續考。」

銘按：〈宛譜〉據〈譜傳〉繫於紹興二十五年；〈徐譜〉則依《中興館閣錄》（即《南宋館閣錄》）繫於紹興二十六年正月，並引《繫年要錄》（引見上）而按云：「宋史本傳，及陸傳皆未明其年月，不知何者爲是，尚待續考。」今細味《史傳》：「先是，上之抑塤而擢孝祥也……（引見前）……會檜死，上郊祀之二日，魏良臣密奏散獄釋罪，遂以孝祥爲秘書省正字。故事，殿試第一人，次舉始召，孝祥第甫一年得召由此。」似魏良臣密奏散獄釋罪，孝祥即由承事郎簽書鎮東軍節度判官轉任秘書省正字，《史傳》和〈譜傳〉才會說：「孝祥第甫一年得召由此」。

紹興二十六年丙子（1156）二十五歲

正月，追復趙鼎官。五月，湯思退知樞密院。六月，命史館重修日曆，宋欽宗卒於金。十月，復貶觀文殿大學士張浚於永州；胡寅卒於衡州。

六月，召對，乞上總攬權綱，改正遷謫大夫罪名。

《史傳》：「初對，首言乞總攬權綱以盡更化之美。又言：『官吏忤故相意，並緣文致有司觀望煅煉而成罪，乞令有司即改正』〈譜傳〉所記同。《繫年要錄》卷一百七十三：「（紹興二十六年六月）辛卯，秘書省正字張孝祥面對，乞將去年郊祀以前官吏犯贓私罪，除州縣監臨之官，因民間論訴，監司按發，即依條看詳審實外，如係取怒故相，並緣文致有司觀望煅煉成罪之人，乞免審實，便與改正。上曰：『近來如此雪正者甚多，已令刑部施行』」。

有〈論總攬權綱以盡更化劄子〉、〈乞改正遷謫士大夫罪名劄子〉。

二文並見《文集》卷十六，下皆注：「秘書正字召對日」。

建議取已修日曆，詳審是正。上從之。

《史傳》：「初對，首言……（引見上）。又言：『王安石作日錄，一時政事，美則歸己。故相信任之專，非特安石。臣懼其作時政記，亦如安石專用己意，乞取已修日曆詳審是正，黜私說以垂無窮。』從

之。」〈譜傳〉、《繫年要錄》卷一百七十三所記並同。

銘按：《文集》卷十六有〈乞修日曆箚子〉文與諸史所載略同，其題下注曰：「起居舍人兼修玉牒實錄院檢討官日」。孝祥除起居舍人在二十八年七月（詳見後），故〈宛譜〉繫此事於紹興二十八年；《繫年要錄》則載此為二十六年六月辛卯日事，不知何者為是？《史傳》、〈譜傳〉載此事雖未及年月，然皆於「從之」下，續云：「遷校書郎」，似此事在孝祥遷校書郎之前，姑繫於此。

伯父邵卒，累贈少師。

《宋史·張邵傳》：「再奉祠，卒，年六十一，累贈少師。」《宋元學案補遺》卷四十一：「少師張先生邵……二十五年，秦檜死，起知池州；明年請祠歸，道由廣德軍，假官舍居之而卒，贈中奉大夫，年六十一。後以子升朝累贈少師，遺文十卷。」《繫年要錄》卷一百七十三：「（紹興二十六年六月）丁酉，敷文閣待制提舉江州太平興國宮張邵卒。邵起守池州，踰時復請祠去，道由廣德軍，值其生日，前一夕，沐浴就寢，詰旦，家人起為壽，視之死矣。邵以丙子歲（1096）六月二十七日生，復以其年月日死，人皆異之。」《延祐四明志·張邵傳》：「邵以六月丁酉生，其卒也同是日。」據此，則邵之卒日為紹興二十六年六月丁酉。然《文集》卷三十〈代諸父祭伯父文〉云：「紹興二十六年，歲次丙子，十月己巳朔，初六日甲戌，弟具位某等，謹此清酌庶羞之奠，致祭于先兄宮使待制張公之靈……六月乙未，公之初生，疇昔之夜，既沐而薰，顧謂諸孤，汝眠勿興，寢以衣冠，寂無聞聲。且起視公，則公既薨，體柔色敷，蟬蛻之輕。」所載張邵卒日與上引不同。

〈徐譜〉按：「查中西回史日曆，紹興二十六年（1156）六月二十七日為丁酉日。又宋名臣言行錄五集亦云：『……復請為祠，道由廣德軍，六月丁酉公生朝，先一日沐浴就寢，詰旦家人起為壽，安臥逝矣，年六十一。』故祭文中乙未，應為丁酉之誤。」

銘按：乙未早丁酉二日。諸傳所載雖皆相同，然祭文作於紹興二

十六年十月初六，距邵卒不足百日，且邵生日與卒日同，是時邵之四弟祁（孝祥父）、六弟郊（卒於淳熙十六年）俱在，當不致誤記日期。故不可驟據諸傳改乙未爲丁酉。暫存兩說。

　　又按：〈宛譜〉繫邵卒於紹興二十五年，殊屬不當，當即改正。

八月，汪澈爲祕書省正字。

　　《繫年要錄》卷一百七十四：「（紹興二十六年八月）丙申……左從事郎沅州州學教授汪澈（一作徹）爲祕書省正字。澈、浮梁人，嘗爲衡州州學教授，不爲秦檜所知，及代還，復置之沅州，時万俟卨謫沅，澈從之遊，至是薦用。」《南宋館閣錄》卷八〈官聯下〉所記同。至是孝祥與澈同爲館職，遂有紹興二十九年八月，澈首劾孝祥事（詳後）。

十月有〈代諸父祭伯父文〉、〈贈開府儀同三司韋謙〉。

　　〈代諸父祭伯父文〉見《文集》卷三十。

　　〈贈開府儀同三司韋謙〉見《南宋館閣錄》卷五〈撰述之七，載祭文〉：「（紹興）二十六年閏十月二十八日，〈贈開府儀同三司韋謙〉正字張孝祥撰。」銘按：是文爲代擬之詔文，《文集》未收。

守校書郎，兼國史實錄院校勘。

　　《史傳》僅稱「遷校書郎」。〈譜傳〉：「遷校書郎，敕兼國史實錄院校勘。」二傳俱無年月。

　　《宛譜》按：「紹興二十七年正月二十日轉宣教郎誥（《文集》附錄），誥首已作『敕承事郎守祕書省校書郎兼國史實錄院校勘』故推斷俱在本年。」

　　銘按：據《南宋館閣錄》所錄紹興二十六年閏十月二十八日〈贈開府儀同三司韋謙〉一文作「正字張孝祥撰」，是孝祥此時仍爲祕書省正字。《南宋館閣錄》卷八載孝祥除校書郎於二十七年二月，《繫年要錄》卷一百七十六載二十七年二月己未「祕書省正字葉謙亨、胡沂、張孝祥，並爲校書郎」，是知孝祥正式除校書郎的時間在二十七年二月。《文集》附錄〈轉宣教郎誥〉發佈於二十七年正月二十日

稱孝祥爲「承事郎、守秘書省校書郎、兼國史實錄院校勘」，宋官制，以小銜攝大官曰守某官，查《南宋館閣錄》卷八「國史實錄院校勘」官聯，未見孝祥，知「守」、「兼」之官皆不錄。綜上所述可知，如果〈轉宣教郎誥〉所載時間無誤（？），則孝祥守秘書省校書郎必在二十七年正月之前，而此時可能是以秘書省正字的官職兼守校書郎，而並未眞除。

作《朱安之墓誌銘》。

見《文集》卷三十。

紹興二十七年丁丑（1157）二十六歲

六月，湯思退爲相。

正月，轉宣教郎。

《文集》附錄〈轉宣教郎誥〉：「特授宣教郎……紹興二十七年正月二十日。」

二月，除校書郎。

《繫年要錄》卷一百七十六：「（紹興二十七年二月）己未……秘書省正字葉謙亨、胡沂、張孝祥，並爲校書郎」。《南宋館閣錄》卷八〈官聯下〉載孝祥於二十七年二月除校書郎。

芝生太廟楹，百官表賀，獨上〈原芝〉以諷。

《史傳》：「芝生太廟，孝祥獻文曰〈原芝〉，以太子未立爲言。且言芝在仁宗、英宗之室，天意可知，乞早定大計。」《譜傳》：「會連歲芝生太廟楹，百官表賀，時儲位尙虛，公獨上〈原芝〉篇以諷之。」《本集》卷十三〈原芝〉：「紹興二十四年，芝產于太廟楹，當仁宗、英宗之室，詔群臣畢觀，奉表文德殿賀。既二年，芝復生其處，校書郎張某作〈原芝〉，曰……」

〈徐譜〉按：|續通鑑：『二十五年，五月丁未朔，芝生太廟』『二十七年二月芝生太廟』，宋史卷三十一高宗本紀八云：『二十五年五月丁未朔日有食之，太廟仁宗室柱生芝九莖。』又『二十七年二月壬寅，

太廟仁宗英宗兩室柱，芝草生。』宋史卷六十三五行志第十六，五行二亦云：『二十五年五月，太室楹生芝九莖，秦檜帥百官觀之……是冬檜薨。』玉海卷二百九十七，四十二祥瑞〈紹興瑞芝、瑞瓜〉：『二十五年五月芝草生於太廟仁宗英宗室，九莖蓮葉，宰臣率百僚視之，表賀（沈中立獻頌），十月有司請繪於郊祀華旗，又以贛州瑞木，鎮江瑞瓜，嚴信二州芝草，遂寧嘉禾，南安雙蓮，黎州甘露，並繪於旗。二十七年二月，仁英廟室柱上，生芝四葉，秘書郎張孝祥作原芝，壬子表賀。』是案宋史高宗本紀及五行志，玉海等所記，並作二十五年五月及二十七年二月芝生，知本集「四」字爲「五」字之誤也。」

〈宛譜〉按：「《高宗本紀》：紹興二十五年五月太廟仁宗室柱生芝九莖。又二十七年二月壬寅太廟仁宗、英宗兩室柱芝草生。惟《文集》卷十三所載〈原芝〉首稱紹興二十四年芝產于太廟楹，既二年復生其處，校書郎張某作〈原芝〉云云，與此相差一年。茲從〈原芝〉。」

銘按：孝祥兼守校書郎在二十六年六月召對後，正式除校書郎則在今年二月（已詳前），〈原芝〉序云：「校書郎張某作」是〈原芝〉之作，不能早於此。又《文集》卷八〈賀郊祀詩〉有「廟芝楹疊璧」句，下注：「去歲靈芝又生廟楹」，〈賀郊祀詩〉作於二十八年十一月（參閱二十八年譜），且《繫年要錄》卷一百七十六：「（紹興二十七年二月）壬午，宰臣沈該等言：太廟仁宗、英宗兩室前柱生芝草，欲率百官拜表稱賀。許之」與諸史載芝生太廟事，年月皆相吻合。由此可知〈原芝〉作於今年，無誤。〈徐譜〉按云：「本集『四』字爲『五』字之誤」此說可信。〈宛譜〉從〈原芝〉序言繫此於二十六年，則誤。

三月，除秘書郎。

《文集》附錄〈除秘書郎誥〉：「敕奉議郎、秘書省校書郎、兼國史實錄校勘張孝祥……可依前奉議郎，特授秘書，兼國史實錄院校勘。奉敕如右，牒到奉行。紹興二十七年三月十六日。」據此可知除

秘書郎之前，又曾除奉議郎。

王十朋舉進士第一，時年四十六。

《宋史‧高宗本紀》：「（紹興二十七年三月）丙戌，賜禮部進士王十朋以下四百二十六人及第出身。」《繫年要錄》卷一百七十六：「（紹興二十七年三月）丙戌，上御射殿，引正奏名進士唱名。……時樂清王十朋首以法天、攬權爲對……遂賜十朋等四百二十六人及第出身。」《續通鑑》卷一百三十一所記同。宋‧汪應辰《文定集》卷二十三〈龍圖閣學士王公墓誌銘〉：「公諱十朋、字龜齡……紹興二十七年策進士于廷。詔對策中有指陳時事，鯁亮切直者，並置上列，無失忠讜，無尚詔諛，稱朕取士之意。既而，考官以公所對進，上臨定其文，以爲經學淹通，議論純正，可第一。及唱名則公也，士論翕然稱愜。……又詔：『王十朋，係朕親擢第一人……』」清‧徐炯《梅溪王忠文公年譜》：「紹興二十七年丁丑，公四十六歲，高宗親策進士於庭，公對策萬言，御筆親擢第一。」

銘按：〈宛譜〉於紹興二十八年戊寅下云：「王十朋（龜齡）舉進士第一，時年四十七。」李一飛〈張孝祥年譜辨誤〉云：「〈宛譜〉將王舉進士時間推遲一年，是不應有的疏忽。」李說甚是。

四月，作〈立春青帝十二曲〉、〈詣少昊氏酌獻祐安之曲〉。

《南宋館閣錄》卷五〈撰述‧祝文〉：「二十七年四月，〈立春祀青帝十二曲〉秘書郎張孝祥撰」，又「〈詣少昊氏酌獻祐安之曲〉校書郎張孝祥撰。」此二文《本集》未錄。

七月，父祁知楚州。

《繫年要錄》卷一百七十七：「（紹興二十七年七月）丙戌……右承議郎張祁知楚州。」

〈宛譜〉云：「《文集》卷二十一有〈代總得居士上宰相〉啓，略謂：『會上聖權綱之獨攬，貫下臣縲絏之非辜……何負薪之疾未瘳，而剖竹之符狎至。洊拜西州之繁使，適當北鄙之多虞……周旋兩稔，辛苦百爲。』西州借指山陽（參閱紹興二十九年譜）。」

銘按：楚州，南宋時屬淮南東路，州治在山陽縣。山陽即今江蘇省淮安縣。《宋史‧地理志四》淮南東路楚州山陽縣下注：「建炎間沒于金，紹興元年收復。紹定元年，升淮安軍，改縣爲淮安。」

奉詔修潤《大觀證類本草》第廿三至廿五卷。

《南宋館閣錄》卷五〈撰述‧刪潤文字〉：「紹興二十七年八月十五日，昭慶軍承宣使致仕王繼先上校定《大觀證類本草》，有旨令祕書省官修潤，訖付國子監刊行。至十一月進焉。一至三卷，祕書郎王祐……廿三至廿五卷，校書郎張孝祥……並釋音，正字林之奇。」

是年，王質始從游。

王質撰〈于湖集序〉云：「歲丁丑（1157），某始從公于臨安。」《宋史》卷三百九十五〈王質傳〉云：「博通經史，善屬文。游太學，與九江王阮齊名。」又謂：「與張孝祥父子游，深見器重。孝祥爲中書舍人，將荐質舉制科，會去國不果。」

〈宛譜〉按：「質字景文，其《雪山集》有四庫輯本，猶存與孝祥父子唱和之作。王阮爲《雪山集》撰序，亦稱：『中書舍人張公孝祥使備制舉策略，并論歷代君臣治亂，蓋將舉焉，會去國不果上。』」

紹興二十八年戊寅（1158）二十七歲

二月，陳誠之、王綸同知樞密院。十月，金營汴宮。

正月，遷禮部尚書員外郎。

《南宋館閣錄》卷八〈官聯下〉：「張孝祥……二十八年正月爲禮部員外郎。」《文集》附錄〈除禮部尚書郎誥〉：「敕朝請郎張孝祥……可依前朝請郎，特受禮部尚書員外郎。」知前此又曾除朝請郎。

三月，作〈遊無窮齋記〉、〈跋周德友所藏後湖帖〉。

《文集》卷十三〈遊無窮齋記〉後題：「紹興戊寅三月記」。卷二十八〈跋周德友所藏後湖帖〉後題：「紹興二十八年三月望」。

七月，試起居舍人。

《繫年要錄》卷一百八十：「（紹興二十八年秋七月）癸巳，尚書

禮部員外郎張孝祥試起居舍人。」《文集》卷十八〈辭免除起居人奏狀〉：「今月六日准尚書省箚子，奉聖旨除臣起居舍人，日下供職。臣聞命震驚，罔知所措。……實以臣齒少人微，塵竊科第，甫及五年，備數南宮，已懼顛躓……」〈宛譜〉云：「據塵竊科第甫及五年一語，除起居舍人當在本年。」銘按：孝祥舉進士在二十四年，距今正好五年，是〈宛譜〉推論無誤。

〈宛譜〉又云：「史、譜兩傳俱稱：『遷尚書禮部員外郎，尋為起居舍人。』其除禮部尚書郎誥云：可依前朝請郎特授禮部尚書員外郎。是除起居舍人前曾除朝請郎及禮部尚書郎。又《文集》附錄有除著作郎誥，僅存『敕朝奉郎張孝祥，承明、金馬，漢家著作之所也』數語，按其除朝奉郎及著作郎或亦在此時。」

九月，兼權中書舍人。

《繫年要錄》卷一百八十：「（紹興二十八年九月）辛巳，起居舍人張孝祥兼權中書舍人。」《史傳》：「遷尚書禮部員外郎，尋為起居舍人，權中書舍人。」〈譜傳〉同。

〈宛譜〉按：「史、譜兩傳俱載權中書舍人，未及年月。依其敘述次第，約在除起居舍人以後，提舉江州太平興國宮以前。其〈殿廬偶成〉（《文集》卷十）有『宮花春盡翠陰濃』及『日長禁直文書靜』等句，似作於此年春日。查《文集》卷十九有〈沈該落職制〉，該於本年六月己酉以貪瀆罷，見〈高宗本紀〉及〈宰輔表〉。故推知其權中書舍人約在本（紹興二十九）年以前，罷官在本年六月以後。又四明有〈宏智禪師妙光塔碑〉周葵撰文、張孝祥書丹，紹興二十九年七月望日立石。其署銜為：『左宣教郎試起居舍人兼玉牒所檢討官兼權中書舍人歷陽張孝祥書』，尤足證明。」

銘按：〈宛譜〉按語大致無誤，惟年月泛而不確。尤其將孝祥權中書舍人繫於紹興二十九年譜，實屬不當。孝祥於二十八年九月辛巳日權中書舍人，二十九年六月癸酉試中書舍人，二十九年八月壬子朔日詔與外任，罷中書舍人，《繫年要錄》記載甚詳，證之以孝祥《文

集》，如卷三十八〈答范司戶書〉、卷三十五〈代總得居士上相府書〉、卷十六〈論王公袞復仇議〉諸作，文中所述皆足證明《繫年要錄》所載孝祥任、罷中書舍人的時間準確無誤。李一飛〈張孝祥年譜辨誤〉一文，對此辯證甚詳，可供參考。

十月，作〈論王公袞復讎議〉。

《文集》卷十六〈論王公袞復讎議〉題下注：「兼權中書舍人日」。

銘按：王公袞字吉老，王佐（字宣子）之弟。其手刃發其母冢之盜一案，事詳《繫年要錄》卷一百八十：「（紹興二十八年十月）己亥：初，烏江縣尉王公袞之母葬山陰，其冢為盜嵇泗德所發。在法，發冢開棺者死，而紹興府法官當泗德按問欲舉減等，又以其妄引平人，加役流。公袞手殺盜。事聞，其兄吏部員外郎佐請納官以贖公袞之罪。事下給舍，至是給事中楊椿等言：『公袞殺掘冢法應死之人為無罪；納官贖弟，佐之請當不許。故縱失刑，有司之罪宜如律。』制曰：『給舍議是』。於是公袞降一資，佐仍舊職，紹興府官吏皆坐失刑之罪。」《齊東野語》卷九所記亦同。孝祥上此奏議，論賊之當殺，公袞宜為無罪。

十一月，作〈賀郊祀詩〉。

《宋史·高宗本紀》：「（紹興二十八年十一月）己卯，合祀天地於圜丘。」《繫年要錄》卷一百八十：「（紹興二十八年十一月）己卯，冬日至，合祀天地于南郊，赦天下。」《本集》卷八〈賀郊祀詩〉序曰：「臣恭惟皇帝陛下飭躬齋精，祗見郊廟……昧死再拜，上郊祀慶成詩一章。……」

是年，妹法善適韓元龍為繼室。

《南澗甲乙稿》卷二十二〈安人張氏墓誌銘〉：「夫人張姓，諱法善……父祁，歷淮南轉運、知江州……夫人生二十四年，為右朝請郎直秘閣今寧國府長史韓君元龍繼室。」（參閱紹興四年譜）。

銘按：孝祥妹法善生於紹興四年，生二十四年適韓元龍為繼室。韓元龍為韓元吉之兄。《萬姓統譜》卷二十四載：「韓元龍字子雲。……

仕終直龍圖閣、浙西提刑。元龍性醇孝，未嘗輒去其母，與弟尚書元吉友愛甚篤，俱以文學顯。」《宋元學案補遺》卷三十五所記同。〈宛譜〉繫此條於紹興二十七年，似誤解「生二十四年」為「年二十四」。

紹興二十九年己卯（1159）二十八歲

六月，王綸使金，還言和好無他，湯思退等賀。是歲，沈該、景盧等分寫四十二章經，刻石於六和塔。

正月，上表請加封繼母時氏。

《繫年要錄》卷一百八十一：「（紹興二十九年正月）辛巳……宰執進呈起居舍人兼權中書舍人張孝祥箚子，慶壽詔書，凡通籍於朝者，皆貤恩其父母，孝祥父祁見任右承議郎，母時氏以親父官方封孺人，欲望特許依孝祥官序，引用恩詔加封，從之（原注：此為孝祥被章事始）。」

銘按：孝祥父祁凡三妻，孫氏為孝祥生母，李氏為孝祥妹法善生母，孫、李皆早逝。據〈張同之墓誌〉知時氏後又加封至碩人（參閱譜前「母孫夫人」條）。孝祥被章事，詳下八月條。

春日，與王明清等遊西湖至普安寺

〈宛譜〉引王明清《玉照新志》：「紹興己卯，張安國為右史，明清與仲信兄、左鄩舉善、郭世模從範、李大正正之、李泳子永，多館於安國家。春日諸友同遊西湖，至普安寺。」

三月，父祁任淮南轉運判官。

《繫年要錄》卷一百八十一：「（紹興二十九年三月）甲戌，右朝奉郎新知蔣州張祁為淮南轉運判官，兼淮南西路提點刑獄公事。」

〈宛譜〉本條作「父祁，知固始縣；尋任淮南轉運判官」。並云：「《文集》卷三十五有〈代總得居士上相府〉略云：『去歲一拜光範，披露愚衷，即蒙某官特達恩遇，付以郡守（銘按：《文集》原作「寄」，實誤）。關期甫及，某敢以病自列，亟請祠祿。屬者又蒙相公起之閒散，復畀守符……昨者山陽之命，雖為佳郡；然空道從出，便傳往來。

某憂患薰心，難堪委寄；而松楸姻戚，又有淮東西之岨焉。今茲寢丘，在他人得之或以爲遠，特與某鄉黨氣俗相去甚近。頃伯氏初登科第，靖康俶擾，攝尉期思，某也今懷太守章臨之，豈不甚寵。』按：自熙寧五年起分淮南爲東西路。山陽縣屬淮南東路楚州，建炎間沒於金，紹興元年收復。寢丘、期思皆固始縣名，具屬淮南西路光州，與張祁原籍和州歷陽爲近。書中所謂『伯氏……攝尉期思』，係指張邵登第後初除官。書末又云：『某之子孝祥，伏蒙相公矜憐成就，擢侍殿坳，復承闕員，暫兼書命。』據此知祁守固始時孝祥已兼權中書舍人。又據《文集》卷二十九〈汪文舉墓誌銘〉：『余年十八時，居建康從鄉先生蔡君清宇爲學。清宇之門人以百數，有汪氏子膠者小於余兩歲，修謹敏銳，獨異流輩，余亦敬而友之也。……後十年，家君奉使淮南，膠之父處仁，官舒之桐城，亦以才辦治，家君薦之……』依『後十年』一語推算，是祁爲淮南轉運判官起於本年。」

　　銘按：《宋史·地理志四》：「光州……紹興二十八年避金太子光瑛諱，改蔣州。嘉熙元年，兵亂，徙治金剛臺，尋復故。……縣四：定城、固始、光山（原注：同上避諱，改期思，尋復故）、仙居。」《繫年要錄》卷一百七十九：「（紹興二十八年五月辛未）改光州爲蔣州，光化軍爲通化軍，光山縣爲期思縣。」由此知〈宛譜〉云：「寢丘、期思皆固始縣名」顯係失考。又按：《繫年要錄》載祁任淮南轉運判官之年月已甚明確。宛氏可能未見是書。惟其據《文集》輾轉推知，雖嫌迂迴，然正可見其用功之深。

六月，試中書舍人。

　　《繫年要錄》卷一百八十二：「（紹興二十九年六月）癸酉，起居舍人張孝祥試中書舍人。」《文集》卷二十有〈謝除中書舍人表〉。

　　銘按：〈宛譜〉、〈徐譜〉俱無此條。孝祥於去年（紹興二十八年）七月試起居舍人。九月以起居舍人兼權中書舍人，至是始正式除中書舍人。今年（紹興二十九年）六月，試中書舍人，旋於八月爲殿中侍御史汪澈（銘按：一作徹，誤）劾罷。隆興二年（1164）再除中書舍

人，直學士院（詳後）。

八月，為汪澈劾罷，提舉江州太平興國宮。

《史傳》：「初，孝祥登第，出湯思退之門，思退爲相，擢孝祥甚峻。而思退素不喜汪澈，孝祥與澈同爲館職，澈老成重厚，而孝祥年少氣銳，往往陵拂之。至是，澈爲御史中丞，首劾孝祥姦不在盧杞下，孝祥遂罷，提舉江州太平興國宮。」〈譜傳〉：「初，公與汪徹（銘按：當作澈）同館職，修先朝實錄，徹老成畏禍，務在磨稜，公少年氣銳，欲悉情狀，往往凌佛（銘按：當作拂）。徹謂曰：『蔡中郎失身於董卓，故不爲君子所與。』公曰：『顧自立如何？』思退聞之，不悅於徹之言。至是，徹爲御史中丞，乃首劾公等奸不在盧杞下，遂罷，提舉江州太平興國宮祀。」《繫年要錄》卷一百八十三：「（紹興二十九年八月）壬子朔，殿中侍御史汪澈言：『中書舍人張孝祥輕躁縱橫，挾數任術，年少氣銳，寢無忌憚。孝祥繼母繶以父官封孺人，孝祥輒乞用己官職躐封恭人，父亡即隨子官著令也，孝祥蓋有無父之心焉（事見今年正月辛巳）。交遊郭世模，受財奪官久矣，孝祥曲爲經營，與之改正，復齒仕列，此以私意而壞陛下之法令也。黃文昌浮薄沽名之士，孝祥則宛轉吹噓，致被召命。張松駔儈胥吏之子，孝祥則強令劉岑辟倅揚州。江續之狡猾貪饕，孝祥則愛其奉己，爲之提攜，遂得登聞鼓院。韓元龍資淺望輕，孝祥以姻親爲之維持，欲得總領，此以詭計而誤陛下之除命也。又養俠士左鄮輩，刺探時事，交通權貴，踪迹詭秘。方登從班而所爲已如此，若假以歲時，植黨連群，其爲邦家之虞，當不在盧杞之下，望早折其萌，速從竄殛。』詔孝祥與外任，世模改正指揮勿行，鄮押歸本貫，續之、元龍並放罷。既而，孝祥乞宮觀，乃以孝祥提舉江州太平興國宮。自是湯思退之客稍稍被逐矣。」

銘按：孝祥爲南宋初期傑出的愛國詞人，其行實及才華皆甚爲當世人所讚譽與仰慕。其至交好友，如張栻、朱熹、張維、王阮、王佐……等亦皆當時名流正士；觀其所作奏章、議論、書函、詩歌等，亦可知其爲人守正不阿、滿腔愛國熱忱，絕非如汪澈所言。韓西山〈張孝祥

若干事迹考略〉一文，對於汪澈彈劾諸事，有甚精詳之辨證，其結論
爲：「究其事實眞相，除江纘之其人其事不大清楚者外，其他諸款多
屬歪曲事實，構陷成罪……其彈劾孝祥，在很大程度上是爲了發泄他
在國史實錄院供職期間和孝祥之間結下的私怨。」

秋，自臨安歸蕪湖省親。

〈宛譜〉云：「將抵蕪湖時，作〈多麗〉詞，有『景蕭疏，楚江
那更高秋』、『去國雖遙，寧親漸近，數峰青處是吾州』等句。」

銘按：臨安即今浙江省杭州市，南宋於高宗紹興八年（1138）二
月正式定都於此。又按：李一飛〈張孝祥年譜辨誤〉於「中書舍人的
任與罷」一節中云：「《文集》卷三十一有〈多麗〉一詞，據『去國雖
遙，寧親漸近，數峰青處是吾州』語，知爲張氏罷中書舍人歸蕪湖途
中作，而『景蕭疏，楚江那更高秋』，明時令在秋，與《要錄》所載
罷中書舍人季節相合。」

是年，分寫《四十二章經》，勒石於杭州六和塔。

《金石萃編》卷一百四十九・宋二十七：「四十二章經，石七，
俱橫，廣四尺，高一尺五寸三分……在杭州六和塔。經文不錄，今惟
取書人銜名錄如左：特進尙書左僕射同中書門下平章事吳興郡開國公
沈該……左宣教郎試起居舍人兼權中書舍人張孝祥……」文後有〈潛
研堂金石文跋尾〉：「右四十二章經，凡四十二人，人各寫一章。字體
大小疎密不等，唯（賀）允中、（錢）端禮、（楊）朴、（周）操四人
行書，餘皆眞書。後有西蜀布衣武衅跋，題紹興己卯十一月。以史考
之，是歲六月沈該罷左相、陳誠之亦罷樞密，其七月賀允中自吏部尙
書參知政事矣。此經蓋書於五月以前，至仲冬始勒之石也。自紹興己
卯至今，六百餘年，字跡完好如新，惟思退名爲後人磨去。南渡石刻
工妙若此者，亦不易得矣！」

紹興三十年庚辰（1160）二十九歲

二月，遣葉義問爲金國報謝使。五月，金遣蕭榮等來賀天申節。

七月，葉義問知樞密院事。八月，賀允中使還，言金人必畔盟，宜為之備，翌日致仕。十月，遣虞允文使金賀正旦；以劉錡為鎮江都統制。十二月，湯思退罷；金遣僕散權等來賀明年正旦。

二月，有古詩〈庚辰二月夜雪〉。

《文集》卷五古詩〈庚辰二月夜雪〉：「夜半雨鳴廊，晨起雪暗空，不減臘月寒，故作昨日風。融銀擁山腰，飛花滿裘茸，辦此了不難，咳唾煩天工。纖纖園中花，一夕無光容，凜凜庭下松，巍然兩蒼龍。」

三月，王質、沈瀛舉進士。

《高宗本紀》：「（紹興三十年三月）癸卯，賜禮部進士梁克家以下四百一十二人及第、出身。」《繫年要錄》卷一百八十四：「（紹興三十年三月）甲辰，賜特奏名進士黃鵬舉等五百十三人同進士出身至助教。」

銘按：王質（1153～1189）字景文，號雪山，其先鄆州人，後徙興國。早游太學，與九江王阮齊名。紹興三十年登梁克家榜進士，為太學正，孝宗屢易相國，質上疏極論，有忌之者論罷之。虞允文當國，薦質可右正言，時中貴用事，憚質，陰沮之，終奉祠。淳熙十六年卒，年五十五。質篤志經學，其文章氣節見重於世。著有《詩總聞》、《紹陶錄》、《雪山集》。（以上見《宋史》卷三百九十五〈王質傳〉）。《繫年要錄》卷一百九十一：「（紹興三十一年七月）癸酉，詔左迪功郎新德安府府學教授王質已降召試館職指揮更不施行。質，宣城人。入太學為諸生，始登第即召試。而言者論其學術膚淺，日游權門，乃罷之。」（參閱紹興二十七年譜）。沈瀛，字子壽，號竹齋，吳興人。仕四十餘年，絀於王官，再入郡，三佐帥幕。乾道元年春，為太平州教授。《文集》卷十三〈太平州學記〉：「明年春，和議成，改元乾道，將釋奠干學。侯語教授沈瀛曰……」《文集》卷二有古詩〈和沈教授子壽賦雪三首〉。

六月，父祁直秘閣。

《繫年要錄》卷一百八十五：「（紹興三十年六月）己未，右朝奉

郎淮南路轉運判官張祁直秘閣。」

初冬之前，在父祁任所。

銘按：孝祥自紹興二十九年八月被劾罷後，旋由臨安歸蕪湖寧親，寧親後之行跡則無史實可考。《文集》卷二十一〈代總得居士上葉樞密〉有「伏念某邊徼微官」，據《宋史・高宗本紀》及《繫年要錄》卷一百八十四知葉義問於紹興三十年正月任同知樞密院事。似此啓應寫於此年一至六月間（祁直秘閣之前）。又《文集》三十八〈代總得居士與魏彥誠〉云：「屬鼠輩聚寇光、黃之間，被旨督捕，孟冬首途，此月既望乃歸。」鼠輩聚寇光、黃之間事載《繫年要錄》卷一百八十六紹興三十年九月，此時祁任淮南轉運判官兼淮西提刑，光州、黃州俱屬淮南西路，由此知該書作於今年十月中旬。又《文集》卷三十九〈代總得居士與葉參政〉云：「某仰惟相公昨者登貳西府……迺七月丁酉，相公進長樞庭……左丞相湯公忠貫日月，精慮微一……秋冬之交，虜或未動……」此書內容爲祁向葉義問報告邊情。據史載葉義問於紹興三十年七月知樞密院，湯思退於同年十二月罷相，書中猶稱「湯相」，且有「秋冬之交，虜或未動」語，知此書作於今年秋冬之交。由上三文推測，可能孝祥歸蕪湖寧親後，即赴祁任所，佐理文書。據《宋史・地理地四》知淮南西路治所在廬州，即今安徽省合肥縣。

銘又按：孝祥知撫州之正確時間，應在紹興三十二年（1162）閏二月除命（正式到任則在三月稍後）至隆興元年（1163）三月轉朝散大夫（詳後）。〈宛譜〉將孝祥知撫州誤訂在紹興三十年（1160），導致紹興三十年至隆興元年（1163）前後四年的行跡和許多作品繫年錯亂。李一飛〈張孝祥年譜辨誤〉一文，辨析甚詳，茲不贅引。〈徐譜〉則誤認孝祥自紹興二十九年八月詔與外任，提舉江州太平興國宮，到紹興三十二年閏二月知撫州爲止，皆在江州任職，亦不可不辨。

十月，劉錡來訪。有與〈劉兩府〉書。

銘按：《文集》卷三十九與〈劉兩府〉書略云：「（劉）奉詔東下，

先聲所暨，山川震疊，賓客如雲……某也晚出不肖，又方放棄湖海，持刺修謁，亟蒙賜見，溫顏顧接，已過涯分，既又親屈英袞，從以千騎，訪之於寂寞無人之境……恭想（劉）小留鎮江，亟以介圭去朝帝所。」據《續通鑑》卷一百三十三及《宋史‧高宗本紀》知：紹興三十年十月四日召劉錡赴行在奏事，十八日以劉錡爲鎮江都統制。由書文所述可知，劉錡至臨安（杭州市）奏事時，孝祥曾往訪。劉錡奏事畢，在赴鎮江官所途中，曾順道探視孝祥。此書則作於十月十八日稍後，劉錡制鎮江之時。

紹興三十一年辛巳（1161）三十歲

正月，放張浚、胡銓自便。二月，秦熺卒。四月，遣周麟之使金賀遷都。五月，金主亮使人來求漢淮之地，始聞靖康帝之喪。六月，金遷都於汴。八月，劉錡引兵屯揚州。九月，金主亮大舉兵入寇。十一月，張浚判建康府；虞允文大敗金主於東采石；金人弑其主亮於揚州龜山寺，持檄議和。

正月，有〈題龔深之侍郎太常奏稿後〉。

見《文集》卷二十八。全文如下：「元祐諸老，愛君之心切至，正人倫於夫婦之始，當時曲臺議禮，則此四君子在焉。烏乎盛哉！辛巳春正月上吉。」

銘按：龔原，字深之，又號深父。元豐中爲國子直講。

父祁罷淮南轉運判官。

《宋會要輯稿》第一百冊〈職官七〇‧黜降官九〉：「（紹興）三十一年正月二十四日，直秘閣淮南西路轉運判官張祁落職，依前官，以臣僚言祁在官無稱故也。」《繫年要錄》卷一百八十八：「（紹興三十一年正月）戊戌，直秘閣淮南路轉運判官張祁落職放罷。」

侍親客居宣城。

銘按：《文集》卷三十八與〈徐左司〉書云：「某自頃拜書，候使節之歸，旋即侍親來宣城，異縣客寄，憂虞萬端……忽拜真帖之貺……

又得之於留落放廢、眾人蹣藉之餘，有懷感著，當如何哉！麥秋欲晴，既晴輒雨，不審去天五尺，台候起居復何如？……某屏迹諸況如前所云，但得水菽足以養親……某鄉來奏記，已而，郵筒拜初冬所下教政，以大人去官，因循不辦治報，愧惕。……往者大人效官邊鄙，二年其久，虜之情偽，知之為詳，屢以所見聞於朝，獨以疏遠不賜省察耳。今茲放逐，尙口乃窮，豈敢復有云也……」從書文可知孝祥作此書時，與祁二人皆放罷中，祁罷官於今年正月，書中有「麥秋欲晴」之語，麥秋為農曆四月之代稱，故知此書作於今年四月。祁於紹興二十九年初春知蔣州，至今年正月被罷，正好兩年，與文中「往者大人劾官邊鄙，二年其久」亦正相符。《文集》卷十三〈宣州新建御書閣記〉云：「臣前年客宛陵……今年秋，臣自撫歸吳……」是書作於隆興元年（1163）孝祥自撫州轉知平江軍府提舉學事之時，平江軍府治在吳縣，故云「自撫來吳」，宛陵則為宣城舊名，此亦足證明今年孝祥客居於宣城。又：《文集》卷六有律詩，全題作「去年正月三日雪霽，入昭亭訪應庵、如庵二老，今年在臨川，追懷昔游，用寄卍庵韻」，孝祥於紹興三十二年（1162）知撫州（治臨川），故知孝祥在今年（1161）正月前即已在宣城。據推測，可能去年十月孝祥離開父祁任所往訪劉錡後，即客居於宣城，劉錡奏事畢赴鎮江官所途中路過宣城，順道探視孝祥，孝祥才會在給劉錡的信中說：「既又親屈英衰，從以千騎，訪之於寂寞無人之境。」《文集》卷六另有律詩〈奉陪宣守任史君謁昭亭神祠〉二首，其一云：「緩驅千騎出朝京（原注：門名），喚得春回眼界青。旗腳靈風來廟步，馬蹄山雪過昭亭。極知太守懷忠款，端為君王薦德馨。慚愧去年冬十月，軍書徹夜聽鳴鈴。」又卷六〈任守作醮為民祈福，先期而雪，是日開霽〉詩有「清塵已作連宵雪，不夜潛回萬屋春」、〈過昭亭哭二弟墓〉詩有「陌上春風久矣歸」句，可知此四詩皆作於孝祥客居宣城之時，時間則在初春。

九月，自宣城暫歸歷陽省祖塋。再致書劉錡。

銘按：《文集》卷三十九有〈又劉兩府〉書，略云：「自五月來，

朔方傳聞洶洶……忽有郵書報相公開帥府以號令諸將……某以久不
省祖塋，自宣城暫歸歷陽村落，一二日復西上矣。民間恃相公近在維
揚（揚州），皆得自安。」據《高宗本紀》和《繫年要錄》所載，紹
興三十一年（1161）五月，金主亮遣人來索淮漢之地，帝召楊存中、
趙密等至都堂議舉兵，宋金之戰有一觸即發之勢；六月以劉錡爲淮南
東西、浙西制置使，遣步軍司都統制戚方提總江上諸軍策應軍馬，聽
劉錡節制；八月十五日，劉錡引兵屯揚州；九月二十九日，劉錡發揚
州；十月六日劉錡引兵次淮陰，金人將自清河口入淮，錡列兵於運河
岸以扼之；十一月十九日，劉錡以疾罷；明年二月劉錡薨。從信中所
述「民間恃相公近在維揚」，知孝祥此信作於八月十五日至九月二十
九日劉錡引兵屯揚州之時。其歸歷陽省祖塋則在九月下旬較爲可能
（參閱下文〈龍舒淨土文序〉）。

十月，作〈龍舒淨土文序〉。

文見《文集》卷十五，略云：「友人龍舒王虛中……紹興辛巳秋，
過家君於宣城，留兩月，始見其淨土文，凡修習法門，與感驗章著者，
具有顛末，將求信道者鋟木傳焉……是歲十月旦，歷陽張某序。」

《萬姓統譜》卷四十四：「王日休，字虛中，龍舒人。誨誘後學
最爲諄切。嘗撰《易解》、《春秋解》、《春秋名義》、《養賢錄》，模楷
書行於世。」《宋元學案補遺》卷四所記同。

銘按：從文中「紹興辛巳秋，過家君於宣城，留兩月」推測，九
月之前孝祥仍在宣城，九月下旬自宣城歸歷陽，即致書劉錡。稍後（十
月初）作〈龍舒淨土文序〉。

冬，聞采石戰勝，喜賦詩詞。

《宋史・高宗本紀》：「（紹興三十一年十一月）丙子，虞允文督
建康諸軍統制官張振、王琪、時俊、戴皋等以舟師拒金主亮于東采石，
戰勝，卻之。」

〈宛譜〉云：「孝祥有〈辛巳冬聞德音〉（《文集》卷六），次首云：
『韃靼奚家款附多，王師直入白溝河……小儒不得參戎事，剩賦新詩

續雅歌。』又《文集》卷三十一，水調歌頭〈和龐佑父〉（雪洗虜塵靜），孝祥以周瑜和謝玄來比擬虞允文，詞的下片說：『憶前年，周與謝，富春秋。小喬初嫁，香囊未解，勳業故優游。赤壁磯頭落照，肥水橋邊衰草，渺渺喚人愁。我欲乘風去，繫楫誓中流！』詩和詞的結句都表達了作者的願望和激情。」

紹興三十二年壬午（1162）三十一歲

正月，帝至建康府，張浚入見；掌書記辛棄疾來奏事；金主遣使來告嗣位。二月，劉錡薨。三月，遣洪邁等賀金主即位。六月，詔皇太子即皇帝位。七月，詔張浚入朝，封魏國公；追復岳飛官。

閏二月，除知撫州。

《繫年要錄》卷一百九十八：「（紹興三十二年閏二月）己巳，集英殿修撰張孝祥知撫州，直寶文閣王佐知吉州。」

銘按：《文集》卷二十二〈撫州到任謝執政〉：「一收朝蹟，三易歲華，既自循滿溢之愆，敢復有超踰之望？忽玷蕃宣之寄，實繫造化之私。」《文集》卷二十〈撫州到任謝表〉：「解荷橐於西清，久隔雲霄之望；分竹符於南紀，忽露雨露之恩。惟盛時無終棄之人，俾下臣有自新之路。」由上二文可知孝祥自紹興二十九年（1159）八月被汪澈劾罷後，至今年（1162）始再除官，前後正已「三易歲華」。〈宛譜〉繫孝祥知撫州於紹興三十年，前後不到一年，實屬不當。

自建康還宣城，過王朝英所居，為題梅溪竹院；經丹陽湖作〈西江月〉詞。

《文集》卷二十八〈題王朝英梅溪竹院〉：「朝英童子時與余同師，已而同登名天府，不見十年。壬午春，余自建康還宣城，道過朝英所居，為留一昔……閏月既望，張某安國題。」

《文集》卷三十四樂府〈西江月·丹陽湖〉：「問訊湖邊春色，重來又是三年。東風吹我過湖舡，楊柳絲絲拂面。世路如今已慣，此心到處悠然。寒光亭下水如天，飛起沙鷗一片。」

〈宛譜〉按：「丹陽湖在宋代爲建康、宣城間內河交通必經之道。《景定建康志》載此詞爲〈題溧陽三塔寺〉，岳珂《玉楮集》亦謂溧陽三塔寺寒光亭柱上刻有這首詞。孝祥自紹興二十九年爲汪澈劾罷後，可能曾經此湖，所以說『重來又是三年』。『東風吹我過湖船』顯然是在歸途中。『世路如今已慣，此心到處悠然』，也與作者當時的情緒符合。」

銘按：據《宋史・高宗本紀》、《繫年要錄》所載，紹興三十一年（1161）十一月四日以張浚判建康府；三十二年（1162）正月五日帝至建康府，浚入對，詔浚免兼行宮留守；二月三日張浚、虞允文入對，詔浚仍舊兼行宮留守，又詔浚罷相後有合得特進恩數皆還之；四日張浚入見；六日帝發建康。據推測：孝祥去年九月底歸歷陽省祖塋，不久即回宣城居所。紹興三十二年二月前，孝祥往建康訪張浚（浚子栻爲孝祥至友，祁與孝祥父子二人皆爲浚所器重）；二月四日張浚入見高宗，可能曾推薦孝祥，因此高宗才於閏二月一日除孝祥知撫州。孝祥接到詔令後，即向浚辭行，自建康歸宣城居所準備赴任。〈題王朝英梅溪竹院〉及〈西江月・丹陽湖〉詞即作於此時。

三月，撰〈宣州修城記〉。

文見《文集》卷十三。末題：「（紹興三十二年）三月吉日，歷陽張某記」。

取道隆興府赴撫州任。

銘按：〈宛譜〉言孝祥赴撫州任係取道南陵、鄱陽、餘干。李一飛〈張孝祥年譜辨誤〉已辨其誤，今逐錄如下：「張孝祥赴撫州任非取道鄱陽而是取道隆興府（隆興府，今南昌市，在鄱陽湖西，宋時屬江南西路；鄱陽在湖東，屬江南東路），途中紀行詩可考實者有〈雨入廬山〉、〈再和〉、〈郡侯遣騎至山中餽名醞，輒呈長句，用黃宰韻〉（《文集》卷六）等；過廬山，結識了東林長老卍庵，〈雨入廬山〉」有『卍庵老子白鬚眉』句；到撫州後曾以書招卍庵住持報恩寺（報恩寺在撫州，《文集》卷二十五有〈請道顏住撫州報恩疏〉可證。道顏

也是盧山東林寺長老，見〈雨入盧山〉注），賦七律〈卍庵自東林欲還蜀，某以報恩招之，大人賦詩勸請，再次韻〉，有『憶昔拄杖過東林』句。』

撫州任內，莅事精確，老於州縣者所不及。

史傳》：「尋除知撫州。年未三十，莅事精確，老於州縣者所不及。」《譜傳》：「尋除知撫州事。臨川猾卒趨劫庫兵，一時鼎沸，官吏屏跡。公單騎馳赴軍中，喻列校曰：『汝曹必欲爲亂，請先殺太守。』僉曰：『不敢，惟所給未敷耳。』公即手喻眾卒，聽命者待以不死，隨取金帛以次支給，摘發數卒，叱之曰：『倡亂者罔赦』立命斬之。眾校俯伏不敢仰視，闔城宴然。事聞，帝極嘉獎。時年未三十，莅事精確，雖老於州縣者所不逮也。」

銘按：〈宛譜〉據二傳「年未三十」語，繫孝祥知撫州於紹興三十年，惟對證孝祥所作詩文及其行實，多乖舛不合。李一飛〈張孝祥年譜辨誤〉云：「張孝祥知撫州時在紹興三十二年（1162）初夏至隆興元年（1163）春末，爲期一年。《史傳》、《譜傳》所謂『年未三十』乃誇說之詞，或爲『年才三十』之誤。」李說可信。孝祥除知撫州在紹興三十二年閏二月一日，三月起程赴任，抵臨川（撫州治）時，大約已是四月初了。

是年，有〈賀太上皇帝遜位表〉、〈賀今上皇帝登極表〉、〈賀立皇后表〉。

銘按：史載今年六月高宗詔皇太子即帝位。八月孝宗追冊皇后郭氏。三表俱見於《文集》卷二十。

孝宗隆興元年癸未（1163）三十二歲

正月，以張浚爲樞密使，都督江淮東西路軍馬，開府建康。五月，宋軍大潰於符離。帝下詔親征。七月，湯思退復相。十一月，詔廷臣集議和金得失；召張浚還，遣王之望爲金國通問使。十二月，湯思退、張浚並相，浚仍都督江淮軍馬。

三月，**轉朝散大夫。**

《文集》附錄〈轉朝散大夫誥〉：「敕朝奉大夫、新除尙司郎官張孝祥……可特授朝散大夫，行尙書儀司郎官。奉敕如右，牒到奉行。隆興元年三月一日。」

銘按：由誥首知孝祥轉朝散大夫之前，曾除朝奉大夫。〈宛譜〉云：「當是孝宗新即位時（按孝宗去年六月丙子即位）所除官。」應屬可信。

四月，從弟孝伯及王阮舉進士。

孝伯參閱紹興七年譜。《續通鑑》卷一百八十三：「（隆興元年四月）壬申，賜禮部進士木待問以下五百三十八人及第、出身。」《南宋館閣續錄》卷九〈實錄院同修撰〉：「張孝伯字侶之，和州烏江人。隆興元年木待問榜同進士出身。治詩。（慶元）四年正月以權刑部侍郎兼，八月爲吏部侍郎。五年十月除權禮部尙書並兼。」

王阮，字南卿，江州德安人。《宋史》卷三百九十五有傳。岳珂《桯史》云：「德安王阮仕至撫州守，嘗從張紫微學詩。」阮好學尙氣節，與孝伯同榜進士，對策極言宜遷都建康，以圖進取。紹興中知濠州，修戰守具，金人不敢南侵。改知撫州，時韓侂冑當權，聞阮名，特命入奏，將誘以美官。阮不答，陛對畢，拂衣出關，侂冑大怒，批旨予祠，歸廬山，盡棄人間事，惟從容觴詠而已。著有《義丰集》，四庫著錄。

去臨川，有〈去臨川書西津漁家〉詩。

《文集》卷七有〈去臨川書西津漁家〉詩云：「作客臨川又一年，卻尋歸路淺灘舡。宦游到處眞聊爾，別恨何須更黯然。夾道長紅慚父老，繞城濃碧記山川。無端此地成留滯，定自從渠有宿緣。」

銘按：孝祥去年三、四月間抵臨川，於今年三、四月間去臨川，前後正好一年。

五月，充集英殿修撰，知平江府。有〈平江府到任謝表〉。

《史傳》：「孝宗即位，復集英殿修撰，知平江。」〈譜傳〉：「孝

宗即位，除集英殿修撰，知平江軍府事，提舉學事，賜紫金魚袋。」
范成大《吳郡志》卷十一〈本朝牧守題名〉：「張孝祥，左承議郎充集
英殿修撰，隆興元年五月到，二年二月赴召。」

〈平江府到任謝表〉見《文集》卷二十。

銘按：平江府宋時屬兩浙路，治吳縣，即今江蘇省吳縣。

治平江有善政，判決如流，庭無滯訟。

《史傳》：「知平江，府事繁劇，孝祥剖決，庭無滯訟。屬邑大姓
並海囊橐爲姦利，孝祥捕治籍其家，得穀粟數萬。明年，吳中大饑，
迄賴以濟。」〈譜傳〉：「平江乃臨安藩屏，寄任匪輕，公扶植善類，
鋤抑強暴，判決如流，庭無滯獄。屬邑有大姓煮海囊橐爲姦利，怙勢
作威，禍延郡邑，公捕治，籍其家，得粟數萬斛。明年，吳中饑，乞
賴以濟。」

上疏請不催兩浙積欠。

《文集》卷十七有〈乞不催兩浙積欠箚子〉，題下注：「知平江府
日」。

〈宛譜〉云：「韓元吉《南澗甲乙稿》卷七，有臨江仙〈寄張安
國〉詞云：『自古文章賢太守，江南只數蘇州；而今太守更風流，熏
香開畫閣，迎月上西樓……』按孝祥於明年春召赴行在，二月初入對，
此詞似本年所寄。《文集》卷三十一，水調歌頭〈爲總得居士壽〉換
頭云：『忽扁舟、凌駭浪，到三吳。』知張祁在本年生日前曾就養平
江。」

父祁知江州。

〈宛譜〉云：「《文集》卷六〈和曾裘父韻送老人赴鎮九江〉詩：
『邊箭收聲江不波，盧山高處與天摩。向來只作青鞋計，此去無如紫
詔何……』《四庫全書》輯本王質《雪山集》有〈代張江州謝到任表〉
（卷四）及〈代張守謝張都督〉啓（卷九）注謂係紹興三十年及隆興
二年代張孝祥作，顯誤。孝祥未曾守江州。據韓元吉《南澗甲乙稿》
卷二十二〈安人張氏墓誌銘〉：『父祁，歷官淮南轉運，知江州』，並

稱『江州擇其婿甚艱』，因知此『江州』及『守』係張祁無疑。孝宗隆興元年正月以張浚爲樞密使都督江淮東西路軍馬，開府建康。謝啓所謂『兼收群才，共集大事』，當在此時，表、啓篇首相似，均謂轉運論罷而復起爲州，可見係同時所作。又據上引水調歌頭〈爲總得居士壽〉詞中有「此興渺江湖」等語，說明就養平江到生辰尚未除官，從他詞知祁生日在梅雨季節，故其起知江州當在初夏以後。」

六月，送王壽朋歸霅川，有序。

　　《文集》卷十五〈送王壽朋歸霅川〉：「王壽朋臨川相從，度彭蠡，登廬阜，方舟順流，盡覽東南山川之勝，蓋三閱月，至吳門而後別去……隆興初元六月二十五日。」

八月，為趙再可名屋室為「樂齋」，有記。

　　《文集》卷十三〈樂齋記〉：「趙再可於癸未之秋，往主濠之鍾離簿事，過別予於吳門……予名之曰樂齋……八月二十六日，張某記。」

冬，作〈湯伯達墓誌〉。

　　銘按：〈湯伯達墓誌〉見《文集》卷二十九。伯達爲湯思退子。思退以紹興三十年（1160）十二月爲汪澈劾罷，隆興元年（1163）七月復相。文中敘思退託孝祥代書墓誌之原委甚詳。略云：伯達於隆興元年葬麗水縣之東塘。思退「蒙恩復相，累丐歸不能遂，其葬也，又將不復送焉」因此「敬煩安國爲銘余子之墓，且篆其額曰『湯伯達墓』，題其首曰『湯伯達墓誌銘』，以志余無窮之思焉。」

十二月，作歲晏苦寒帖。

　　〈徐譜〉按：「此帖本集不載，乃出自六藝之一錄卷三九五、冊一七一〈宋賢墨跡啓札〉。其文下署：『十二月八日，左承議郎充集英殿修撰知平江府張孝祥箚子。』」

隆興二年甲申（1164）三十三歲

　　三月，詔張浚視師於淮。四月，張浚罷，改判福州。八月，張浚薨；遣魏杞爲金國通問使。十一月，楚州、濠州、滁州陷于金；湯思

退罷，旋卒；王抃使金議和。十二月，澶淵之盟成，宋稱金為叔父。二月，以張浚荐召赴行在，入對。除中書舍人，直學士院兼都督府參贊軍事，領建康留守。

　　《史傳》：「張浚自蜀還朝，薦孝祥，召赴行在。孝祥既素為湯思退所知，及受浚薦，思退不悅。孝祥入對，乃陳『二相當同心戮力，以副陛下恢復之志。且靖康以來惟和戰兩言，遺無窮禍，要先立自治之策以應之。』復言：『用才之路太狹，乞博采度外之士以備緩急之用。』上嘉之。除中書舍人，尋除直學士院兼都督府參贊軍事。俄兼領建康留守。」〈譜傳〉：「張魏公還朝，乃首薦公，召赴行在。入對，勸帝辯邪正，審是非，崇根本，壯士氣，因痛陳國家委靡之弊。且靖康以來，惟和戰兩言遺無窮禍，要先立自治之策以應之。又陳二相當同心協力，以副陛下恢復之志。復陳用才之路太狹，乞博採度外之士以備緩急之用。上嘉之。除中書舍人，遷直學士院，俄兼都督府參贊軍事。時魏公欲請帝幸建康以圖進兵，復薦公領建康留守。」《宋中興百官題名錄》：「張孝祥……隆興二年二月，以中書舍人兼直學士院。」

　　〈宛譜〉按：「〈譜傳〉但言『張公還朝』，《史傳》作『自蜀』誤。浚自紹興三十一年調回建康後，即往來沿江及兩淮措置軍事，未嘗至蜀。所謂『還朝』，當指隆興元年十二月乙丑張浚入見，孝宗以浚為尚書右僕射同中書門下平章事兼樞密使仍都督江淮東西路軍馬。又《文集》卷二十有〈中書舍人直學士院謝表〉，附錄〈陞中書舍人直學士院誥〉亦云：『可依前朝奉大夫升中書舍人直學士院。』足證《史傳》所稱『尋除』亦誤。」宛說可信。

有〈再除中書舍人辭免奏狀〉、〈辭免參贊軍事兼知建康府奏狀〉、〈中書舍人直學士院謝表〉、〈論治體劄子〉、〈論用才之路欲廣劄子〉。

　　〈再除中書舍人辭免奏狀〉、〈辭免參贊軍事兼知建康府奏狀〉見《文集》卷十八。

　　〈中書舍人直學士院謝表〉見《文集》卷二十。

〈論治體劄子〉見《文集》卷十七。題下注「甲申二月九日」。此劄子內容正是「痛陳國家委靡之弊。」

〈論用才之路欲廣劄子〉見《文集》卷十八。

在建康留守席上賦〈六州歌頭〉，張浚為之罷席。

《文集》卷三十一〈六州歌頭〉：「長淮望斷，關塞莽然平。征塵暗，霜風勁，悄邊聲。黯銷凝。追想當年事，殆天數，非人力，洙泗上，絃歌地，亦羶腥。隔水氈鄉，落日牛羊下，區脫縱橫。看名王宵獵，騎火一川明。笳鼓悲鳴。遣人驚。念腰間箭，匣中劍，空埃蠹，竟何成。時易失，心徒壯，歲將零。渺神京。干羽方懷遠，靜烽燧，且休兵。冠蓋使，紛馳騖，若為情？聞道中原遺老，常南望翠葆霓旌。使行人到此，忠憤氣填膺。有淚如傾。」明・陶宗儀《說郛》卷二十九：「六州歌頭……近張安國在建康留守席上賦一篇……魏公（張浚）為罷席而入。」《歷代詩餘》卷一百十七引《朝野遺記》：「張孝祥紫微雅詞，湯衡稱其平昔未嘗著稿，筆酣興健，頃刻即成，卻無一字無來處。一日，在建康留守席上作〈六州歌頭〉，張魏公讀之，罷席而入。」明・陳霆《渚山堂詞話》卷一：「張安國在沿江帥幕。一日預宴，賦〈六州歌頭〉……歌罷，魏公流涕而起，掩袂而入。」

〈六州歌頭〉為《于湖詞》中最傑出的篇章，歷來選集皆注此詞作於隆興元年（1163）或二年（1164）。惟〈宛譜〉繫之於紹興三十二年（1162 年）春，並多次摘文詳為辨證，其理由大致如下：（一）紹興三十一年（1161）冬十月，張浚自提舉江州太平興國宮復觀文殿大學士、判潭州；十一月改判建康府兼行宮留守。三十二年春正月五日，高宗到建康府，張浚入對，詔浚仍舊行宮留守。二月初六日，高宗還臨安。孝祥赴建康在浚幕作客，當即在此時。（二）如果這首詞寫在符離之潰後，何以無一語涉及？（三）隆興元年宋金交戰的主要戰場在淮河流域，不像完顏亮南進時（紹興三十一年九月）那樣夾江對峙，只有隔水就是「氈鄉」，從建康才能見到「騎火一川明」，並聽到「笳鼓悲鳴」。（四）「冠蓋使、紛馳騖」是指兩國使者絡繹於途，

這年正月金主遣使來聘，二月宋亦遣洪邁使金，故詞人憤激而發出「若為情」的質詢。

李一飛〈張孝祥年譜辨誤〉（刊《吉首大學學報》1987 年第一期）則謂〈宛譜〉所論不確，並辨證此詞的寫作背景如下：（一）洪邁充賀大金登寶位國信使使金在紹興三十二年三月丁巳，四月戊子「辭行」（《續資治通鑑》卷一百三十六及卷一百三十七），「六月賀上，……歸」（卷六十一〈交聘表中〉），而孝祥已於是歲閏二月十六日前自建康回宣城（〈題王朝英梅溪竹院〉，前已引錄），設孝祥果於正、二月在建康賦此詞，則不能據洪邁使金事有「冠蓋使，紛馳騖」句，況宋金在非戰情況下（此時完顏雍初即位）互派使臣賀正旦、生辰是司空見慣的事，未足使詞人產生「忠憤氣塡膺」的強烈感情。故此詞非紹興三十二年初所作。（二）使詞人產生如斯強烈感情的背景，是隆興北伐失利後醞釀著的又一次「和議」。孝宗即位之初，頗有意恢復，起用一批主戰將領北伐，一度收復宿州。但自隆興元年五月符離兵潰後，孝宗恢復之志也隨之崩潰，一時和議之論再起。八月，遣盧仲賢使金；十一月，王之望充金通問使，許割唐、鄧、海、泗四州；二年正月，又遣胡昉使金。時湯思退主和，張浚主戰，鬥爭激烈。孝祥是張浚恢復事業的積極贊助者。但由於孝宗傾向和議，故主戰派的處境越來越不利。正是在這種北伐受阻、和論甚熾的背景下，在作者恢復的努力遭到新的挫折的時刻，詞人那忠憤之氣才隨筆湧出，為賦此詞。（三）此前，隆興元年十二月，除孝祥中書舍人、直學士院，兼江淮都督府參贊軍事，俄領建康留守。孝祥於隆興二年二月赴任，有〈赴建康畫一利害〉奏議（《文集》卷十八）云：「臣今來起發，欲先往鎮江府措置事宜訖，即至建康交割職事，就令本府以次官時暫權管，卻往兩淮。將來若有邊事，亦許臣往來措置。」可知詞人到任後，立即對都督府所轄的兩淮前線作了一次視察，詞中「長淮望斷」、「隔水氈鄉」、「騎火一川明」、「使行人到此」這些邊界實況，便是詞人此次臨淮巡邊所獲得的印象，而

不能是坐在數百里之遙的建康所憑空臆想出的。故此詞的寫作時間不是紹興三十二年正、二月，而是隆興二年二、三月。

銘按：詳考史料，當以李說爲是。宛說除誤引洪邁使金月份外，於「三十二年春正月五日，詔浚仍舊兼行宮留守」一語，亦嫌粗略，查《繫年要錄》卷一百九十六：「（紹興三十二年正月）壬申，上至建康府……詔浚免兼行宮留守，從浚請也。」是此時乃「免」浚兼行宮留守，非「仍舊」兼行宮留守。「詔浚仍舊兼行宮留守」是二月庚子（三日）高宗將去建康（六日）前夕，而非正月五日。又《續通鑑》卷一百三十九載：「（隆興元年十二月）丁丑，金主獵于近郊，以所獲薦山陵，自是歲以爲常。」「（二年正月）辛亥，金主獲頭鵝，遣使薦山陵，自是歲以爲常。」前此則未見金主郊獵之記載。詞中有「看名王宵獵，騎火一川明」句，似亦可作爲此詞賦於隆興二年二、三月之證據。且張浚自隆興元年正月進樞密使，都督江淮東西路軍馬，開府建康，至隆興二年四月罷相改判福州這段時間，一直都在建康（江淮東西路宣撫使帥府在建康），孝祥於建康留守任內與張浚宴飲，必是常有之事。

三月，改除敷文閣待制，留守如舊。

《史傳》：「以言者改除敷文閣待制，留守如舊。」〈譜傳〉：「湯思退言，改除敷文閣待制，留守如舊。」《宋會要輯稿》第一百二十冊，選舉三四之十四：「（隆興二年）三月一日詔中書舍人兼直學士院知建康府張孝祥罷參贊軍事，除敷文閣待制，依舊知建康府。」宋·周應合《景定建康志》卷一〈留都錄·行宮留守〉：「張孝祥，隆興二年三月以敷文閣待制安撫使兼行宮留守司公事。」卷十四〈建康表十〉：「三月七日……張孝祥知府事，十月十二日罷。」

〈宛譜〉：「思退主和，故諷尹穡論浚並及其督府官員。孝祥雖未遽罷，但中書舍人改敷文閣待制，已由正四品降爲從四品了。」

有〈建康求晴設醮〉文、〈論蕭琦第宅及水災賑濟劄子〉。

〈建康求晴設醮〉文見《文集》卷二十五。

〈論蕭琦第宅及水災賑濟箚子〉見《文集》卷十八，題下注：「知建康府日」。篇首云：「臣六月二十二日准御寶封送下御筆付臣及蕭琦第宅圖本，臣已望闕百拜祗領訖。」

十月，被劾落職，歸蕪湖。

《史傳》：「會金再犯邊，孝祥陳金之勢不過欲要盟。宣諭使劾孝祥落職，罷。」〈譜傳〉：「及魏公罷判福州，宣諭劾公爲黨落職。」《景定建康志》卷十四〈建康表十〉：「（隆興二年）三月七日……張孝祥知府事，十月十二日罷。」《宋會要輯稿》：「（隆興二年十月）四日，左朝奉郎敷文閣待制知建康府張孝祥落職放罷。以御史尹穡論其出入張浚、湯思退之門，反復不靖故也。」

〈宛譜〉按：「主和對主戰派勢不兩立，張浚既罷，勢必影響到孝祥，但時間並非緊接在一起。據《文集》卷二十八〈題單傳閣記後〉，此年九月尙在建康府任，其時張浚已於八月先卒。至『金再犯邊』係指冬十月辛巳，金兵復渡淮，實由於思退陰遣孫造諭敵以重兵脅和，孝祥『要盟』的判斷是正確的。湯黨懼事敗露，必然要將孝祥劾罷。故《史傳》所載較爲得實。隆興二年四月，召浚還而以錢端禮、王之望宣諭兩淮，劾孝祥者當即彼輩。孝祥罷歸蕪湖，曾爲吳波亭書額，見《蕪湖縣志》卷三十六。」銘按：〈宛譜〉是說，詳實可信。

孝宗乾道元年乙酉（1165）三十四歲

二月，罷江淮都督府。三月，魏杞使金還，始正敵國禮，稱大宋姪皇帝。五月，郴州盜李金復作亂。十月，遣方滋使金賀正旦；金遣高衎來賀會慶節，以後每歲如之。十二月，遣使賀金主生辰，金亦遣使來賀明年正旦，以後每歲如之。

春夏，往來蕪湖、當塗間。正月十日，書〈滿江紅・于湖懷古〉。

元・吳師道《吳禮部詞話》：「于湖玩鞭亭，晉明帝覘王敦營壘處。自溫庭筠賦詩後，張文潛又賦于湖曲，以正湖陰之誤。詞皆奇麗警拔，膾炙人口。徐寶之、韓南澗亦發新意。張安國賦〈滿江紅〉

云：『千古淒涼，興亡事，但悲陳跡……（中略）……看東南佳氣鬱
葱葱，傳千億。』雖間采溫張語，而詞氣亦不在其下。嘗見安國大
書此詞，後題云：『乾道元年正月十日』筆勢奇偉可愛。」（參閱譜
前「寓居蕪湖」條）。

**有詩詞〈寄當塗王守叔堅〉、〈隱靜覓杉株〉、〈水調歌頭・隱靜山
觀雨〉及文〈隱靜修造記〉、〈題單傳閣記後〉、〈太平州學記〉。**

銘按：隱靜寺在當塗，當塗與蕪湖同屬江南東路太平州。《文集》
卷十有絕句〈寄當塗王守叔堅〉及〈隱靜覓杉株〉。卷三十一有樂府
〈水調歌頭・隱靜寺觀雨，寺有碧霄泉〉。卷十三有〈隱靜修造記〉，
內云：「妙義禪師道恭，紹興甲子自大梅來……於今二十有二年」由
紹興甲子（1144）後推，至乾道元年（1165），前後正二十二年。卷
二十八有〈題單傳閣記後〉云：「去年九月，某守建康，公行部至郡，
嘗見屬書此記，時文未具也。今年夏，某將赴桂林，道過隱靜，則記
成而公蓋死矣。感概以泣，敬如志。」

〈太平州學記〉見《文集》卷十三，文中云：「甲申秋，直秘閣
王侯秬來領太守事……明年春，和議成，改元乾道，將釋奠于學。……
夏四月既望，歷陽張某記。」由此可知孝祥於四月既望之前仍在蕪湖
（屬太平州）。

復集英殿修撰，知靜江府、廣南西路經略安撫使。

《史傳》：「復集英殿修撰，知靜江府、廣南西路經略安撫使。」
〈譜傳〉：「思退竄，仍復集英殿修撰，知靜江府、廣南西路經略安撫
使。」《南宋制撫年表》卷下〈廣南西路安撫使知靜江〉條引《廣西
志》載：「乾道元年張孝祥任之。」《廣西通志》卷二二二〈金石略八〉：
「……是孝祥以乾道元年知靜江也。」《文集》卷三十〈邕帥蔣公墓
誌銘〉：「乾道元年，余守桂林。」

〈宛譜〉云：「據《文集》附錄〈除秘撰改知潭州權荊南提刑誥〉
內稱此時全銜為：『左朝奉大夫充集英殿修撰知靜江軍府事提舉學事
廣南西路兵馬都鈐轄兼本路經略安撫』。《譜傳》謂：『思退竄，仍復

集英殿修撰。』按思退以隆興二年（1164）十一月辛卯罷，落職永州居住，行至信州憂悸而死。與孝祥復官相距約半年。宋靜江府治在桂林。」

有〈辭免知靜江府奏狀〉。

見《文集》卷十八。

由蕪湖取道今江西、湖南赴任。

銘按：孝祥〈題單傳閣記後〉：「今年夏，余將赴桂林」，而〈太平州學記〉作於四月既望，此時尚在蕪湖，五月四日則已至南陵（引見下），由此知孝祥自蕪湖出發的時間在四月下旬至五月二日之間，而於七月中旬以後抵桂林。根據《文集》現存詩詞，得知其赴任路線大略如下：

（一）自蕪湖出發經青陽至饒州（治鄱陽）。《文集》卷三十一樂府有〈水龍吟・望九華山作〉：「竹輿曉入青陽，細風涼月天如洗……恨世緣未了，匆匆又去，空凝竚，煙霄裏。」「匆匆又去」說明只是路過遙望而已。至饒州後，往訪王十朋，二人唱和甚懽，存詩多首，略言如下：孝祥原詩〈月之四日至南陵，大雨，江邊之圩已有沒者。入鄱陽境中，山田乃以無雨為病。偶成一章，呈王龜齡〉（《文集》卷二），王和詩〈張安國舍人以南陵鄱陽雨暘不同示詩次韻〉。王原詩〈喜雨〉，孝祥和詩〈王龜齡賦喜雨，諸賢畢和，某客行半月，未嘗晴也，故於末章云〉二首（《文集》卷五）。王原詩〈閔雨〉，孝祥和詩〈鄱陽使君王龜齡閔雨，再賦一首〉（《文集》卷二）。孝祥原詩〈夜讀五公楚東酬唱，輒書其後，呈龜齡〉（《文集》卷七），王和詩〈次韻安國讀楚東酬唱集〉。孝祥原詩〈薦福觀何卿（麟）壁間詩，對之悵然，次前韻〉（《文集》卷七），王和詩〈次韻安國薦福壁何卿二詩悵然有感〉。王原詩〈五月二十五日餞安國舍人于薦福〉，孝祥和詩〈龜齡攜具同景盧、嘉叟餞別於薦福，即席再用韻賦四客詩〉（《文集》卷七）。王原詩〈再用韻送安國〉，孝祥和詩〈蒙侍御丈再用韻作送行詩，走筆和答，迫放舡不暇工也〉（《文集》卷七）。上述王十朋詩今俱存《梅

溪王先生文集・後集》卷九。

（二）經餘干到臨川。《文集》卷七有律詩二首，其一爲〈登清音堂，其下琵琶洲也，再用韻〉，詩云：「夜橫霜竹夢遊仙，曉到餘干月滿川……」其二題作〈餘干趙公頤，賢宗室也，魏公題其堂曰養正，且爲作銘，取易頤之義，刻碑堂上。予過之，爲賦詩〉。在臨川，故舊重逢，作〈浣溪沙・過臨川席上賦此詞〉二首，其一云：「我是臨川舊史君，而今欲作嶺南人……去路政長仍酷暑，主公交契更情親……」（《于湖先生長短句》卷四），次首云：「康樂亭前種此君，重來風月苦留人，兒童竹馬笑談新……」

（三）過豐城、清江、萍鄉。皆有詩：《文集》卷七有律詩〈雞籠福地在歷陽，將至豐城，望一山宛然，感之賦詩〉，《文集》卷十有絕句〈豐城觀音院有胡明仲、范伯達、汪彥章諸公題字〉。《文集》卷七有律詩〈入清江界，地名九段田，沃壤百里，黃雲際天，他處未有也〉。《文集》卷五有古詩，其序云：「萍鄉境上有驛，傍有老杉餘百本，余過而愛之。驛無名，余名之曰愛直，而爲之詩」

（四）入湖南境，至衡山縣，乘舟溯湘江。《文集》卷十一絕句〈早發衡山〉云：「飛廉盛怒土囊口，美滿風帆眞快哉。後日南山山下過，更留餘力掃塵埃。」又〈賦衡山張氏米帖〉、〈借魏元理畫〉兩詩亦作於衡山。（以上路線參閱〈宛譜〉及譚其驤《中國歷史地圖集》第六冊）。

銘又按：〈宛譜〉將孝祥與王十朋在鄱陽唱和諸詩繫於紹興三十年（1160）夏。惟據宋・王應辰〈龍圖閣學士王公墓誌銘〉載：王十朋於隆興二年（1164）七月知饒州（治鄱陽，屬江南東路），乾道元年（1165）七月移知夔州（治奉節，在今四川省），故二人相遇於鄱陽，只可能在今年夏天。

七月，經永州到桂林。

《文集》卷十四〈仰山廟記〉：「乾道元年，張某來守桂林……其七月，某至郡」。《文集》卷二〈七夕〉詩云：「去年永州逢七夕，今

年衡州逢七夕……」此詩作於乾道二年（1166）北歸經衡州之時，其「去年」即指今年。《文集》卷四〈汎湘江〉詩云：「十日行湘江，湘水清而溫……」陶本《于湖先生長短句‧拾遺》有〈南歌子‧過嚴關〉詞云：「路盡湘江水，人行瘴霧間。昏昏西北度嚴關，天外一簪初見嶺南山。北雁連書斷，秋霜點鬢斑。此行休問幾時還，唯擬桂林佳處過春殘。」《文集》卷十〈入桂林歇滑石驛題碧玉泉〉有句云：「須君淨洗南來眼，此去山川勝北州」。

九月，與張維遊中隱巖、白龍洞、劉公巖，為劉仲遠圖像題贊。

〈題桂林劉眞人眞贊〉見《文集》卷十六。《廣西通志》卷二二二〈金石略八〉：「提點刑獄公事延平張維，經略安撫使歷陽張孝祥，以會慶節祝壽于西山資慶寺。飯已，登超然亭，遂游中隱岩、白龍洞、劉公巖以歸。客長樂鄭顯、江文叔、黃杲、臨川吳鎰俱來。乾道元年九月廿二日。」又同卷〈劉仲遠畫象讚〉下云：「經略紫微張公，蓬萊主也。分閫炎方，坐清雅俗，公餘嘗爲山水游，豈快目于玉簪羅帶之奇，殆將徜徉物表，遐策飛鸞，高舉相從，一笑間爾。乾道改元九月，適訪南溪山劉仲遠隱眞岩，見劉圖像，書此以遺。」

十一月，遊眞山觀，煮茗於超然亭。

《文集》卷二十八〈題眞山觀〉：「張安國設道供于眞山觀……登永寧寺閣，遂入西山，煮茗於超然亭。北風欲雪，諸峰獻狀，景物之勝，不知身之在嶺表也。乾道元年十一月七日。」

十二月，遊還珠洞。

《桂林石刻‧與林得之等六人還珠洞題名》：「林得之置酒喜豐堂，劉子思、滕子昭、蔡濟忠、林德光、張安國同集。乾道元年臘日（農曆十二月八日）。」

治桂林有聲績。公暇與交遊時相唱和。

《史傳》：「治有聲績」。〈譜傳〉：「治有聲」。《廣西通志》卷六十五：「乾道元年以集賢修撰知靜江府廣南西路經略安撫使，聲績日茂。」銘按：孝祥公暇之餘，與好友得意山水間，時相唱和。雖此

地山水勝北州，然唱和中，不時流露思歸情結。今據《文集》摘錄桂林唱和之作如下：卷三十一〈水調歌頭・桂林中秋〉、〈水調歌頭・桂林集句〉，卷三十三〈柳梢青・餞別蔣德施粟子求諸公〉，卷三十二〈滿江紅・思歸寄柳州林守〉，卷三十一〈念奴嬌・仲欽提刑仲冬行邊，漫呈小詞，以備鼓吹之闕〉、〈念奴嬌・再和〉、〈念奴嬌・欲雪呈朱漕元順〉，卷三十三〈定風波〉（鈴索聲乾）。另有〈送吳教授〉序，見《文集》卷十五。

乾道二年丙戌（1166）三十五歲

五月，修建康行宮。十二月，以葉顒、魏杞爲尚書左右僕射，並同平章事兼樞密使，蔣芾參知政事，陳俊卿同知樞密院事。

二月，作〈仰山廟記〉。

《文集》卷十四〈仰山廟記〉：「乾道元年，張某來守桂林，時李金方寇郴陽，羽書交馳於道……二年二月旦，張某記。」

三月，行吟廣右道中；與張維、朱元順遊水月洞。

《文集》卷十一〈廣右道中〉絕句二首，次首有「嶺南三月已煩暑」句。

《文集》卷十四〈遊朝陽巖記〉云：「丙戌上巳，余與張仲欽、朱元順來遊水月洞。」銘按：上巳指農曆三月上旬的巳日。〈徐譜〉云：「『上巳』者指三月第一日。」經查：乾道二年三月乙巳爲三月一日，無誤。

《文集》卷三有〈登馬氏永寧閣和朱漕元順分韻〉、〈再用韻呈仲欽、元順〉二詩。次首有句：「郊原春無數，風日極清美」，知二詩作於此時。

四月，詔罷靜江府。代之者張維。

《史傳》：「復以言者罷。」《朱會要輯稿》第百冊・卷三千八百九十，職官七一之十四：「（乾道二年四月）十八日，詔靜江府張孝祥、知饒州蔣大祐並放罷……以殿中侍御史王伯庠論孝祥專事遊

宴……故有是命。」《南宋制撫年表》卷下載任「廣南西路安撫使知靜江府」者，乾道元年爲孝祥，乾道二年至五年爲張維。

　　銘按：罷孝祥知靜江府之詔令，下於四月；孝祥去職離桂林則在六月下旬（詳後）。張維（1113～1181），字仲欽，一字振綱，南劍州劍浦人。紹興八年進士，官至尙書左司郎中。

五月，作〈棠陰閣記〉、〈踏莎行〉詞。

　　《文集》卷十四〈棠陰閣記〉歷述與張維交往。略云：「前年（1164）余爲建康，仲欽適通判府事，當塗闕守，余檄仲欽攝焉。居數月，余罷建康，仲欽亦代去……去年（1165）余來守桂林，仲欽提點廣西獄事……昔召伯之教，明于南國，而人愛其甘棠，故余登仲欽之閣，名之曰棠陰，以識民異日之思。閣之前有榕木，交蔭閣上，仲欽之所遊息。乾道丙戌五月朔日，歷陽張某記。」

　　《文集》卷三十三有〈踏莎行〉一首：「藕葉池塘，榕陰庭院，年時好月今宵見……」題下注曰：「五月十三日，夜月甚佳，戲作」。

再遊水月洞，名其巖曰「朝陽」，並題記。

　　《文集》卷十四〈遊朝陽巖記〉：「丙戌上巳，余與張仲欽、朱元順來遊水月洞，仲欽酷愛山水之勝，至晚不能去。僧了元識公意，即其上爲亭，面山俯江，據登覽之會。五月晦，余復偕兩賢與郭道深來……仲欽忻然，舉酒屬余曰：『茲亭由我而發，盍以名之？』余與仲欽頃同官建康，蓋嘗名其亭曰朝陽，而爲之詩……今亭適東鄉，敢獻亭之名亦以朝陽，而巖曰朝陽之巖，洞曰朝陽之洞。元順、道深合辭稱善，即書巖石，記其所以。張某記。」

六月，遊屏風山，題詩於愛巖下。

　　《文集》卷四有〈初得愛巖〉詩云：「高岩劃天門，仄徑通乳穴……萬壑生悲風，六月不知熱……」《桂林石刻》錄此詩，題作〈屏風山題詩〉，詩後加載：「丙戌六月初得此岩，賦以寄興。張安國題。」並注云：「上摩崖在屏風山程公岩，詩草書徑三寸，已毀。」《廣西通志》卷二百二十二〈金石略八〉亦著錄此詩，題作〈張安國詩〉。

作千山觀於桂林西峰，並題記。

　　《文集》卷十四〈千山觀記〉：「桂林山水之勝甲東南，据山水之會，盡得其勝，無如西峰。乾道丙戌，歷陽張某因超然亭故基作千山觀，高爽閎達，放目萬里，晦明風雨，各有態度。觀成而余去，酒書記其極。」由「觀成而余去」知此記作於孝祥將去桂林之時。

　　《文集》卷五有〈遊千山觀〉詩云：「朝遊七星巖，暮上千山觀……」卷十一有〈登七星山呈仲欽〉詩二首及〈風洞〉一首，《宋詩紀事》卷五十一題作〈元風洞〉，並注云：「在桂林七星山，陰風襲人，凜如冰雪」詩中有句云：「應憐嶺海長炎熱，乞與清涼萬竅風。」知此三詩作於同時。

　　又：《文集》卷十二有〈題方務德靜江所作雪觀〉詩，《文集》卷十一有〈送酒臨桂令〉詩，臨桂爲靜江府屬縣之一，據《廣西通志》卷四十八載：宋時，靜江府統屬縣十：臨桂、興安、靈川、荔浦、永福、修仁、義寧、理定、古縣、永寧。《文集》卷二〈范達甫許送端硯〉詩有「桂州刺史書成癡」句。《文集》卷四〈中隱〉詩有「去年郴州賊，俯視衡嶽顛」句，《續通鑑》卷一百三十九載：「（乾道元年五月）郴州盜李金復作亂」。由上所述，可確定此四詩皆作於靜江府任內。

去靜江。

　　《文集》卷三十〈邕帥蔣公墓誌銘〉：「乾道元年，余守桂林，初識潯州守蔣君德施……其明年，余免歸江東，君與邦人送余於興安，置酒擊鮮乳洞之下。時方六月，洞中極寒……」

　　《文集》卷三十四〈西江月‧桂州同僚餞別〉云：「別酒深深但勸，離歌緩緩休催」。卷八〈罷歸〉云：「……北行湘水闊，南望瘴煙微……遙知六七月，喜氣滿庭闈」。同卷〈罷歸呈同官〉云：「去年秋七月，我犯瘴煙來　　」同卷〈贈江清卿〉詩云：「嶺海適相逢，經年颶霧中……子昔南征鶴，吾今北去鴻……」故知皆去靜江時所作。

　　〈宛譜〉云：「《文集》卷七有〈張仲欽朝陽亭〉七律一首，原注：『亭在建康』。又〈次韻〉二首，序云：『明年余爲桂州，仲欽以常參

官十六人薦爲廣西提點刑獄公事。又明年余罷去，仲欽直秘閣實代余……乃賡建康之詩，以記余與仲欽事契如此……』詩雖一時酬應之作，然孝祥有『伏櫪壯心猶未已，須君爲我請長纓』等語，亦可見其懷抱。至張維次韻建康朝陽亭詩，《宋詩紀事》曾據《景定建康志》輯錄。

泛湘江北歸，過靈川、興安，遊浯溪。

〈宛譜〉云：「孝祥約在六月下旬離開桂林。」驗諸《文集》，是說可信。去年孝祥甫至桂林時有〈入桂林歇滑石驛題碧玉泉〉詩，今年去桂林時，復路過此地，有〈明年重過次韻六言〉、〈滑石〉二詩，分存《文集》卷十、卷八。〈滑石〉詩有「重來滑石鋪，爲愛碧泉鳴」句。

《文集》卷八〈過靈川寄張仲欽，兼贈王令尹〉詩云：「塵沙行半日，煙火是靈川。縣只三家市，渠通十斛舡……孝祥可能在此上船泛湘江北歸。《文集》卷五有〈過興安呈張仲欽〉詩，全題作「前日出城，苗猶立槁，今日過興安境上（銘按：靈渠亦在興安境上），田水灌輸，鬱然彌望，有秋可必。乃知賢者之政，神速如此。輒寄呈交代仲欽秘閣」，故知作於去靜江途中。《文集》卷九〈張欽夫、折子明、張定叟夜話舟中，明日賦詩爲別〉詩有「江北我歸去，湘西君卜居」句。

《文集》卷三十一〈水調歌頭·泛湘江〉上片云：「濯足夜灘急，晞髮北風涼。吳山楚澤行徧，只欠到瀟湘。買得扁舟歸去，此事天公付我，六月下滄浪。蟬蛻塵埃外，蝶夢水雲鄉。」

《文集》卷三十一〈水龍吟·過浯溪〉上片云：「平生只說浯溪，斜陽喚我歸舡繫。月華未吐，波光不動，新涼如水。長嘯一聲，山鳴谷應，栖禽驚起。問元顏去後，水流花謝，當年事、憑誰記？」《文集》卷三古詩〈題朱元順浯溪圖〉云：「去年（銘按：指乾道元年）過浯溪，王事有期程，夜半度湘水，但見天上星。平生中興碑，夢入紫翠屏，已辦北歸時，十日窮攀登……」銘按：《宋詩紀事》卷五十一據《浯溪集》錄〈浯溪中興頌〉七言古詩一首，題下注「在永州祁

陽縣」（潙溪在祁陽縣）。《文集》卷四〈暑甚得雨，與張文伯同登禪智寺〉詩有「自我來潙溪，奔走已旬浹」據此可知其在潙溪逗留時間。

七夕，抵衡陽；十五日登祝融峰。

《文集》卷四〈丙戌七夕入衡陽境獨游岸傍小寺〉詩云：「七年暑中行，道路萬里賒，今夕已七夕，我猶在天涯……文集」卷二〈七夕〉詩云：「去年永州逢七夕，今年衡州逢七夕……

《文集》卷八有〈遊福巖〉詩，全題作〈丙戌七月望日自南臺遊福巖書留山中〉。《文集》卷五有〈南臺〉詩云：「我遊衡嶽巔，路半此歇腳……文集」卷四〈福巖〉詩，題下注「丙戌七月」，有「煮茶南臺寺，更上千級梯」句。《文集》卷四〈上封寺〉詩云：「七月十五夜，我在祝融峰……文集」卷三十三樂府有〈望江南・南嶽銓德觀作〉。此皆遊衡岳時所作。

〈宛譜〉云：「卷八有〈丙戌七月望日自南臺遊福巖書留山中〉、〈和萬老〉、〈再和〉等詩，當皆遊衡岳時作。」銘按：南臺寺在衡嶽山麓，〈遊福巖〉詩後注有「南臺主僧萬致一能詩」語，〈和萬老〉詩有句云：「明發催舡鼓，風颭過橘洲」，橘洲在長沙縣西湘江中，故知〈遊福巖〉、〈和萬老〉二詩爲遊衡岳時作，無誤。惟〈再和〉詩有句云：「吾行聊復爾，處處賈胡留。天入星沙晚，風連夢澤秋」明此詩作於遊衡岳後，繼抵長沙之時（星沙在長沙縣境），非遊衡岳時所作。

《文集》卷十四〈衡州新學記〉云：「提點刑獄王君彥洪、提舉常平鄭加丙、知州事張君松，皆以乾道乙酉至官下……居無何而學成……明年八月旦，歷陽張某記。」故知此文亦作於今年北歸過衡州之時。

白長沙經湘陰・以中秋夜過洞庭。

《文集》卷三十一〈念奴嬌・離思〉上片云：「星沙初下，望重湖遠水，長雲漠漠。一葉扁舟誰念我，今日天涯風泊。平楚南來，大江東去，處處風波惡。吳中何地，滿懷俱是離索！」

　　《文集》卷九有〈贈別詩僧萬致一〉五律一首，其序云：「過湘中，得詩僧萬致一，於書無所不讀，非苟得詩名於僧中者。余欲與俱還吳中，而萬家浯溪，將結草庵其上，送余至湘陰復歸。作四十字以別。」

　　《文集》卷四〈湘中館〉詩有「去年過湘中，夜半投馬鞭」句。〈徐譜〉按：「去年過湘中是指乾道元年由萍鄉入湘往廣西任職之時。」其說是。《文集》卷三十二〈蝶戀花・行湘陰〉下片云：「落月閑雲歸意促，小倚蓬窗，寫作思家曲。過盡碧灣三十六，扁舟只在灘頭宿」故知亦此時作。

　　《文集》卷三十四〈浣溪沙・阻風三峰下〉云：「滿載一舡秋色，平鋪十里湖光……水晶宮裏奏霓裳，準擬岳陽樓上。」銘按：此闋詞《名家詞本》題作〈黃陵廟〉，黃陵廟在湖南湘陰縣之北。《文集》卷四十與〈黃子默〉書云：「某離長沙且十日，尙在陵廟下，波臣風伯，亦善戲矣……」《文集》卷九復有五律一首亦題名〈黃陵廟〉，同卷有〈磊石〉詩云：「鼓發營田市，帆收磊石山」磊石山在湖南省湘陰縣北，青草湖南。以上諸作皆成於此時。

　　《文集》卷三十一〈念奴嬌・過洞庭〉最爲後世傳誦，詞云：「洞庭青草，近中秋，更無一點風色。玉鑑瓊田三萬頃，著我扁舟一葉。素月分輝，明河共影，表裏俱澄澈。悠然心會，妙處難與君說。應念嶺海經年，孤光自照，肝肺皆冰雪。短髮蕭騷襟袖冷，穩泛滄浪空闊。盡吸西江，細斟北斗，萬象爲賓客。扣舷獨笑，不知今夕何夕！」〈宛譜〉按云：「孝祥自來靜江，思歸之情時見於文字。但『以言者罷』似猶未能釋然。故此詞換頭有『應念嶺海經年，孤光自照，肝肺皆冰雪』等語。」　頗堪玩味。

　　《文集》卷三十三〈浣溪沙・洞庭〉詞有「行盡瀟湘到洞庭，楚天闊處數峰青」句。《文集》卷十四〈觀月記〉：「……余以八月之望過洞庭，天無纖雲，月白如晝。沙（指金沙堆）當洞庭、青草中……余繫舡其下，盡卻童隸而登焉……書以爲金沙堆觀月記。」據此知孝

祥於八月十五日過洞庭。《文集》卷一有〈金沙堆〉賦、〈祭金沙堆廟〉
辭，卷二有〈金沙堆〉詩，卷三有〈金沙堆屈大夫廟〉詩，皆同時所
作。

經黃州；九日重陽在蘄州；旋過江州東下。

〈宛譜〉：「九日，在蘄州；旋過江州東下。」《文集》卷九有五
律〈東坡〉、〈黃州〉，〈東坡〉詩云「繫舡著西日，曳杖過東坡」句，
〈黃州〉詩有「平生聞赤壁，今日到黃州」句。〈徐譜〉云：「是孝祥
首次至黃州」。銘按：黃州即今湖北省黃岡縣，蘇軾所遊赤壁在黃岡
縣城外，東坡亦在黃岡縣治。子瞻謫黃州，居州東坡，自號東坡居士。

《文集》卷三十四〈南歌子・仲彌性席上〉：「曾到蘄州不？人人
說使君……佳節重陽近，清歌午夜新。舉杯相屬莫辭頻，後日相思，
我已是行人。」卷七有律詩〈和仲彌性煙霏佳句兼簡貳車〉二首。《文
集》卷五〈書懷〉詩云：「七夕在衡陽，九日在蘄州；秋風浩如海，
我行尚扁舟……」《文集》卷三十四〈點絳唇・贈袁立道〉云：「四到
蘄州，今年更是逢重九……」《文集》卷九有〈謝蘄州仲寺丞〉詩，
其序云：「過蘄口，六奉寺丞仲文親帖之眖，今早本約來陳店，復勤
千騎至冶塘，所以招迎之意甚厚。感歎不已，賦此為謝。」同卷有〈臨
發再和〉詩。以上皆作於蘄州。

《文集》卷三十四〈減字木蘭花・琵琶亭林守王倅送別〉云：「江
頭送客，楓葉荻花秋索索。絃索休彈，清淚無多怕濕衫。故人相遇，
不醉如何歸得去？我醉忘歸，煙滿空江月滿堤。」卷七有〈庾樓和林
黃中韻〉詩云：「九月扁舟下水風，一尊佳處與君同……樓頭今古無
窮事，醉倚胡牀月滿空。」同卷復有〈高遠亭和林黃中韻〉詩。銘按：
琵琶亭、庾樓俱在今江西省九江縣境，宋時屬江州。

十月，為歷陽守胡昉撰〈三河記〉。

《文集》卷十四〈三河記〉：「直秘閣胡昉治歷陽之明年……乾道
丙戌十月旦，張某書于三瑞堂。」卷三十四有〈菩薩蠻・和州守胡明
秀席上〉。銘按：歷陽為和州屬縣。

蔡勘舉進士。

　　蔡勘，字定夫，莆田人。〈宛譜〉云：「據《于湖文集》謝堯仁序云：『天下刊先生文集者有數處。豫章爲四通五達之衝，先是先生之子同之將漕於此，蓋其責也。時侍郎莆陽蔡公屢勸之而竟不果，信知斯文通塞亦自有時。』又《文集》卷三十三有〈浣溪沙・烟水亭蔡定夫置酒〉：『艷艷湖光綠一圍，修林斷處白鷗飛……』按烟水亭在九江市甘棠湖，建於北宋熙寧年間，明末曾移址改建。此詞首二句正寫湖景。其次首上片云：『晚雨瀟瀟急做秋，西風掠鬢已颼颼，燭花明夜酒花浮……』則指置酒夜飲。」

乾道三年丁亥（1167）三十六歲

　　二月，虞允文知樞密院事。五月，修揚州城。六月，汪應辰權節制利州路屯駐御前軍馬。十一月，陳俊卿爲參知政事，翰林學士劉珙同知樞密院事。

三月望日，過金山。取蘇紳詩語，為寶印長老題「玉鑑堂」

　　《文集》卷二十八〈題蘇翰林詩後〉：「乾道丁亥三月望，張某過金山。長老寶印作堂上方，請名於某。敬取公詩中語名之曰玉鑑，而書其詩使刻山石。陸游《入蜀記》云：「玉鑑、蓋取蘇儀甫詩云：『僧依玉鑑光中坐，客踏金鰲背上行』儀甫果終於翰苑，當時以爲詩讖。」銘按：蘇紳字儀甫，泉州晉江人。眞宗天禧三年（1019）進士。曾上疏極言時事，帝嘉納之；進史館修撰，擢知制誥，入翰林爲學士，再遷尚書禮部郎中（《宋史》卷二百九十四本傳）。其原詩云：「九派分流擁化城，登臨潛覺骨毛清。僧依玉鑑光中坐，客踏金鰲背上行。鍾阜雲開春雨霽，海門雷吼夜潮生。因思絕頂高秋夜，四面雲濤浸月明。」

　　〈宛譜〉云：「同卷（二十八）〈題陸務觀多景樓長短句〉，據陸游慶元五年（1199）〈跋張安國家問〉有『某自浮玉別紫微，三十六年之間，摧頹抵此』等語。知係隆興二年（1164），方滋知鎮江時事。

重修多景樓成，陸游賦詞，孝祥書而刻於崖石。」

五月，起知潭州，權荊湖南路提點刑獄公事，旋改荊湖南路安撫使。

《史傳》：「俄起知潭州」。〈譜傳〉：「俄改知潭州，權荊湖南路提點刑獄公事」。《文集》附錄有〈除秘撰，改知潭州、權荊南提刑誥〉。據《南宋制撫年表》載：乾道三年，荊湖南路安撫使爲張孝祥。《文集》卷十八有〈辭免知潭州奏狀〉，卷四十有〈辭潭州劄子〉。

赴任經彭澤故縣；過江州，與王質遊廬山；旋過鄂州。

此據〈宛譜〉。《文集》卷四〈留題彭澤故縣修眞觀〉云：「五月間修途，今日一百里；暮投彭澤縣，愧此邑中士……」王質《雪山集》卷五〈于湖集序〉云：「歲丁亥，追遊廬山之間。」《文集》卷十一有〈舟中熱甚從鄂守李壽翁乞冰雪櫻桃〉及〈夜半走筆酬壽翁〉七絕二首。

六月，到潭州；餞送前任劉珙，今存致語及詞多首。

《南宋制撫年表》載：任荊湖南路安撫使者，乾道元年、二年爲劉珙，三年爲孝祥，四年爲孝祥、沈介。《文集》卷三十〈邕帥蔣公墓誌銘〉云：「乾道元年，余守桂林……其明年，余免歸江東……又明年，余帥長沙……」《文集》卷十五〈送野堂老人序〉：「乾道丁亥六月，余來長沙」，據此知孝祥於今年六月至長沙（潭州治所）。

〈宛譜〉錄孝祥致劉珙之文及詞如下：《文集》卷二十七〈湖南宴交代劉舍人〉致語，卷三十一〈水調歌頭‧送劉恭父趨朝〉，卷三十二〈青玉案‧餞別劉恭父〉、〈蝶戀花‧送劉恭父〉、〈鷓鴣天‧餞劉恭父〉（浴殿西頭）、〈鷓鴣天‧餞劉恭父〉（割鐙難留），卷三十四〈點絳唇‧餞劉恭父〉、〈蒼梧謠‧餞劉恭父〉三首。〈宛譜〉又云：「至若鵲橋仙一調，有：〈刑小連途末利〉、〈以酒果爲黃子默壽〉、〈戲贈吳伯承侍兒〉等，據詞意似均本年夏秋間作。」〈徐譜〉按云：「周益公集謂黃子默乃山谷之從孫，實傳詩社之正印，安國帥湖南時，爲其上客」並據此以斷〈鵲橋仙‧以酒果爲黃子默壽〉作於乾道三

至四年間。銘按：〈宛譜〉所錄、〈徐譜〉按語俱為可信。劉珙字共父或作恭父、共甫，與孝祥詩文往來甚繁，今存《文集》作於此時者，除上引外，尚有卷三十二〈鷓鴣天‧餞劉共甫〉（憶昔追遊）、卷三十三〈浣溪沙‧餞劉共甫〉（玉節珠幢），二詞本無題，據乾道本校補，劉共甫即劉共父。又《文集》三十三有〈浣溪沙‧洧劉恭父別酒〉亦作於此時。

為政簡易，時以威濟之，湖南遂以無事。

　　《史傳》：「為政簡易，時以威濟之，湖南遂以無事。」〈譜傳〉：「為政簡易，時濟之以威，湖南遂得以無事。有婦不宜於夫，夫商而歸，婦為具食，食已即死，其舅姑以為婦殺之無疑，涉三獄而婦不伏。公親鞠之，婦泣曰：『實無此志。顧食有魚肉，以鋏承之，鋏固在也。』公命取鋏復魚肉以飼犬，犬斃。因詢土人，謂湖外有蜈蚣盈尺，一遇食即殺之。公命索婦所，果得蜈蚣盈尺，仍取魚肉飼犬，復斃，事立為之平反。婦誓祝髮以報，眾大悅服。」

　　〈宛譜〉載孝祥到職後所撰詩文，時間可確定在秋季者有三：《文集》卷二十八〈題陳擇之克齋銘〉、卷九〈送仲子弟用同之韻〉、〈送謝夢得歸昭武〉。是皆可信。

　　銘按：《文集》卷二十有〈潭州謝復次對表〉，亦此時作。

冬，築敬簡堂。朱熹、張栻各為詩文以記。

　　《文集》附錄〈朱晦翁贈學士安國公敬簡堂詩〉：「煌煌定方中，農隙孟冬月，君侯敞齋扉，華榜新未揚⋯⋯」。《文集》附錄〈張南軒贈學士安國公敬簡堂記〉：「歷陽張侯安國治長沙既踰時，獄市清淨，庭無留滯。以其閒暇，闢堂為燕息之所，而名以敬簡⋯⋯」〈譜傳〉：「遂與敬夫（張栻）講性命之學，日夕不輟。築敬簡堂以為論道之所，而四方之學者至焉。公自篆〈顏淵問仁〉章於中屏，晦菴、南軒各為詩文以記之。」朱熹曾為書此記，《文集》卷四十與〈朱編修〉書云：「敬簡堂記遂煩揮翰，真可以託不朽。」

朱熹為衡岳之遊，邀晤于長沙。

〈宛譜〉云：「《文集》卷四十有與〈朱編修〉書七，其一云：『知且爲衡岳之遊，儻遂獲奉從容，何喜如之！不勝朝夕之望。』次書略謂：『某昨日方從欽夫約遣人迓行李，奉告乃承已至近境，欣慰可量！』其第三書云：『風雨留人，尊候復何如？登臺詩勉強不工，出師表同上。老兄遊山亦須待稍晴，未可以遽。』《文集》卷九〈酬朱元晦登定王臺之作〉後半云：『日月何曾蔽，風雲會有開；登臨一杯酒，莫作楚囚哀。』朱熹旋離開長沙，孝祥有南鄉子〈送朱元晦張欽夫邢少連同集〉詞云：『江上送歸船，風雨排空浪拍天……坐上定知無俗客，俱賢，便是朱張與少連。』按朱亦次韻一首，有『珍重使君留客意』、『明日回頭江樹遠』等語。別後孝祥又有復熹書云：『懷親遽歸，苦留不得，至今慊然。』」銘按：「懷親遽歸……」句見《文集》卷四十與〈朱編修〉書之四。其第六書云：「某別去再見新歲，懷鄉道義不能忘也。自來荊州，老者病甚思歸」知此書作於明年（乾道四年）知荊州時，故孝祥與晦庵約晤在今年，無誤。

作〈萬卷堂記〉、〈汪文舉墓誌銘〉、〈送野堂老人序〉、〈壽芝堂記〉等。

《文集》卷四十〈萬卷堂記〉：「歐陽文忠公之諸孫曰彙字晉臣者，居廬陵之安成，築屋其居之東偏，藏書萬卷，扁之曰萬卷堂。乾道丁亥冬，晉臣自廬陵冒大雪過余於長沙，曰：『彙堂成久矣，而未有記也，願以爲請。』」

《文集》卷二十九〈汪文舉墓誌銘〉有「（文舉）葬以十一月乙酉」句。《文集》卷十五〈送野堂老人序〉末署：「（乾道丁亥）十有二月六日，歷陽張某安國書。」《文集》卷十四〈壽芝堂記〉末署：「乾道丁亥十二月望，歷陽張某記。」故知皆作於今年冬。

沈端節任蕪湖丞。

〈宛譜〉云：「據《蕪湖縣志·名宦》，沈端節於本年任蕪湖丞，加意民瘼，後除知縣。」

銘按：沈端節字約之，吳興人，官至朝散大夫，著有《克齋詞》

一卷。孝祥有與〈蕪湖沈知縣〉啓、及〈浣溪沙・用沈約之韻〉，分別見《文集》卷二十三及三十三。孝祥卒後，沈約之有〈挽于湖〉及〈復挽〉詩，現存《文集・附錄》。

乾道四年戊子（1168）三十七歲

一月，奪秦塤、秦堪郊恩蔭補。四月，追封韓世忠爲蘄王；李燾上所著〈續通鑑長編〉自建隆至治平一百八卷。五月，諡趙鼎曰「忠簡」。七月，劉珙參知政事。八月，劉珙罷。

春夏在長沙。出郊勸農，與老稚會飲；並時與交遊唱酬。

據〈宛譜〉句。孝祥於帥長沙期間著作頗多。略列如下：《文集》卷三十二〈鷓鴣天・上元設醮〉二首，卷九〈出郊〉詩，卷五〈勸農分韻得干字〉、〈元宵同張欽夫邵懷英分韻得紅旗字〉、〈送張定叟〉、〈從張欽夫求笋脯並方〉、〈張欽夫送笋脯與方俱來復作〉、〈張欽夫和答再詩爲謝〉、〈次吳伯承送苦笋消梅韻〉二首、〈同張欽夫過陳仲思所居次仲思韻〉、〈贈陳監廟〉，卷九〈吳伯承生孫分韻得啼定字〉二首，卷十二〈從吳伯承乞茶〉、〈和伯承送茶韻〉、〈和伯承惠笋〉、〈次韻南軒喜雨〉四首，卷三十三〈臨江仙・帥長江寄靜江三故人張仲欽朱漕滕憲〉，卷三十四〈南歌子・贈吳伯承〉。（以上參閱〈宛譜〉）。

復待制，徙知荊南、荊湖北路安撫使。

《史傳》：「徙知荊南、荊湖北路安撫使。」《南宋制撫年表》載：荊湖北路安撫使，乾道四年至五年三月前爲孝祥，五年四月爲劉珙。《文集》卷十八有〈辭免知荊南奏狀〉。〈宛譜〉按云：「孝祥在長沙時已數請免，當徙知荊南曾再辭。」是說可信。〈辭免知荊南奏狀〉有「臣叨竊外藩，僅書歲考，頃緣親疾，屢丐免歸」、「上游重鎮，王旅所宿，望實既輕，顛隮是懼」等語。

去潭州，張栻贈序勉以講學。

張栻《南軒先生文集》卷十五〈送張荊州序〉云：「客問於某曰：『張荊州之行，子將何以告之？』某應之曰：『吾將告之以講學。』

客笑曰:『若是哉吾子之迂也。荆州早歲發策大廷,天子親擢爲第一?盛名滿天下。入司帝制,出典藩翰,議論風采,文章政事,卓然絕人。上流重地,暫茲往牧,所以寄任之意匪輕,而天下士亦莫不引領以當世功名屬於公也。夫以位達而名章,任重而望隆,吾子顧以講學告之,不亦迂乎?』……」

〈宛譜〉按云:「《文集》附錄誤作〈張南軒贈學士安國公歸蕪湖序〉,顯與「上流重地,暫茲往牧」等語不符。」

銘按:宛說可信。孝祥與栻(南軒)時以詩文往來,今存《南軒先生文集》除此贈序外,另有:卷一〈張安國約同賦仇氏匳甕酒〉、〈陪安國舍人〉、〈安國晚酌葵軒〉、〈安國置酒敬簡堂〉,卷三〈用往歲張安國詩韻〉,卷四〈和安國送茶〉、〈喜雨呈安國〉、〈有懷安國〉、〈共父安國皆欲相招〉、〈和張荆州所寄〉,卷十二〈敬簡堂記〉,卷四十三〈祭張舍人安國〉等詩文。

秋八月到荆州,與前任方滋交接。

據《南宋制撫年表》載:荆湖北路安撫使,乾道四年有三人,依序爲王炎、方滋、張孝祥。《文集》卷十四〈金堤記〉:「乾道四年……秋八月,某自長沙來」,卷三十〈邕帥蔣公墓誌〉:「乾道元年,余守桂林……其明年,余免歸江東……又明年余帥長沙……明年八月,余帥荆州。」

《文集》卷二十七有〈荆南宴交代方閣學〉致語。〈宛譜〉云:「閣學指方滋,據《南澗甲乙稿》卷十九〈李公(文淵,字道深)墓碑〉,方滋爲其長婿,張祁爲爲其次婿。滋與孝祥數次交承,故致語中有『疊兩世無窮之契,侈一時創見之榮』及『九門置鑰,已慚糠秕之前;五嶺建旄,未覺規模之遠。亶如今日,復接後塵』等語。」

築金隄,置萬盈倉。

《史傳》:「築守金隄,自是荆州無水患,置萬盈倉以儲諸漕之運。」
〈譜傳〉:「荆州當虜騎之衝,自建炎以來,歲無寧日。公內修外攘,百廢俱興,雖羽檄旁午,民得休息。築寸金堤以免水患,置萬盈倉以

儲漕運，爲國爲民計也。」〈宛譜〉按：「兩傳『金隄』前『守、寸』二字皆衍，蓋涉繁體築字下半而誤。」

銘按：《文集》卷十四有〈金堤記〉云：「秋八月，某自長沙來，以冬十月鳩材庀工作新堤」。同卷〈荊南重建萬盈倉記〉云：「余至官三月，既築潰堤，間與僚吏周視官寺，蓋無有不敝壞者，而倉爲急⋯⋯」以此知築金隄在今年十月，置萬盈倉在十一月。

約馬奉先登城樓觀塞，賦〈浣溪沙〉。

《文集》卷三十三載此詞失題，乾道本作〈浣溪沙·荊州約馬奉先登城樓觀〉。詞云：「霜日明霄水蘸空，鳴鞘聲裏繡旗紅，澹煙衰草有無中。萬里中原烽火北，一尊濁酒戍樓東，酒闌揮淚向悲風。」上片寫遠望邊塞荒涼景象，下片述心懷中原之志。〈宛譜〉云：「孝祥念念不忘萬里中原，但與『我欲乘風去，擊楫誓中流』及『悲憤氣塡膺』等句相較，語氣就顯得衰颯消極。」此說屬實。孝祥之所以如此，可能與身體健康有關，人在體弱多病之時，表現於作品中的語氣，自然會較衰颯消極，但詞中自惜壯志未酬，念念不忘收復中原失土的愛國熱忱，依然分明可見。

題楊夢錫客亭類稿後。

《文集》卷二十八載此文。略云：「⋯⋯余官荊南，夢錫自交廣以《客亭類稿》來，精深雄健，視昔時又過數驛，讀之終篇，使人首益俯焉。」〈宛譜〉云：「文當作於本年秋後或明年初。冠卿字夢錫，紹興九年生，江陵人。《四庫全書》著錄的《客亭類稿》，係輯自《永樂大典》。存有菩薩蠻〈春日呈安國舍人〉及水調歌頭〈歸自浮羅，舟過于湖哭張安國〉各一首。」

乾道五年己丑（1169）三十八歲

三月，召虞允文赴行在；賜郭雍號沖晦處士。六月，虞允文爲樞密使。八月，陳俊卿、虞允文並相。十一月，爲岳飛立廟于鄂州。

春日與客過天慶觀，發碑趺得唐道德經殘碑。

《文集》卷二十八〈跋道德經碑〉：「荊州開元觀直牙城西五百步，有南極注生鐵像，祥符八年更爲天慶觀……乾道五年春，某與客過焉……草中小碑高三尺，即初建天慶觀記。去草，見碑趺隱隱有字，洗刮久之，可讀，蓋唐明皇所注道德經……經文行草，注楷法，行間茂密，唐經生固多善事，然此或非經生所能辦也。既還碑天慶，發地出趺，合八方，得三千餘字，剝缺斷續，益奇古，百夫輦致文公堂下。歷陽張某識。」

〈宛譜〉：「其他如卷五有〈贈盧司法〉，卷九有〈詩送荊州進士入都〉，卷十二〈有懷長沙知識呈欽夫兄弟〉五首等，據詩意知爲今春作。」

請祠侍親。三月，進顯謨閣直學士致仕。

《史傳》：「進顯謨閣直學士致仕。」《文集》附錄〈陞顯謨閣直學敕黃〉：「尙書省牒朝議大夫、敷文閣待制、荊南荊湖北路安撫司張孝祥。牒奉敕：依前朝議大夫，陞顯謨閣直學士致仕。牒至准敕。乾道五年三月三日。」《文集》卷三十三〈踏莎行·荊南作〉：「旋葺荒園，初開小徑，物華還與東風競。曲檻暉暉落照明，高城冉冉孤煙暝。柳色金寒，梅花雪靜，道人隨處成幽興。一杯不惜小淹留，歸期已理滄浪艇。」〈宛譜〉據詞意云：「看來孝祥春初便已請祠致仕。」銘按：宛說不誤。孝祥致仕日期已詳〈陞顯謨閣直學敕黃〉，《文集》卷十四〈荊南重建萬盈倉記〉云：「……既成而余以親疾丐祠去，前所謂官寺之當葺者，僅能畢甲仗庫，若學宮、軍帑，則已鳩工而未成也。乾道五年三月旦，歷陽張某記。」以此知孝祥於三月去荊州，則其請祠侍親，當在今年一、二月間。

〈宛譜〉又云：「孝祥在請祠侍親時曾作〈有懷〉云：『故人春夢誰復見，故園梨花二月天；丁祝主人時醉賞，荊州寒食又經年。』當請祠獲准後，他很高興地寫了〈請說歸休好〉二首和〈喜歸作〉，有『請說歸休好，扶行白髮親……短長無不可，且得是閑身』；『……竹遶披風樹，蘆藏釣月灣。田間四時景，何處不開顏』；『……酒爲春主

掌，貧是老生涯，湖海扁舟去，江淮到處家……』等句。以上〈有懷〉
見卷十一，餘見卷九。」

去荊州。

《文集》卷三十二〈鷓鴣天・荊州別同官〉：「又向荊州住半年，
西風催放五湖舡。來時露菊團金顆，去日池荷疊綠錢。鄭別酒，扣離
絃，一時賓從最多賢。今宵拚醉花迷坐，後夜相思月滿川。」〈宛譜〉
按云：「詞言『去日池荷疊綠錢』，下引阻風石首詩又有『近人積水春
全綠』句，可見去荊州的時間約在三月下旬。」銘按：據此詞，及《文
集》卷十四〈金堤記〉末署：「五年三月，張某記。」同卷〈黃州開
澳記〉末題：「乾道五年四月八日，張某記。」知四月八日前孝祥已
至黃州。故宛說近是。

阻風石首，賦詩寄荊州僚舊；旋過岳陽樓。

《文集》卷七〈風雨石首呈同行寄荊州僚舊〉：「昨日離筵酒未
醒，今朝風雨暗江亭……寬程且作三旬約，要看廬山紫翠屏。」同
卷〈江行再用前韻〉：「澤畔行吟我獨醒，歸程不計短長亭……昨夜
踈篷猶窘雨，今朝嚴鼓欲侵星……」

《文集》卷三十三〈浣溪沙・去荊州〉，《乾道本》題作：「發公
安，風月甚佳，明日至石首，風雨驟至，留三日，同行諸公皆有詞，
孝祥用韻」，其詞云：「方舡載酒下江東，簫鼓喧天浪拍空，萬山紫翠
映雲重。擬看岳陽樓上月，不禁石首岸頭風，作賤我欲問龍公。」又
同調有〈次韻戲馬夢山與妓作別〉及〈夢山未釋然再作〉，用韻全同，
似亦同時所作。〈宛譜〉按：「豐城馬令字夢山」。

《陶本》拾遺有〈水調歌頭・過岳陽樓作〉，〈宛譜〉按云：「孝
祥多次經岳陽，據詞意惟此行方向、時間均合。」銘按：詞上片云：
「湖海倦游客，江漢有歸舟。西風千里，送我今夜岳陽樓。日落君山
雲氣，春到沅湘草山，遠思渺難收。徙倚欄干久，缺月掛簾鉤」據詞
意，宛說可信。

阻風漢口，賦〈古意贈別王弱翁〉及〈登橫舟呈趙富文楊齊伯〉。

〈宛譜〉云：「贈王詩全題爲〈王弱翁與余相遇漢口賦古意贈別〉，詩云：『我船行荊江，厭此江水渾。北風知人意，引著清漢濱。漢濱有佳人，心與漢水白……』呈趙、楊詩全題爲〈屢登橫舟欲賦不成，阻風漢口，及追作寄趙富文、楊齋伯〉，詩云：『已過漢陽岸，卻望橫舟山；秀色挹不盡，西風將夢還……』。又卷十二有〈奉題富文橫舟〉七絕一首。」

四月，抵黃州，談獻可來迎；旋至蘄口。

《文集》卷十五〈史警序〉：「余自荊州得請還湖陰，未至黃州二十里，扁舟溯浪來迎者，故人談獻可也。握手問無恙，命酒相勞苦。略赤壁，泊黃岡，望武昌西山……同舟至蘄陽而別……乾道己丑四月既望。」又卷十四有《黃州開澳記》作於本年四月八日。卷三十三有詞〈望江南・贈談獻可〉。

《文集》卷三十三〈浣溪沙・親舊蘄口相訪〉云：「六客西來共一舟，吳兒蹋浪剪輕鷗，水光山色翠相浮。我欲吹簫明月下，略須停棹晚風頭，從前五度到蘄州。」銘按：蘄州在黃州之東，江州之西，宋時屬淮南西路。

偕王阮遊廬山，題詩萬杉寺。繼東下過池州。

〈宛譜〉云：「岳珂《桯史》：『紫微罷荊州，侍總得翁以歸。偕阮遊廬山，暇日出詩卷相與商榷，自謂有得。山南有萬杉寺，寺本仁皇所建，奎章在焉。紫微大書二章，其一曰：老幹參天一萬株，廬山佳處著浮圖；只因買斷山中景，破費神龍百斛珠。其二曰：莊田本是昭陵賜，更著官船載御書；今日山僧無飯吃，卻催官欠意如何！阮得詩獨憮然不滿曰：先生氣吐虹霓，今獨稍卑之何也？紫微不復言。送之江津，別去才兩旬（按旬字可能是月字之誤）而得湖陰之訃，紫微蓋於此絕筆云』」銘按：〈徐譜〉亦引《桯史》，文與〈宛譜〉同。〈萬杉寺〉詩二首今存《文集》卷十二。《文集》附錄並有王阮〈和于湖萬杉寺詩〉。

《文集》卷四有〈黃子餘自海昏見予於九江，欲行爲賦此詩〉云：

「昔我初識君，乃在潯陽城，卻數已十年，此地還見君。積雨楚水高，落日淮山明，我病不舉酒，何以娛佳賓？我行不可留，明復與君別，悠悠千里情，還當付明月。」由詩句可知此詩作於歸途中，而孝祥此時有疾在身，不復飲酒。又《文集》卷七另有〈次韻黃子餘〉詩，亦作於同時，詩中有句云：「詞林根柢今誰在？振古風流要力還。我老故應無用此，因君猶欲更睎顏。」可見孝祥此時不復往日豪情壯志、吐氣如虹。

《文集》卷十〈將至池陽呈魯使君〉詩，有「東歸膾作登臨好，病怯詩腸故惱人」句。

歸蕪湖，徜徉山水，關懷地方人民疾苦。

〈譜傳〉：「既歸蕪湖，凡縉紳之士，莫不晉接，宗戚渡江而貧窘者，公輒賑之。新觀瀾亭以集同志，講論之餘，徜徉山水，寺觀臺榭，吟咏殆遍，而悉為之題識。蕪湖都水陸之衝，舟車輻輳，民甚苦之，屢籍公為之庇。」

《文集》卷三十一有〈醉蓬萊・為老人壽〉。〈宛譜〉云：「據詞中『少日親朋，舊家鄰里』及『解慍薰風，做涼梅雨』等句，似為初夏歸蕪湖後作。」

張栻撰〈于湖畫像贊〉。

《文集》附錄有張栻所撰〈于湖像贊〉，贊云：「是于湖君，英邁偉特，遇事卓然，如箭破的，談笑翰墨，如風無跡。惟其胸中無有畛域，故所發施，橫達四出。雖然，此固眾人之所識也。今方袖手于湖之上，盡心以事其親，而益究其所未及，則其所致又孰知其紀極者耶？」

〈宛譜〉按云：「〈譜傳〉謂：『進顯謨閣直學士致仕，南軒為文以餞之。荊南士民哭送登舟，仍繪小像于湘中驛，南軒為之贊。』此段文字頗有舛誤：（一）張栻〈和張荊州所寄〉註云：『共父（劉珙）安國皆欲相招，未能往也。』詩中有『敬簡堂前楊柳春』、『壯歲寧容便乞身』等句（孝祥〈和張欽夫尋梅〉云：『拏舟許過我，此約不可

違』，見《文集》卷四）。當係乾道五年春寄自長沙，其時已知孝祥請
祠。似此當無在荊州餞送事。（二）繪小像祀於湘中驛者，應是潭州
而非荊州士民。（三）據像贊『今方袖手于湖之上』語，應作於孝祥
歸抵蕪湖以後，即己丑夏日。」銘按：宛說可信。湘中驛在潭州（湖
南），故繪小像祀於湘中驛者，必是潭州士民；時間可能是在乾道四
年孝祥由知潭州徙知荊州，將去潭州之時。今存《文集》附錄之〈于
湖像贊〉未署張栻撰文日期，然據查綿竹南軒祠清重刊本《南軒文集》
卷三十六、《四庫全書》本《南軒集》卷三十六、叢書集成之二十六
《正誼堂全書》本《張南軒先生文集》卷七、日人筑波大學教授文學
博士今井宇三郎據日本寬文九年（1669）和刻本解題《南軒先生文集》
卷三十六，俱載此文，惟皆題作〈于湖畫像贊〉，並於文末署「己丑
夏廣漢張某書於湘中館」。據此知〈譜傳〉之誤。

夏秋之間以疾卒。

　　孝祥之卒年有二說：其一為據《史傳》：「紹興二十四年（1154，
孝祥二十三歲時），廷試第一……請祠以疾卒……年三十八。」認為
孝祥卒於今年（1169）。其二為據〈譜傳〉：「庚寅冬，疾復作，遂卒。」
認定孝祥卒於明年，三十九歲。此二說歷來互有爭持。〈宛譜〉對此
問題辨證頗詳，其證據亦確然可信。宛氏並曾多次撰文辨〈譜傳〉誤
舛，以駁卒年三十九之說，如：〈張孝祥和他的《于湖詞》〉（刊於《合
肥師範學院學報》1962 年第一期）、〈張孝祥研究中的幾個問題〉（刊
於《文藝論叢》第十三輯，1981 年 4 月）、〈張孝祥年譜·附錄〉（刊
於《詞學》第三輯，1985 年 2 月）等。今綜述如下：

　　（一）關於孝祥去世年月及致疾原因，合觀土質及周密等人的記
載，可得一個較為完整的資料。孝宗淳熙元年甲午（1174），孝祥從
弟孝忠曾為之編印文集於大冶。此本今佚，惟王質所撰〈于湖集序〉
尚存輯本《雪山集》卷五。序云：「歲己丑，某下峽過荊州，公出其
文數十篇……是歲，公歿于當塗之蕪湖。」又謂「往會於荊州之杞梓
堂……後四月而公亡。」孝祥於三月下旬離荊州，據此應卒于七月。

周密《齊東野語》說：「以當暑送虞雍公（允文）飲蕪湖舟中，中暑卒，年才三十餘」。七月秋暑猶盛，時間亦大致相合。《南澗甲乙稿》卷十八〈祭張舍人〉文云：「觸炎歊而遘疾，臥空舟而倏逝」。韓元吉與孝祥交遊甚密並有親戚關係，足證周密之說不虛。

（二）張栻〈祭張舍人安國〉云：「去年此時，送公湘濱；豈意今茲，哭公失聲」。孝祥以乾道四年八月離開長沙，「豈意今茲」明明指的是乾道五年八月致祭的日子。聞耗尚須一段時間，則其病卒應稍早。〈再祭〉說：「方自荊州歸，某以書抵君……孰謂曾未數月，乃有此聞」。據「方自荊州歸」及「曾未數月」，時間也極明確。

（三）謝堯仁〈張于湖先生集序〉：「公自江陵得祠東下，……未幾，則已聞為馭風騎氣之舉矣」。孝祥以乾道五年三月獲准致仕，「未幾」當指本年。

（四）王十朋〈跋孫尚書、張紫微帖〉云：「孫公尚書四朝文傑，張公紫微當代才子……張帥長沙，某移書求貢院字，筆畫雄健，用於湖、泉二州，觀者壯之。……明年二公皆在鬼錄。……乾道六年三月庚午書於泉南邵齋。」按孫覿卒乾道五年（1169）。據跋末年月及「明年二公皆在鬼錄」一語，孝祥亦應卒於乾道五年。王十朋《梅溪集》乃其子聞禮所編印，詩依寫作年代為次，其後集卷十七起〈戊子八月二日得泉州〉（戊子為乾道四年）終於次年五月晦日。卷十八起自六月，有〈悼張舍人安國〉五律一首，次於九、十月的作品間，據此孝祥可能卒於七、八月而消息此時才傳到泉州。

（五）孝祥妹法善，適韓元吉兄元龍（子雲）。元吉有〈安人張氏墓誌銘……〉謂法善生二十四年為韓元龍繼室，年三十九，乾道八年九月二十四日歿。法善「既嫁而奉太夫人謹甚，……後數年……太夫人得偏痺之疾，夫人扶掖起居……如是踰一紀。太夫人既棄諸孤，未終喪，而夫人遂哭其兄與其女弟，又重罹江州之戚，期功衰斬，殆不堪其憂，由是亦得疾病……」。根據墓誌所述推算，一紀十二年，逾一紀可以十三年計，恰為乾道五年（1169）。

張栻、韓元吉等為文以祭。

　　張栻〈祭于湖先生文〉見《文集》附錄，與《南軒先生文集》卷四十三。韓元吉《南澗甲乙稿》卷十八有〈祭張舍人文〉。《文集》附錄有施士衡、沈約之、王阮等人所撰挽詩。

葬建康鍾山。

　　韓元吉《南澗甲乙稿》卷十八〈祭張舍人文〉云：「望孤墳於鍾山」。《景定建康志》載董道輔〈紹熙庚戌中秋後三日拜于湖先生墓〉云：「曉出白門下，疲馬踏秋色。鍾山度蒼翠，慰我遠行客。暮投清泉寺，花草獻幽寂。長廊靜無人，落日照東壁。平生張于湖，萬里去一息。翩然九州外，汗漫跨鯨脊。乾坤能幾時，安用較顏跖。文章失津梁，所念斯道厄。夜闌耿不寐，搔首賦蕭索，懷人感西風，翁仲守孤陌。」《歷陽典錄》卷三十二錄此詩並注云：「董，武陵人，于湖門人」。《文集》附錄亦載此詩，題作〈弔于湖墓在秣陵〉，未著作者姓名。

肆、卒後有關事跡

　　〈宛譜〉附錄有〈卒後有關事跡〉一節，要言不煩，堪供參考，今迻錄如下：

乾道七年辛卯（1171）孝祥卒後二年

　　建安劉溫父為編詞集，湯衡、陳應行先後撰序。（銘按：此本即今存宋乾道本《于湖先生長短句》）

乾道八年壬辰（1172）孝祥卒後三年

　　歷陽守胡元功為編詩集附詞，韓元吉於四月庚申為撰序（序存《南澗甲乙稿》卷十四）。

淳熙元年甲午（1174）孝祥卒後五年

　　從弟孝忠為編印文集於大冶。（銘按：此本今已不存）

淳熙十六年己酉（1189）孝祥卒後二十年

長子同之四十三歲，知滁州（據《埋銘》「以太上（按指光宗）登極恩遷通直郎，遷司農寺承，擢知滁州」）。清修《滁州志・職官志》表列「宋刺史……張同之淳熙十六年以奉議郎知」，而名宦則稱「淳熙十九年九月以奉議郎知州事」。按淳熙無十九年，當從前者。陸游《送張野夫寺丞牧滁州》詩，有「……金印斗大誰作州，公子玉面蒼髯虬；賦詩健筆挾風雨，論兵辯舌森戈矛……」等句。

光宗紹熙元年庚戌（1190）孝祥卒後二十一年

子太平例授登仕郎（〈譜傳〉）。董道輔於中秋後三日拜墓作詩。

紹熙五年甲寅（1194）孝祥卒後二十五年

陸世良爲孝祥撰〈譜傳〉。（銘按：文存《文集》附錄）

寧宗慶元元年乙卯（1195）孝祥卒後二十六年

蔡勘帥豫章。同之亦於此年七月除直秘閣，移江南西路轉運判官，但明年三月即以疾卒。故蔡雖屢勸同之刊于湖文集而竟不果。

嘉泰元年（1201）孝祥卒後三十二年

從弟孝伯再爲編《于湖居士文集》四十卷於南昌，清四庫著錄即此本。商務印書館收入《四部叢刊》，據說明係「涵芬樓借慈谿李氏藏宋刊本景印」。

至於明、清兩代，蕪湖地方紀念孝祥者有以下數事：

（一）明嘉靖二十二年癸卯（1543）

権使許用中重修蕪湖狀元祠。按祠在今蕪湖市狀元坊巷內。門首曩有「狀元第」及「張氏總祠」題額。

（二）清乾隆五十五年庚戌（1790）

蕪湖知縣陳聖修因邑人黃鉞（左田）之請，重立于湖祠於來佛亭傍，並題「歸去來堂」額。今皆無存。

（三）道光八年戊子（1828）

五月十八日，觀察謝崧（駿生）移祀孝祥於赭山之滴翠軒。軒在今蕪湖市赭山南麓廣濟寺西，傳爲黃山谷讀書處。舊名檜軒。

（四）道光十二年壬辰（1832）

　　蕪湖趙竹軒重修滴翠軒，謝崧錄戊子舊作〈移祀張于湖於檜軒〉
詩以代記。按軒曾幾度重建。此詩石刻仍存壁間。

參考書目

本參考書目分二部分。第一部分為專書，又分六類，依序為：
一、張孝祥著作，二、詞叢刻，詞選集，三、詞律，詞譜，四、詞
曲著作，五、詩文著作，六、史傳方志，筆記雜著。其中除張孝祥
著作依文集、文集樂府、詞集、詩集為序彙輯外，其餘各類依筆劃
順序排列，以方便檢索。第二部分為期刊論文，又分二類：一、與
張孝祥有關之論文，二、其他參考論文；二類皆依文章發表時間為
排列順序，以明關於張孝祥研究之發展次第，及各篇文章之先後。

第一部分　專　書

一、張孝祥著作

1. 《于湖居士文集四十卷附錄》一卷，宋嘉泰間刊本，民國 18 年上海
   涵芬樓影印本，四部叢刊據宋本景印，現藏台北中央圖書館（善
   本書微卷編號第一○四七一號）。

2. 《于湖集》四十卷，傳鈔四庫全書本，現藏台北中央圖書館（善本
   書微卷編號第一○四七二號）。

3. 《張于湖集》八卷附錄》一卷，明・焦弘等編，崇禎十七年張弘開
   刊《二張集》本，現藏台北中央圖書館（善本書微卷編號第一○
   四七三號）。

4. 《宋張孝祥于湖集》十》二卷，丁國鈞鈔本，寶彝室叢鈔，現藏中
   央研究院傅斯年圖書館。

5. 《于湖居士文集樂府》四卷，在陶湘《景刊宋金元明本詞四十種》

第八冊，現藏中央研究院傅斯年圖書館。

6. 《于湖居士樂府》四卷，仁和吳氏雙照樓刊本，現藏中央研究院傅斯年圖書館。

7. 《于湖先生長短句》五卷、《拾遺》一卷，在陶湘《景刊宋元明本詞四十種》第廿一冊，現藏中央研究院傅斯年圖書館。

8. 《于湖先生長短句》五卷、《拾遺》一卷，清·李子仙影宋鈔本，現藏台北中央圖書館（善本書微卷編號第一四八四四號）。

9. 《張安國集》一卷，中興以來《絕妙詞選》，宋·黃昇編。

10. 《于湖詞》二卷，唐宋元明百家詞》，明·吳訥編。

11. 《于湖詞，三卷，宋六十名家詞》，明·毛晉編，另有四庫全書本，現藏台北中央圖書館（善本書微卷編號，第一四九三七號）。

12. 《張孝祥集》一卷，絕妙《好詞》一、《詞綜》十三、《全宋詞》三。

13. 《于湖居士詩》一卷，舊鈔本，現藏台北中央圖書館（善本書微卷編號第一〇四七四號）。

14. 《于湖集三卷（詩）》兩宋名賢小集之九八，現藏台北中央圖書館（善本書微卷編號第一四二二一號）。

15. 《于湖集一卷（詩）》宋百家詩存，清·曹庭棟編，四庫全書本。

二、詞叢刻　詞選集（依筆劃順序排列，不另依專書性質彙輯）

1. 《花庵詞選》，宋·黃昇編，景印文淵閣四庫全書第一四八九冊，台北：商務印書館，1986 年初版。

2. 《石林詞》，宋·葉夢得撰，景印文淵閣四庫全書第一四八七冊，台北：商務印書館，1986 年初版。

3. 《古典詩詞名篇鑑賞集》，袁行霈、劉逸生等著，台北：國文天地雜誌社，1989 年 12 月再版。

4. 《全宋詞》，唐圭璋編，台北：文光書局，1983 年 1 月三版。

5. 《全宋詞補輯》，孔凡禮輯，北京：中華書局，1981 年 8 月第一版。

6. 《全芳備祖》，宋·陳景沂撰，景印文淵閣四庫全書第九三五冊，台北：商務印書館，1986 年初版。

7. 《宋六十名家詞》，明·毛晉編，台北：商務印書館，1956 年 4 月台初版。

8. 《宋詞三百首箋注》，唐圭璋箋注，台北：學生書局，1976 年 9 月五版。

9. 《宋詞精選會注評箋》，台北：文史哲出版社編印，1984 年 10 月初版。

10. 《宋詞辨正》，沈英名著，台北：正中書局，1979 年 12 月臺修一版。

11. 《宋詞選》，胡雲翼選注，台北：明文書局，1987 年 8 月初版。

12. 《宋詞選粹述評》，王宗樂著，台北：中華書局，1971 年 6 月初版。

13. 《草堂詩餘》，宋·編纂者不詳，四部備要本，台北：中華書局，1966 年 3 月臺一版。

14. 《校輯宋金元人詞》，趙萬里校輯，台北：台聯國風出版社，1972 年 3 月重刊。

15. 《唐宋元明百家詞》，明·吳訥編，台北：廣文書局，1971 年 5 月影印初版。

16. 《唐宋名家詞選》，龍沐勛選，台北：宏業書店，1983 年 9 月再版。

17. 《唐宋詞今譯》，楊光治選譯，廣西：人民出版社，1991 年 3 月第一版第二次印刷。

18. 《唐宋詞名作析評》，陳弘治著，台北：文津出版社，1988 年 5 月五版。

19. 《唐宋詞新賞》，張淑瓊主編，台北：地球出版社，1990 年 8 月初版。

20. 《唐宋詞選注》，張夢機、張子良編著，台北：華正書局，1989 年 9 月修訂十版。

21. 《唐宋詞簡釋》，唐圭璋選釋，台北：宏業書局，1983 年 4 月初版。

22. 《唐宋愛國詞選》，馬興榮編著，江蘇：江蘇古籍出版社，1989 年 9 月第一版。

23. 《張孝祥詩詞選》，宛新彬、賈忠民選注，安徽：黃山書社，1987 年 8 月第一版。

24. 《御選歷代詩餘》，清·沈辰垣、王奕清等奉敕編，景印文淵閣四庫全書第一四九一至一四九三冊，台北：商務印書館，1986 年 3 月初版。

25. 《詞綜》，清·朱彝尊編，四部備要本，台北：中華書局，1966 年 3 月臺一版。

26. 《詞選》，胡適選註，台北：商務印書館，1986 年 10 月臺六版。

27. 《詞選》，鄭騫編注，台北：中國文化大學出版部，1988 年 12 月新三版。

28. 《詞選註》，盧元駿選註，台北：正中書局，1974 年 10 月臺三版。

29. 《絕妙好詞箋》，清·查爲仁、厲鶚箋（宋·周密選）四部備要本，台北：中華書局，1956 年。

30. 《彊村叢書》，朱孝臧校輯，台北：廣文書局，1970 年 3 月初版。

31. 《箋注四品詞選》，蔣勵材編著，台北：商務印書館，1977 年 12 月初版。

三、詞律　詞譜　詞韻（依筆劃順序排列，不另依專書性質彙輯）

1. 《周詞訂律》，楊易霖著，台北：學海書局，1975 年 2 月初版。
2. 《唐宋詞格律》，龍沐勛著，台北：里仁書局，1986 年 12 月版。
3. 《御製詞譜》，清・聖祖敕撰，聞汝賢據殿本縮印，1976 年元月再版。
4. 《詞林正韻》，清・戈載撰，台北：世界書局，1968 年 11 月再版。
5. 《詞律（索引本)》，清・萬樹撰，徐本立拾遺，杜文瀾補遺，台北：廣文書局，1988 年 9 月再版。
6. 《詞律探源》，張夢機著，台北：文史哲出版社，1981 年 11 月初版。
7. 《詞牌彙釋》，聞汝賢撰，自印本，1963 年 5 月臺壹版。

四、詞曲著作（依筆劃順序排列，不另依專書性質彙輯）

1. 《中國詞曲史》，王易著，台北：洪氏出版社，1981 年 1 月初版。
2. 《中國詩詞演進史》，嵇哲著，香港：開源書局，1956 年 10 月再版。
3. 《月輪山詞論集》，夏承燾著，北京：中華書局，1979 年 9 月第一版。
4. 《古典詩詞藝術探幽》，夏紹碩撰，台北：漢京文化公司，1984 年 7 月初版。
5. 《全宋詞典故考釋辭典》，金啓華主編，吉林：吉林文史出版社 1991 年 1 月第一版。
6. 《宋南渡詞人》，黃文吉著，台北：學生書局，1985 年 5 月初版。
7. 《宋詞》，周篤文著，台北：國文天地雜誌社，1990 年 10 月初版。
8. 《宋詞四考》，唐圭璋著，江蘇揚州：江蘇古籍出版社，1985 年 9 月第二版第二次印刷。
9. 《宋詞研究之路》，劉揚忠編著，天津：天津教育出版社，1989 年 7 月第一版。
10. 《宋詞通論》，薛礪若撰，台北：中流出版社，1974 年 3 月版。
11. 《宋詞綜論》，馬興榮著，山東：齊魯書社，1989 年 11 月第一版。
12. 《宋詞辨正》，沈英名著，台北：正中書局，1979 年 12 月臺修一版。
13. 《宋詞鑑賞辭典》，賀新輝主編，北京：燕山出版社，1989 年 7 月第一版第四次印刷。
14. 《辛棄疾及其作品》，喻朝剛著，吉林長春：時代文藝出版社，1989 年 3 月第一版。

15. 《兩宋豪放詞述略》，陳德華撰，政治大學中文研究所碩士論文，1974 年。

16. 《兩宋詠物詞研究》，馬寶蓮撰，台灣師大國文研究所碩士論文，1983 年。

17. 《東坡在詞風上的承繼與創新》，郭美美著，台北：文津出版社，1990 年 12 月初版。

18. 《東坡詞研究》，王保珍著，台北：長安出版社，1987 年 4 月再版。

19. 《東坡樂府箋》，朱孝臧編年圈點，龍沐勛校箋，台北：華正書局，1990 年 3 月初版。

20. 《東坡樂府編年箋注》，石聲淮、唐玲玲箋注，武漢：華中師大出版社，1990 年 7 月第一版。

21. 《柳永詞詳注及集評》，姚學賢、龍建國合纂，河南鄭州：中州古籍出版社，1991 年 2 月第一版。

22. 《俞平伯詩詞曲論著》，俞平伯著，台北：長安出版社，1988 年 11 月校訂版。

23. 《南宋詞研究》，王偉勇著，台北：文史哲出版社，1987 年 9 月初版。

24. 《迦陵論詞叢稿》，葉嘉瑩著，台北：明倫出版社，未著出版日期。

25. 《苕華詞與人間詞話述評》，王宗樂著，台北：東大圖書公司，1986 年 8 月再版。

26. 《唐宋詞十七講》，葉嘉瑩著，湖南長沙：岳麓書社，1990 年 8 月第一版第二次印刷。

27. 《唐宋詞史稿》，蕭世杰著，上海：華東師大出版社，1991 年 4 月第一版。

28. 《唐宋詞鑑賞辭典》，唐圭璋主編，江蘇：江蘇古籍出版社，1987 年 7 月第一版第二次印刷。

29. 《張元幹研究》，黃珮玉著，香港：三聯書店，1986 年 11 月第一版。

30. 《張孝祥研究》，徐照華撰，東海大學中文研究所碩士論文，1973 年
《景午叢編》，鄭騫著，台北：中華書局，1972 年 1 月初版。

31. 《詞史》，劉子庚著，台北：學生書局，1982 年 8 月三版。

32. 《詞曲概論》，汪志勇著，台北：華正書局，1984 年 9 月初版。

33. 《詞林記事》，清·張宗橚輯，台北：中華書局，1970 年 6 月臺一版。

34. 《詞筌（增訂本）》，余毅恆著，台北：正中書局，1991 年 10 月初版增訂本。

35. 《詞話叢編》，唐圭璋編，台北：新文豐出版公司，1988 年 2 月台一版。

36. 《詞與音樂》，劉堯民著，雲南：人民出版社，1985 年 5 月第二版第二次印刷。

37. 《詞與音樂關係研究》，施議對著，北京：中國社會科學出版社，1985 年 7 月第一版。

38. 《詞學》，梁啓勳撰，台北：河洛圖書出版社，不著出版年月。

39. 《詞學》，第二輯，詞學編輯委員會編輯，上海：華東師大出版社，1983 年 10 月第一版。

40. 《詞學》，第三輯，詞學編輯委員會編輯，上海：華東師大出版社，1985 年 2 月第一版。

41. 《詞學》，第八輯，詞學編輯委員會編輯，上海：華東師大出版社，1990 年 10 月第一版。

42. 《詞學十講》，龍榆生著，福建：人民出版社，1988 年 7 月第一版。

43. 《詞學今論》，陳弘治著，台北：文津出版社，1991 年 7 月增訂二版。

44. 《詞學考詮》，林玫儀著，台北：聯經出版公司，1987 年 12 月初版。

45. 《詞學季刊》，龍沐勛主編，台北：學生書局，1967 年 6 月初版。

46. 《詞學研究論文集》，華東師大中文系編，上海：上海古籍出版社，1982 年 3 月第一版。

47. 《詞學通論》，吳梅著，台北：商務印書館，1988 年 4 月臺七版。

48. 《詞學概說》，吳丈蜀著，北京：中華書局，1986 年 2 月第一版第二次印刷。

49. 《詞學概論》，宛敏灝著，上海：上海古籍出版社，1987 年 7 月第一版。

50. 《詞學雜俎》，羅沆烈著，四川：巴蜀書社，1990 年 6 月第一版。

51. 《詞學論叢》，唐圭璋著，台北：宏業書局，1988 年 9 月再版。

52. 《詞學論薈》，趙爲民、程郁綴選輯，台北：五南圖書出版公司，1989 年 7 月台初版。

53. 《詞籍考》，饒宗頤撰，香港：香港大學出版社，1963 年 2 月初版。

54. 《詩文典故辭典》，不著撰者，台北：木鐸出版社 1987 年 7 月初版。

55. 《詩詞曲語辭匯釋》，張相著，台北：中華書局，1985 年 4 月臺七版。

56. 《詩詞例話》，周振甫著，台北：長安出版社，1990 年 7 月三版。

57. 《詩詞散論》，繆鉞著，台北：開明書局，1979 年 3 月臺六版。

58. 《歌鼓湘靈》，李元洛著，台北：東大圖書公司，1990 年 8 月初版。

59. 《稼軒集》，徐漢明編，台北：文津出版社，1991 年 6 月初版。

60. 《稼軒詞之內容及其藝術成就》，林承坯撰，台灣師大國文研究所碩
    士論文，1976 年。

61. 《稼軒詞研究》，陳滿銘著，台北：文津出版社，1980 年 9 月出版。

62. 《稼軒詞編年箋注》，鄧廣銘箋注，台北：華正書局，1978 年 12 月
    版。

63. 《樂府通論》，王易著，台北：廣文書局，1979 年 5 月再版。

64. 《歷代詞話敘錄》，王熙元撰，台北：中華書局，1973 年 7 月初版。

65. 《蘇辛詞比較研究》，陳滿銘著，台北：文津出版社，1989 年 1 月再
    版。

66. 《靈谿詞說》，繆鉞、葉嘉瑩合著，台北：國文天地雜誌社，1989 年
    12 月初版。

五、詩文著作（依筆劃順序排列，不另依專書性質彙輯）

1. 《入蜀記》，宋・陸游撰，藝文百部叢書集成之廿九，台北：藝文印
   書館，1971 年。

2. 《中國文學發展史》，劉大杰撰，台北：華正書局，1984 年 8 月版。

3. 《文心雕龍》，梁・劉勰撰，藝文百部叢書集成之十一，台北：藝文
   印書館，1971 年。

4. 《文定集》，宋・汪應辰撰，藝文百部叢書集成之廿七，台北：藝文
   印書館，1971 年。

5. 《文忠集》，宋・周必大撰，景印文淵閣四庫全書第一一四七至一一
   四九冊，台北：商務印書館，1986 年 3 月初版。

6. 《文學的藝術》，劉衍文、劉永翔合著，廣州：花城出版社，1985
   年 3 月第一版。

7. 《文學導論》，張懷瑾主編，天津：天津教育出版社，1987 年 5 月第
   一版。

8. 《本事詩》，唐・孟棨撰，景印文淵閣四庫全書第一四七八冊，台北：
   商務印書館，1986 年 3 月初版。

9. 《朱子大全》，宋・朱熹撰，四部備要本，台北：中華書局，1966
   年 3 月臺一版。

10. 《宋元文學史稿》，吳組緗、沈天佑著，北京：北京大學出版社，1989
    年 5 月第一版。

11. 《兩宋文學史》，程千帆、吳新雷著，上海：上海古籍出版社，1991
    年 2 月第一版。

12. 《松隱集》，宋·曹勛撰，景印文淵閣四庫全書第一一二九冊，台北：
    商務印書館，1986 年 3 月初版。

13. 《南湖集》，宋·張鎡撰，藝文百部叢書集成之廿九，台北：藝文印
    書館，1971 年。

14. 《南澗甲乙稿》，宋·韓元吉撰，台北：新文豐出版社，1984 年六月
    初版。

15. 《海陵集》，宋·周麟之撰，景印文淵閣四庫全書第一一四二冊，台
    北：商務印書館，1986 年初版。

16. 《雪山集》，宋·王質撰，景印文淵閣四庫全書第一一四九冊，台北：
    商務印書館，1986 年 3 月初版。

17. 《張南軒先生文集》，宋·張栻撰，藝文百部叢書集成之廿六，台北：
    藝文印書館，1971 年。

18. 《陸游詩研究》，李致洙著，台北：文史哲出版社，1991 年 9 月初版。

19. 《渭南文集》，宋·陸游撰，景印文淵閣四庫全書第一一六三冊，台
    北：商務印書館，1986 年初版。

20. 《須溪集》，宋·劉辰翁撰，景印文淵閣四庫全書第一一八六冊，台
    北：商務印書館，1986 年初版。

21. 《溫飛卿詩集》，唐·溫庭筠纂，曾益謙原註，顧予咸補註，台北：
    學生書局，1971 年景印二版。

22. 《誠齋集》，宋·楊萬里撰，景印文淵閣四庫全書第一一六一冊，台
    北：商務印書館，1986 年初版。

23. 《詩人玉屑》，宋·魏慶之，景印文淵閣四庫全書第一一八一冊，台
    北：商務印書館，1986 年初版。

24. 《詩美學》，李元洛著，台北：東大圖書公司，1990 年 2 月初版。

25. 《詩論》，朱光潛著，台北：國文天地雜誌社，1990 年 3 月初版。

26. 《詩體明辨》，明·徐師曾纂，沈芬、沈騏箋，台北：廣文書局，1972
    年 4 月初版。

27. 《說郛》，明·陶宗儀撰，台北：新興書局，1979 年 10 月影明刊本。

28. 《增補足本施顧註蘇詩》，宋·蘇軾纂，鄭騫、嚴一萍編校，宋·施
    元之、顧景蕃合註，台北：藝文印書館，1980 年 5 月初版。

29. 《蘆川歸來集》，宋·張元幹撰，景印文淵閣四庫全書第一一三六冊，
    台北：商務印書館，1986 年 3 月初版。

30. 《鶴山集》，宋・魏了翁撰，景印文淵閣四庫全書第一一七二至一一七三冊，台北：商務印書館，1986 年 3 月初版。

六、史傳方志　筆記雜著（依筆劃順序排列，不另依專書性質彙輯）

1. 《中國歷史地圖集》，譚其驤主編，上海：地圖出版社，1985 年 10 月第一版第二次印刷。

2. 《太平廣記》，宋・李昉等撰，台北：新興書局，1973 年 1 月版。

3. 《四朝聞見錄》，宋・葉紹翁撰，台北：廣文書局，1986 年 10 月影宋刊本初版。

4. 《四庫全書總目提要》，清・永瑢、紀昀等撰，台北：藝文印書館，1989 年 1 月六版。

5. 《永樂大典》，明・姚廣孝等監修，台北：世界書局，1962 年 2 月初版。

6. 《吳郡志》，宋・范成大撰，在《宋元地方志叢書》第四輯，台北：大化書局，1980 年 1 月初版。

7. 《宋人軼事彙編》，丁傳靖輯，台北：商務印書館，1982 年 9 月臺二版。

8. 《宋中興學士題名》，宋・何異撰，在《武林掌故叢編》第十集第七五冊，光緒間丁氏嘉惠堂刊本，現藏中央研究院傅斯年圖書館。

9. 《宋元學案》，明・黃宗羲撰，清・全祖望補，台北：世界書局，1973 年 12 月三版。

10. 《宋元學案補遺》，清・王梓材、馮雲濠輯，在張壽鏞輯刊《四明叢書》第五集，台北：新文豐出版公司，1988 年 4 月台一版。

11. 《宋史》，元・脫脫等撰，台北：鼎文書局，1978 年 9 月初版。

12. 《宋史紀事本末》，明・陳邦瞻著，台北：三民書局，1973 年 4 月再版。

13. 《宋史新編》，明・柯維騏撰，台北：新文豐出版社，1974 年 11 月初版。

14. 《宋史翼》，清・陸心源輯，台北：文海出版社，1967 年 1 月臺初版。

15. 《宋名臣言行錄五集》，宋・朱熹、李幼武撰，台北：文海出版社，1967 年台初版。

16. 《宋朝史實》，宋・李攸撰，台北：廣文書局，1980 年 12 月初版。

17. 《宋會要輯稿》，清・徐松輯，台北：世界書局，1964 年 6 月初版。

18. 《宋詩記事》，清・厲鶚輯，台北：中華書局，1971 年台一版。

19. 《宋詩記事補遺》，清・陸心源輯，台北：中華書局，1971 年台一版。

20. 《宋稗類鈔》，清・潘永因編，景印文淵閣四庫全書第一○三四冊，台北：商務印書館，1986 年初版。

21. 《金石萃編》，清・王昶著，在《石科史料新編》第一至四冊，台北：新文豐，1986 年台一版。

22. 《東京夢華錄》，宋・孟元老撰，藝文百部叢書集成之四十六，台北：藝文印書館，1971 年。

23. 《延祐四明志》，元・袁桷等撰，在《宋元地方志叢書》第九輯，台北：大化書局，1980 年 1 月初版。

24. 《岳飛行實與岳珂事蹟》，李安著，台北：商務印書館，1984 年 11 月初版。

25. 《直齋書錄解題》，宋・陳振孫撰（宋・趙希弁撰〈附志〉）景印文淵閣四庫全書第六七四冊，台北：商務印書館，1986 年 3 月初版。

26. 《直隸和州志》，清・高照纂，光緒廿七年（1901 年）木活字排印本，現藏中央研究院傅斯年圖書館。

27. 《南宋制撫年表》，吳廷燮撰，在《二十五史補編》第六冊，台北：開明書店，1974 年 6 月三版。

28. 《南宋館閣錄》，宋・陳騤撰，景印文淵閣四庫全書第五九五冊，台北：商務印書館，1986 年初版。

29. 《建炎以來繫年要錄》，宋・李心傳撰，藝文百部叢書集成之八十六，台北：藝文印書館，1971 年。

30. 《建炎以來朝野雜記》，宋・李心傳撰，江蘇揚州：廣陵古籍刻印社，1981 年九月出版。

31. 《荊楚歲時記》，梁・宗懍撰，藝文百部叢書集成之十八，台北：藝文印書館，1971 年。

32. 《能改齋漫錄》，宋・吳曾撰，藝文百部叢書集成之五十二，台北：藝文印書館，1971 年。

33. 《書史會要》，明・陶宗儀撰，景印文淵閣四庫全書第八一四冊，台北：商務印書館，1986 年初版。

34. 《桯史》，宋・岳珂、王雲五主編《宋元明善本書十種》明刊本《歷代小史》第六冊，台北：商務印書館，1969 年 3 月台一版。

35. 《朝野遺記》，宋・撰者不詳，藝文百部叢書集成之四，台北：藝文印書館，1971 年。

36. 《景定建康志》，宋・周應合纂，景印文淵閣四庫全書第四八八至四

八九冊，台北：商務印書館，1986 年 3 月初版。

37. 《萬姓統譜》，明‧凌迪知撰，汲古閣本，台北：新興書局，1971 年 4 月影印版。

38. 《齊東野語》，宋‧周密撰，景印文淵閣四庫全書第八六五冊，台北：商務印書館，1986 年 3 月初版。

39. 《鄞縣志》，清‧董沛等纂，光緒三年（1877 年）刊本，現藏中央研究院傅斯年圖書館。

40. 《廣西通志》，清‧胡虔纂，同治六年補刊本，在沈雲龍主編《中國邊疆叢書》第二輯第二十七種，台北：文海出版社，1966 年影印版。

41. 《歷陽典錄》，清‧陳廷桂纂輯，同治六年刊本，在《中國方志叢書‧華中地區》第二二九號，台北：成文出版社，1974 年 12 月台一版。

42. 《寶慶四明志》，宋‧羅濬等撰，在《宋元地方志叢書》第八輯，台北：大化書局，1980 年 1 月初版。

43. 《續資治通鑑》，清‧畢沅編著，台北：宏業書局，1974 年 9 月初版。

44. 《讀史方輿紀要》，清‧顧祖禹輯著，清敷文閣原刻，台北：新興書局影印本，1972 年 6 月版。

第二部分　期刊論文

一、與張孝祥有關之論文（依發表時間為排列順序）

1. 〈安徽歷代文學家小傳——張孝祥〉，宛敏灝撰，《合肥師院學報》1959 年第二期，頁 54～58。

2. 〈張孝祥和他的《于湖詞》〉，宛敏灝撰，《合肥師院學報》1962 年第一期，該文後收入華東師大中文系主編之《詞學研究論文集》，頁 342～363。

3. 〈江浦黃悅嶺南宋張同之夫婦墓〉，南京博物館撰，《文物》1973 年第四期，頁 59～63。

4. 〈南宋詞人張孝祥年譜〉，徐照華撰，《學術論文集刊》第二期，頁 197～244，1973 年 12 月，中興大學中文系編印。

5. 〈南宋憤世詞人張孝祥的風格〉，林宗霖撰，《藝文誌》第一四九期，頁 58～59，1978 年 2 月。

6. 〈張孝祥和張同之〉，宛敏灝撰，《淮北煤師院學報》1979 年創刊號，頁 60～65。

7. 〈關於詞人張孝祥一二事〉，宛敏灝撰，《藝譚》1980 年第二期，頁 14～21。

8. 〈表裡俱澄澈，物我爲一體——就張孝祥詞〈念奴嬌・過洞庭〉的 意境問題與俞平伯先生商榷〉，相隆本撰，《齊魯學刊》1980 年第 五期，頁 67～68。

9. 〈讀張孝祥詞〈念奴嬌・過洞庭〉〉，江云華撰，《湖南群眾文藝》1980 年第十二期，頁 34～35。

10. 〈張孝祥若干事跡考略〉，韓酉山撰，《江淮論壇》1981 年第二輯， 頁 84～91。

11. 〈張孝祥研究中的幾個問題〉，宛敏灝撰，《文藝論叢》第十三輯， 頁 256～275，1981 年 4 月，上海：文藝出版社。

12. 〈試論南宋愛國詞人張孝祥的主要成就〉，劉強撰，《安徽師大學報》 1981 年第三期，頁 59～64。

13. 〈南宋愛國詞人張孝祥桂游石刻研校〉，林半覺撰，《廣西師院學報》 1982 年第二期，頁 29～36。

14. 〈詞家射雕手——讀張孝祥〈六州歌頭〉〉，李元洛撰，《文史知識》 1982 年第九輯，頁 42～45。

15. 〈張孝祥年譜（上）〉，宛敏灝撰，《詞學》第二輯，頁 9～42，1983 年 10 月，華東師大出版。

16. 〈張孝祥被誣入獄之說不可信〉，曹濟平撰，《文學遺產》1984 年第 三輯，頁 130。

17. 〈張孝祥是否因忤秦檜而下獄〉，劉強撰，《安徽師大學報》1984 年 第三期，頁 99～100。

18. 〈光明澄澈之美——讀張孝祥〈念奴嬌〉〉，袁行霈撰，《文科月刊》 1985 年第一期，頁 12～13。

19. 〈張孝祥年譜（下）〉，宛敏灝撰，《詞學》第三輯，頁 71～107，1985 年 2 月，華東師大出版。

20. 〈一曲追求光明的歌——讀張孝祥〈念奴嬌・過洞庭〉〉，楊薛華撰， 《中文自學考試輔導月刊》1985 年第四、五期合刊，頁 64～65。

21. 〈被「宇宙意識」昇華過的人格美、藝術美——張孝祥〈念奴嬌・ 過洞庭〉賞析〉，楊海明撰，《文史知識》1986 年第一期，頁 44～ 49。

22. 〈孤雲橫逸氣，大江湧豪情——試論張孝祥詩詞藝術與審美特點〉， 莊嚴撰，《渤海學刊》1986 年第一、二期合刊，頁 59～61。

23. 〈張孝祥知撫州年月考辨〉，李一飛撰，《贛南師院學報》1987 年第

　　　　一期，頁 78～80。

24. 〈一曲洞庭秋月的贊歌——試說張孝祥〈念奴嬌‧過洞庭〉〉，馮君豪撰，《語文月刊》1987 年第七、八期合刊，頁 31～33。

25. 〈張孝祥懷念棄婦詞考釋〉，宛敏灝撰，《安徽師大學報》1988 年第二期，頁 108～114。

26. 〈張孝祥年譜辨誤〉，李一飛撰，《吉首師大學報》1989 年第三期，頁 63～67。

二、其他參考論文（依發表時間爲排列順序）

1. 〈兩宋詞風轉變論〉，龍沐勛撰，《詞學季刊》第二卷第一號，頁 1～23，1934 年 10 月，上海：詞學季刊社。

2. 〈論寄託〉，詹安泰撰，《詞學季刊》第三卷第三號，頁 11～25，1936 年 9 月，上海：詞學季刊社。

3. 〈南宋兩種不同的詞風——慷慨憤世和感喟哀時〉，宛敏灝撰，《語文教學》1957 年一一號，頁 25～26。

4. 〈論婉約與豪放詞風的形成〉，王熙元撰，《國文學報》第五期，頁 243～252，1976 年 6 月，臺灣師大國文系編。

5. 〈南宋詞家詠物論述〉，張敬撰，《東吳文史學報》第二號，頁 34～53，1977 年 3 月。

6. 〈南宋詞風及辛姜二派詞人〉，廖從雲撰，《中國文學》第五期，頁 191～210，1977 年 4 月，台灣省中國國學研究會編印。

7. 〈南宋詞人的愛國篇章〉，汪中撰，《幼獅文藝》四五卷第四期，頁 41～51，1977 年 4 月。

8. 〈古語古句在蘇辛詞裏的運用〉，陳滿銘撰，《國文學報》第六期，頁 215～232，1977 年 6 月，台灣師大國文學系編。

9. 〈北宋詞風的轉變〉，陳滿銘撰，《中華文化復興月刊》第十二卷四期，頁 12～19，1979 年 4 月。

10. 〈論「以詩爲詞」〉，楊海明撰，《文學評論》1982 年第二期，頁 135～140。

11. 〈試論蘇軾詞的藝術風格〉，陳華昌撰，《文學遺產》1982 年第二期，頁 74～86。

12. 〈南宋豪放詞派形成的原因〉，周勝偉撰，《詞學》第一輯，頁 132～149，1983 年 10 月。

13. 〈宋人詠物詞〉，黃清士撰，《詞學》第二輯，頁 154～160，1983 年 10 月。

14. 〈宋詞的剛柔與正變〉，劉乃昌撰，《文學評論》1984 年第二期，頁 34～39。

15. 〈宋詞新論〉，艾治平撰，《求索》1984 年第五期，頁 99～105。

16. 〈論張元幹愛國詞在文學史上的地位〉，雲亮撰，廣州：《中山大學學報》1985 年第三期，頁 108～114。

17. 〈蘇軾在宋代文學革新中的領袖地位〉，姜書閣撰，《文學遺產》1986 年第三期，頁 67～75。

18. 〈由宋人詞學觀念的演變看宋詞的命運〉，王華撰，《文學遺產》1988 年第五期，頁 49～59。

19. 〈詞的接受美學〉，趙山林撰，《詞學》第八輯，頁 24～40，1990 年 10 月。